Hacia el pantano

Gerardo Laveaga

Hacia el pantano

ALFAGUARA

El papel utilizado para la impresión de este libro ha sido fabricado a partir de madera procedente de bosques y plantaciones gestionadas con los más altos estándares ambientales, garantizando una explotación de los recursos sostenible con el medio ambiente y beneficiosa para las personas.

Hacia el pantano

Primera edición: agosto, 2024

D. R. © 2024, Gerardo Laveaga

D. R. © 2024, derechos de edición mundiales en lengua castellana:
Penguin Random House Grupo Editorial, S. A. de C. V.
Blvd. Miguel de Cervantes Saavedra núm. 301, 1er piso,
colonia Granada, alcaldía Miguel Hidalgo, C. P. 11520,
Ciudad de México

penguinlibros.com

ISBN: 978-607-384-618-9

Impreso en México – *Printed in Mexico*

Para René Avilés Fabila,
Sandro Cohen, Edith González,
Eduardo Lizalde e Ignacio Padilla.
In memoriam

The ceremony of innocence is drowned;
The best lack all conviction, while the worst
Are full of passionate intensity.

W. B. YEATS

1

Se llamaba Rusalka, como la heroína de la ópera de Dvořák. Solía sentarse en la primera fila del salón de clases y acicalar su cabellera pelirroja para que a nadie le cupiera duda: ella era el centro del universo. Desde ahí, disfrutaba poner en aprietos a los profesores. A Rodrigo Téllez en particular.

—¿Por qué tenemos que acatar la ley? —preguntaba con insolencia—. ¿Para que quienes no lo hacen se aprovechen de nosotros?

Rodrigo estaba convencido de que ella se colocaba ahí, frente al rayo del sol, que a esa hora se deshilvanaba por el ventanal, para lograr refulgencias espectrales. Intentaba decirle algo. Cuando Rodrigo se lo confió a Efraín Hinojosa, éste lo previno: sabía de quién hablaba. Le recomendó ir con cautela.

Una semana después de que volviera de Cambridge, donde Rodrigo había ido a estudiar una maestría en Derecho, Hinojosa lo buscó para rogarle que lo supliera en la Facultad. Su trabajo en el despacho había aumentado. Lo estaba absorbiendo. Se veía obligado a renunciar a la cátedra, pero interrumpirla a medio semestre le parecía deshonesto. Debía ofrecer una alternativa a las autoridades universitarias.

Hinojosa había sido su maestro en la preparatoria; más tarde, su primer jefe. "Fue él quien me infundió los valores éticos que hoy rigen mi vida", preconizaba Rodrigo con orgullo. No podía negarle nada. Le recordó a su mentor, eso sí, que él no era penalista, que nunca había puesto un pie en una agencia del Ministerio Público o en un juzgado penal. Pero Hinojosa lo tranquilizó: se trataba de la parte general, de conceptos y teorías. Él conocía su capacidad de aprendizaje. No tendría problemas para estudiar y transmitir sus conocimientos. Si él propusiera a una persona incapaz, estaría violando sus principios, a lo cual no se atrevería.

Rodrigo aceptó con el sino de la inevitabilidad. "Dios te bendiga", le dijo Hinojosa. Le abrumaba la idea de atravesar la Ciudad de México desde las Lomas de Chapultepec hasta el sur de la capital, pero le preocupaba más que los estudiantes pudieran preguntarle los términos y requisitos de un cateo. Claro que si su desafío iba a ser la parte general, que embonaba con los estudios que él acababa de realizar, podría dejarle claro a sus alumnos que el Derecho Penal era una *ultima ratio*, el último recurso al que sólo debía acudirse cuando había fracasado todo lo demás.

Para su sorpresa, Rodrigo descubrió que tenía destreza para plantarse frente a un grupo de jóvenes no mucho menores que él, captar su atención y provocar inquietudes frente a temas como la defensa legítima. Si en las primeras clases se alcanzaban a percibir los cuchicheos del alumnado en forma de zumbido, éste fue amainando hasta extinguirse. Era un grupo plural, donde había tanto mujeres como varones. La somnolencia de la tarde y el olor a sudor lo homogenizaban todo. Casi todo. Rusalka era la excepción.

Rodrigo dejó leer *De los delitos y las penas*, que sirvió al grupo para reflexionar sobre la finalidad del castigo. Vinculó el libro con el *Infierno* de Dante y desencadenó discusiones borrascosas entre los alumnos de las filas delanteras: ¿La cárcel era una solución? ¿Para qué? ¿Debía castigarse con encierro lo mismo a un violador que a un defraudador fiscal? Introdujo el tema de la justicia terapéutica y confrontó al grupo: ¿El Estado podía castigar a una persona adicta que se veía obligada a recurrir a la heroína y la cocaína? ¿No sería eso como perseguir a quienes usaran anteojos o aparatos para la sordera?

Todo fluyó. De nuevo: casi todo. La mirada de Rusalka lo perturbaba. Ella le sonreía; cruzaba las piernas para que él las viera a su gusto y se enredaba los mechones del pelo con un dedo. Así se lo confió Rodrigo a Hinojosa el día que lo buscó para consultarle sus dudas. Estaba a punto de invitarla a salir. Hinojosa lo disuadió: no sólo se exponía a una expulsión sino a quedar marcado como acosador. Un profesor no podía salir con sus alumnas en ninguna circunstancia; en ninguna. La posición de autoridad en la que se encontraba se lo impedía. Entendía sus inquietudes, por supuesto; él mismo las había tenido cuando comenzó a dar clases, pero la moral estaba por encima de ellas.

Si a Rodrigo no le hubiera quedado claro, Hinojosa mencionó un par de casos, magnificados recientemente por diversos colectivos feministas, y dio por concluido el tema. Rodrigo sabía eso mejor que nadie, pero ¿por qué, entonces, Rusalka lo acechaba? Su mentor no hallaba misterio alguno: la joven debía estar cautivada por la materia y, cuando existe interés de alguien respecto a algo, uno abre más los ojos y parpadea menos. Nada más. No había que ser psicólogo para saberlo. Si a eso se agregaba que Rodrigo era un expositor ameno, la duda quedaba zanjada.

Pero Hinojosa se equivocó. Un día antes de que comenzaran las vacaciones de Navidad, tras entregar los exámenes parciales calificados y anunciar la nota, yo me acerqué a Rodrigo para preguntarle si podía transmitirle un mensaje. Se apartó conmigo hacia el ventanal, para dar a entender a los otros alumnos que aquella era una conversación privada. Lo que yo tenía que decirle era muy simple: él le encantaba a Rusalka y ella quería que lo supiera. Así me lo había solicitado mi amiga y yo cumplía su encargo. Fue todo. Me acomodé los anteojos, salí del salón y me perdí entre la oleada de estudiantes.

La revelación conmocionó a Rodrigo, como él me lo contó después con lujo de detalle. Su sospecha no era un disparate, pero ¿y si era una broma de mal gusto? Yo era la alumna del grupo que había obtenido calificaciones más altas en sus exámenes parciales, por lo cual no tenía motivo para jugarle una mala pasada. De camino al estacionamiento, no prestó atención a los comentarios de algunos alumnos pero, a punto de subir a su automóvil, descubrió que Rusalka lo aguardaba. Cuando nuestra relación hubo cambiado, él reseñó para mi cada gesto, cada conversación que hoy, pasado un tiempo, puedo reconstruir, contrastándolas con la versión de la propia Rusalka.

—Sólo quiero darle las gracias por el curso.

Nos había pedido que no le habláramos de usted. De cualquier modo, muchos seguíamos haciéndolo. Éramos tiesos y acartonados. Pero, bueno, si no lo fuéramos, no habríamos estudiado Derecho.

—Háblame de tú —Rodrigo fingió entereza.

—Me gusta la forma en que usted imparte el curso, profesor. Ha despertado mi interés por aspectos que yo hubiera jurado que nunca me iban a interesar.

—Ah, ¿sí? ¿Como cuáles?

—Como cuándo funcionan los castigos y cuándo no.

Fuera cierto o falso, él estaba engolosinado. Desatendiendo las prevenciones de Hinojosa, se lanzó:

—¿Aceptarías una invitación a comer para que me lo cuentes con calma? Es la primera vez que doy clase y me gustaría descubrir mis fortalezas y debilidades.

Ella lo miró sin que su rostro expresara agrado o desagrado. Fue una mirada distante, tan apática que Rodrigo concluyó que lo que yo le había dicho era una invención. Pero ¿por qué lo habría hecho? ¿Para divertirme a sus costillas? ¿Pretendía causarle un disgusto a su compañera?, me confió él después.

—Saldré estas vacaciones con mi familia, profesor. Si le parece bien, al regreso platicamos.

Aunque, a esas alturas, Rodrigo temía haber cometido una pifia irreparable, sacó su iPhone y le pidió su número. No había marcha atrás. Ella lo miró con recelo, como si aquello fuera una intrusión. Un breve titubeo y lo dictó. En cada número parecía arrepentirse, decidida a dar marcha atrás. Tenía que hacer un esfuerzo para revelar el siguiente.

Cuando, dos semanas después, él le marcó, la advertencia de Hinojosa seguía revoloteando en su cabeza. Pero ¿qué era lo peor que podía ocurrir? ¿Que lo denunciaran? ¿Que lo corrieran de la Facultad? Se trataba de una relación entre adultos. No pretendía condicionar la nota final a que su alumna comiera con él o no. Rusalka aceptó. Antes de que él pudiera preguntar su dirección para pasar a recogerla, ella sugirió que se encontraran en un restaurante del sur de la ciudad del que Rodrigo nunca había oído hablar. Aun así accedió.

Días más tarde, Hinojosa llamó a Rodrigo para contarle que el director de la Facultad había expresado su satisfacción por su desempeño y que él, en lo personal, se sentía muy agradecido. Rodrigo no mencionó una palabra sobre Rusalka. Si bien su baja estatura y su sonrisa amable podían confundir a quienes acababan de conocerlo, Hinojosa era un abogado rígido, de convicciones graníticas. Se había casado casi al salir de la universidad, tenía cinco hijos y cualquier conducta que se apartara de sus valores podía provocar su enemistad. Su despedida siempre era la misma, ya se tratara de una persona o de un salón de clases. Sólo variaba el singular o el plural, según el caso: "Dios te bendiga"; "Dios los bendiga".

Lo que sí hizo Rodrigo fue preparar el tema de su plática. Pidió consejo a su madre sobre qué libro de ópera podría regalarle a su alumna y fue a comprarlo de inmediato.

Un libro no desentonaría con su carácter de profesor. También vio algunos fragmentos de la ópera de Dvořák por YouTube. Abriría la conversación comentando el significado de aquel nombre exótico y le diría que, pese a la voz hadada de Anna Netrebko, desde su inflable de plástico, prefería a Renée Fleming, trepada en la copa del árbol de un bosque tenebroso. La verdad era que no sabía gran cosa de ninguna de las dos.

Antes de salir rumbo al restaurante, recibió la llamada de Warren & Lorca que esperaba. Francisco Arroyo, el abogado que se había convertido en su contacto después de que su padre solicitara al socio presidente que incorporara a Rodrigo, anunció que le tenía dos noticias. Una buena; la otra no tanto. ¿Cuál prefería oír primero?

—La buena —respondió.

—La vacante que esperábamos está disponible. Nos gustaría que la ocuparas a la brevedad posible.

Después de aquello, no podía haber ninguna mala noticia.

—La mala —puntualizó Arroyo— es que no está en el área civil, como querías, sino en la penal.

El padre de Rodrigo, consultor jurídico de algunas de las empresas más prósperas del país, consideraba que aquello no era lo mejor para su hijo. "El derecho penal da de comer", le advirtió, "pero quita el apetito". El derecho civil era más noble, más desafiante en términos intelectuales. Era el origen de las otras ramas del derecho. Permitía a sus operadores mayor realización profesional. El derecho penal, en cambio, era una claudicación: el reconocimiento de que la sociedad había fallado. O, peor, el instrumento de los poderosos para hacer prevalecer su voluntad. Un trabajo sucio que alguien tenía que hacer, pero no Rodrigo. "No mi hijo". Él debía dedicarse a atender las áreas limpias. ¿Por qué no esperar a que se abriera una vacante en el área civil?

Rodrigo precisó que lo que él haría ahí iba a ser, justamente, defender a las víctimas de esos poderosos a los que aludía su padre. Le repudiaba que éstos se salieran con la suya, valiéndose de soldados, policías y cárceles para reprimir a quienes ponían en peligro sus intereses. De acuerdo con el último World Inequality Report, añadió, el diez por ciento de los mexicanos disfrutaban del ochenta por ciento de la riqueza del país. Él quería contribuir a revertir aquella cifra y, así fuera de manera temporal, aplicar lo que había ido a aprender a Cambridge. "Eso no se consigue con el derecho penal", resopló su padre, jaloneándose las barbas.

Según me contó después Rodrigo, su padre estaba contrariando. Haber ido a Cambridge no había sido parte de su entrenamiento jurídico, le recordó, sino de su formación como miembro de la élite mexicana. Él no era un activista ni iba a serlo jamás. El mundo no era justo, de acuerdo, pero los privilegiados como ellos tenían que velar por sus propios intereses. No por los de los otros.

¿O acaso pretendía Rodrigo que México se convirtiera en una de esas dictaduras, donde todos eran iguales en pobreza y embrutecimiento? ¿Donde todos dependían de la "magnanimidad" de sus dirigentes políticos? Qué horror… Haber escuchado *lectures* de Amartya Sen o de Martha Nussbaum había sido un lujo que le serviría para presumir, para afinar un discurso inclusivo y tolerante, pero no mucho más.

Rodrigo esgrimió entonces el último de sus argumentos, el que consideraba irrefutable: a sus veintiocho años ya no podía ser sólo un hijo de familia; no podía atenerse a su sueldo de profesor, esperando que su familia le resolviera la vida. No había prisa alguna, insistió su padre. El joven podía seguir viviendo en su casa el tiempo que quisiera.

Su madre, sin embargo, no era de la misma opinión. Por paradójico que pudiera parecer en una profesora universitaria de Historia del Arte —que lo era, aunque no ejercía su profesión desde que se había casado—, ella aprovechaba cada oportunidad para recordarle que había por lo menos media docena de "jovencitas decentes" que se sentirían orgullosas de casarse con él. Pero él debía hacerse atractivo para ellas. Ofrecerles algo más que su sueldo de maestro. En eso pensaba Rodrigo mientras se dirigía a su encuentro con Rusalka, al volante de su automóvil. Ya se sentía socio de Warren & Lorca. Le quedaba poco tiempo como hijo de familia.

Llegó con diez minutos de anticipación, pero Rusalka ya estaba ahí, con una copa de vino frente a ella. Llevaba un vestido rojo, chillante, a juego con su melena. Su piel parecía aún más blanca; sus cejas, más pobladas. Rodrigo se sintió descolocado.

"Tenías que haberlo visto", me dijo más tarde Rusalka en medio de una carcajada: "El pobre estaba aterrado, como si se preguntara qué estaba haciendo ahí, con su saco de cuadritos pasado de moda y su sobrepeso, con una mujer como yo". Pude imaginar la escena, pues sabía cómo se vestía mi amiga cuando quería impresionar.

—Qué puntual —balbuceó Rodrigo, mientras se limpiaba el sudor de las manos en el pantalón.

Reparó en el escote que ella llevaba, en los senos rebozantes. Tras verla martes y jueves con un traje sastre gris o azul marino, su corazón empezó a latir con desmesura. "¿En qué me he metido?", debió pensar. Pidió al mesero una bebida igual a la de la señorita.

—Luigi Bosca —dijo ella—, un Malbec argentino exquisito. Si le gusta el vino, podríamos pedir la botella entera. La acaban de descorchar.

Sabía poco de Argentina —el tango, Borges, Eva Perón...— pero nada de sus vinos. Notó a Rusalka tan segura, sin embargo, que asintió con una sonrisa idiota.

—Este vino, en particular, es muy terso. Tiene mucho cuerpo, *profesor*. Lo malo es que es engañoso. Cuando uno menos lo espera, ya se mareó…

—¿Podrías decirme Rodrigo? —preguntó él con su mejor sonrisa.

—¿Cómo cree? Sería una falta de respeto.

Él tenía planeado iniciar la plática con la ópera de Dvořák, pero el dije de alacrán de oro que parecía deslizarse con lascivia entre los senos de Rusalka lo orilló a preguntarle qué le atraía de aquel bicho tan venenoso.

—Soy escorpio.

Hecha la aclaración, Rodrigo extendió el libro que le llevaba, pero ella no pareció interesada. Por eso pasaron a su nombre. Sus padres eran aficionados a la ópera, lo que explicaba que le hubieran puesto aquel nombre tan estrambótico. Había sido el ganador entre Valkiria, Ludmila y Pamina. A ella le gustaba la ópera, aunque prefería otras artes. Terminando la preparatoria, se había inscrito a la escuela de teatro de la universidad, pero descubrió que éste no le atraía tanto como para dedicarle la vida. Se inscribió a la Facultad de Derecho y también a un taller de teatro al que dedicaba los sábados por la tarde. Asistir a ese taller tenía un carácter religioso. Podía cancelar una de sus sesiones en el gimnasio, pero nunca una de su taller.

A Rodrigo le resultó imposible no evocar sus propias dudas; las que lo habían atosigado a lo largo de su carrera y se habían vuelto sofocantes en Cambridge. Las que le seguían atenaceando y lo hacían tan contradictorio. Él había nacido para ser un académico, no un abogado postulante. Buscaba la congruencia sin encontrarla. Si su vocación eran la ciencia política y el derecho constitucional, ¿por qué entonces iba a ingresar a un despacho donde lo que se hacía era litigar?; ¿por qué impartía clases de

Derecho Penal?; ¿para demostrar a su madre que podía ser productivo? Zambullirse en aquel mundo de legajos y trabalenguas no acababa de convencerlo. Tenía la capacidad para salir bien librado, pero lo que lo entusiasmaba era desenmarañar, comparar los sistemas políticos contemporáneos. Eso, claro, podría arrojarlo al cubículo de alguna universidad. ¿Era eso lo que realmente anhelaba? "Primero preocúpate por la forma en que vas a ganarte la vida y mantener una familia", remachaba su madre. "Ya tendrás tiempo para lo otro". Sí, quizá por eso había aceptado sumergirse en el mundo de las normas penales y se preparaba para mudarse al de las civiles. Pero no estaba siendo fiel a sí mismo.

Hablaron de Shakespeare, Ibsen y Shaw. Tanto en la preparatoria como en su taller, ella se había familiarizado con dichos autores. Sus predilectos, Eugene O'Neill y Tennessee Williams, cuyas Abbie Putnam y Laura Wingfield había encarnado. No le disgustaban los clásicos, pero consideraba que algunos dramaturgos del siglo XX, como Arthur Miller, Dario Fo y Harold Pinter, tenían más que decir a las nuevas generaciones.

Aunque su madre era profesora de arte y le gustaba aquello, contó Rodrigo, a él nunca le había despertado interés: no entendía por qué a una persona podía interesarle una historia que nunca había tenido lugar. Luego intentó averiguar algo más personal. Algo sobre ella, sobre su vida, su familia, sus aspiraciones… Rusalka, hermética, volvía a sus aficiones.

—¿Quién le dice que no le contaré a usted una historia que nunca ha tenido lugar, *profesor*?

Actuaba con tal desparpajo que él no le dio importancia. "La naturalidad es la pose más difícil de mantener", decía Wilde. Sin embargo, Rusalka también se interesó por él. Le preguntó qué era lo que más le había gustado de Cambridge.

—No sé —Rodrigo intentó hacerse el chistoso—. Creo que el té. Cuando iba a Londres algunos fines de semana, me gustaba ir a Fortnum and Mason a comprarlo. Mi favorito es el Assam, aunque mi madre dice que no tengo buen gusto. Que son mejores el Darjeeling y el Earl Grey, pero el primero me parece astringente y el segundo perfumado hasta el exceso.

Rusalka descubrió entonces la pulsera que él llevaba en la muñeca izquierda, una artesanía que había comprado durante un viaje con sus padres por un crucero por el Egeo. Cada una de las minúsculas cuentas de madera llevaba una letra del alfabeto griego. Ella lo observó, la acaricio con su dedo, se la zafó a Rodrigo con cuidado y se la colocó en su propia muñeca.

—Se me ve mejor a mí, ¿no cree?

"El pobre estaba lívido cuando sintió el contacto de mi piel con la suya", me refirió Rusalka: "Mi atrevimiento lo había excitado". Cuando Rodrigo menos lo esperaba, la botella de Luigi Bosca se había terminado. Sus ojos brillaban. La lengua comenzó a enredársele. Fue el momento que eligió Rusalka para dar el siguiente paso:

—¿Cree usted que Daniela Amuchategui sea la alumna más inteligente del grupo?

Él la miró sin entender a qué venía eso al caso.

—Me encantan tus sandalias —respondió.

Eran unas sandalias de azul chillante y tacón de aguja que hacían resaltar el esmalte rojo de las uñas de sus pies.

—Creí que no las había visto. Me las puse pensando que le iban a gustar. Pero eso no contesta mi pregunta, *profesor*: ¿Cree usted que Daniela sea la alumna más inteligente del grupo?

—¿Le pediste que me dijera que yo te encantaba?

Rusalka lo miró desafiante. Tardó unos segundos en responder:

—¿Hice mal?

—Tú también me encantas —admitió él, sin poder evitar los efectos del vino.

—Eso es lo que tenías que decir para que pudiéramos hablarnos de tú: las palabras mágicas.

Poco después de que yo entrara a trabajar a Warren & Lorca, Rodrigo me contó que tuvo la impresión de estar con una hechicera que estaba metiéndosele hasta el tuétano; apoderándose de su voluntad.

—Así que pronuncié las palabras mágicas…

—Sí. Por eso ahora voy a hablarte de tú. Pero no te diré Rodrigo sino Vodnik.

—¿Vodnik?

—¿No dijiste que habías visto la ópera de Dvořák? El duende del pantano. El consejero de Rusalka.

—Yo aspiro a ser tu amigo, no tu consejero.

—Por lo pronto, eres mi maestro. Vodnik debió ser como tú: gordo, sabio y adorable. Si haces méritos, podrías ser ambas cosas.

Rusalka llevaba la batuta con una destreza que lo aterró.

—¿Méritos?

—Claro. Pero antes debo saber algo. En clase nos dijiste que eras hijo único y soltero. Que esperabas una invitación para trabajar en el despacho Warren & Lorca. No nos dijiste, sin embargo, qué es lo que más te gusta de una mujer.

—No me pareció relevante.

—Si quieres ser mi amigo, saberlo es fundamental para mí.

No pretendía discutir el tema en aquel estado, así que dijo lo primero que se le vino a la cabeza:

—Su inteligencia.

—Examen aprobado, *Vodnik*. En premio, te diré algo sobre mí: mis padres se equivocaron al ponerme Rusalka. Debieron haberme puesto Carmen.

2

A pesar de sus celebrados textos sobre la suplencia de la queja y sus audaces criterios jurisprudenciales, Arturo Pereda languidecía. Tras veinte años como magistrado, su jubilación había atizado aquel sentimiento hasta convertirlo en sofoco. El sofoco devino en apatía. Ni siquiera había querido operarse la hernia inguinal que le habían detectado hacía tiempo y ya comenzaba a provocarle molestias.

Leía un rato, daba un paseo de media hora en un parque aledaño a su casa y regresaba preguntándose qué más podía hacer. Sus dos hijos habían obtenido becas para estudiar en Berkeley y Oxford, así que sus platicas con ellos pertenecían al pasado. Ni siquiera podía acomedirse a arreglar averías eléctricas o a resanar humedades, pues aquello no se le daba. ¿Volver a sus clases en la Facultad de Derecho? No. No tendría ánimos para lidiar con alumnos cada día más desinteresados en los entresijos del amparo.

Su mujer lo miraba con una mezcla de lástima e impaciencia. Desde su jubilación, había realizado un viaje con ella a Cancún y otro a Perú, donde se perdieron en los laberintos de Machu Picchu, navegaron el río Marañón en un crucero fluvial y degustaron platillos exquisitos en diversos restaurantes. Pero, al regreso, nada había cambiado. Ella le aconsejó que aprendiera francés o que, como sus sobrinos, se aventurara en el arte de las abejas, los panales y la miel; en su casa de Cuernavaca podría instalar cajones. Aquella idea tampoco lo sedujo. Menos aún la de adquirir un perro o cualquier otra mascota.

Era un jurista respetado. Más de uno de sus antiguos colegas se dirigía a él como *maestro* y a menudo era invitado a eventos universitarios —únicos momentos que disfrutaba—, donde se referían a él como arquetipo de probidad. Pero cuando se jubiló, lo hizo como uno de los cientos de magistrados federales del país. Su trabajo no había ido más allá de revisar las sentencias de los jueces, una labor tediosa, aburridísima. Salvo homicidios, violaciones y secuestros, las toneladas de expedientes que le había correspondido escrutar no le habían dado motivo de orgullo.

Cotejar informes, revisar doctrina, analizar precedentes y palomear listas para ver si se acreditaba o no un delito, no daban sentido a una carrera profesional. Menos aún cuando, como solía ocurrir, trabajaba semanas enteras, se desvelaba y lograba sentencias técnicamente irreprochables... por las que el inocente se quedaba en la cárcel por no haber hecho valer los recursos procedentes, y el culpable conseguía su libertad por haber contratado litigantes que objetaban cada palabra, cada coma de la resolución.

Años atrás, había integrado una terna para ser ministro de la Corte. Las veleidades políticas, sin embargo, provocaron que los senadores se inclinaran por una abogada cuya trayectoria profesional resultaba irrisoria en comparación con la suya, salvo por un pormenor: era esposa del dueño de un consorcio que había contribuido al financiamiento de las campañas políticas del gobierno.

Ahora, como jubilado, echaba de menos las deferencias que antes se le tenían. Incluso, las canastas de fruta, las corbatas y las botellas de vino que solían regalarle en Navidad. Extrañaba el trato reverencial que le dispensaba medio mundo, así como a su equipo de colaboradores, siempre pendiente de acatar sus instrucciones. Al perder su cargo, sentía que estaba encogiéndose. Era una sensación extraña pero inevitable.

Por eso, cuando la presidenta de la República lo mandó llamar para preguntarle si podría proponerlo al Senado como fiscal general, Pereda sintió que su trayectoria en la judicatura no había sido sino una preparación para ese momento. Iba a ser reivindicado. Cuando muchos lo pensaban acabado, renacería de sus cenizas. Había llegado a la punta del palo encebado.

Por supuesto, le inquietaba el escenario en que iba a desenvolverse. Su antecesor, amigo íntimo de la presidenta, había salido en los peores términos, pues había provocado una batahola al apoyar a un grupo de leguleyos que se dedicaba a extorsionar a empresarios. Si éstos no entregaban las cantidades que se les exigía, el fiscal abría una carpeta de investigación y, en menos de una semana, un grupo de jueces a modo decretaba prisión preventiva por los cargos más absurdos. Cuando esto salió a la luz, la propia presidenta proclamó a los cuatro vientos que ella no tenía nada que ver con esas extorsiones y que solicitaría la remoción del fiscal. Éste renunció, despavorido, antes de que el Senado se pronunciara. ¿Qué esperaba la presidenta de la República de Pereda en aquel contexto?

Para su mala suerte, aunque el conductor de Uber lo dejó puntualmente frente a la Puerta Mariana de Palacio Nacional, llegó tarde a la audiencia. "Esto es empezar con el pie izquierdo", barruntó. Le habían dicho que una persona estaría esperándolo ahí, pero como su nombre estaba anotado los soldados consultaron a la oficina de la presidenta, y le permitieron ingresar sin escolta. El jurista se perdió en el laberinto de escalinatas, pasillos y recovecos, donde encontró retratos y bustos de Benito Juárez y Lázaro Cárdenas. Fueron éstos los que le ayudaron a orientarse cuando se comunicaron a su teléfono celular y le pidieron que regresara por donde había entrado.

Finalmente, lo condujeron a uno de los salones de Palacio Nacional que, no por estar adornado con reproducciones de armas aztecas, amates donde lucían dioses prehispánicos emplumados y una fotografía del penacho de Moctezuma, dejaba de ser gélido. "Sórdido" decidió. Los muebles de los años cincuenta desentonaban con las estructuras decimonónicas y hasta con las de los siglos XVII y XVIII, que se confundían en aquel abigarrado conjunto arquitectónico.

Yatziri Sabanero tampoco entonaba con aquel ambiente. Era una mujer alta, de tez cobriza y cabellos negrísimos que se desmadejaban hasta la clavícula. Su nariz aguileña provocaban que Pereda no pudiera dejar de pensar en el señor de Pakal cada vez que veía sus fotografías. A sus 35 años, era una de las personas más jóvenes que habían gobernado el país. Su lema de campaña —"Recuperemos la grandeza de México"—, así como su fogosa oratoria, habían cosechado el apoyo popular. Había sido ortodoxa en su aproximación financiera y, hasta el momento, sólo llevaba un descalabro.

Había logrado que el gobierno de Austria devolviera el penacho de Moctezuma pero, lo que parecía un éxito, devino en desastre. De poco ayudó que se hubiera anunciado que iban a utilizarse las más modernas tecnologías para transportarlo: el penacho llegó hecho trizas. Aun así, el incidente se olvidó pronto. Una vez más, se hizo saber que se echaría mano de las más modernas tecnologías para repararlo y otros asuntos ocuparon la agenda pública. En eso discurría Pereda mientras observaba mazos y cuchillos que se exhibían en el salón, como si éste fuera un museo.

—La de la derecha es una espada *macuahuitl*. La de la izquierda, un hacha *tlaximaltepoztli*.

—Señora presidenta… —barboteó al ver aparecer a su anfitriona, ataviada con un huipil negro donde unos monos antárticos se columpiaban en ramas invisibles.

—Un día, con más tiempo, lo invitaré a conocer la colección completa —prometió Yatziri Sabanero, mientras lo convidadaba a que tomara asiento con un ademán.

—Señora presidenta… —repitió el jurista, reparando en que la presidenta se había pintado los labios de negro.

La señora presidenta no se fue con ambages:

—Quiero que sea usted el próximo fiscal general de la República, doctor. Necesito que aporte sus conocimientos y prestigio para recuperar la grandeza de México.

—Señora presidenta, yo…

—Sabe usted por qué le elegí, ¿verdad?

—No tengo idea, señora.

Sabanero le recordó que, seis años atrás, cuando ella había sido acusada injustamente por sus enemigos políticos, fue Pereda quien le concedió un amparo.

—Usted lo hizo porque es un hombre justo. Porque, como yo, busca la igualdad en México. Porque quiere que recuperemos nuestra grandeza. Y, ¿puedo ser franca con usted?, celebro que coincidamos en nuestros puntos de vista.

Pereda no recordaba aquel amparo, pero no se atrevió a contradecir a la presidenta de la República. Tampoco a aclarar que él nunca había concedido la protección de la justicia federal por benevolencia o afinidad política. Sabanero se deshizo en elogios respecto a sus libros, que, a todas luces, no había leído, y le expresó la simpatía que le inspiraba.

Lo que sí había leído era un artículo que Pereda había publicado años atrás, donde criticaba el carácter autónomo de la Fiscalía. "¿Cómo puede ser autónomo el instrumento que da al Estado su razón de ser?", preguntaba. El *ius puniendi* era esencial para que el gobierno de un Estado hiciera cumplir la ley. Si los ciudadanos se negaban a hacerlo, para eso había una Fiscalía que, de ningún modo, podía ser autónoma.

—¿Sigue usted creyendo lo mismo, doctor?

—Por supuesto, señora. Pero ahora la Fiscalía es autónoma y no nos queda de otra que conducirnos conforme a la Constitución.

Yatziri Sabanero hizo como si no hubiera escuchado y, con una honestidad que sorprendió a Pereda, le reveló que había realizado algunos nombramientos desafortunados en su equipo. Su intención había sido evitar que fueran los mismos de siempre los que ocuparan los cargos públicos: "la mismocracia", dijo. Había que dar a otras personas la oportunidad de ejercerlos; renovar las élites. Si no, ¿para qué había llegado al poder? Para su desgracia, aquellas otras personas no contaban con la preparación para desempeñarse en esos cargos —"resulta que la honestidad no es suficiente"— y los que estaban preparados eran los mismos. ¿Cómo romper aquel círculo? Por lo pronto, ella necesitaba reivindicarse frente a las pillerías del anterior fiscal general, por lo que había pensado en un hombre del calibre del jurista.

Antes de que Pereda pudiera hacerle la pregunta que necesitaba hacer —"¿Qué espera usted de mí?"—, la mandataria le expresó su recelo por el marco constitucional y legal. Eran leyes que obedecían a otros tiempos, a otras necesidades, diseñadas para favorecer a una minoría. Luego le pidió que buscara a don Cecilio Barbachano, el secretario de Justicia. Con él habría de acordar la logística. Era el hombre de su mayor confianza en el equipo y sería preciso que fiscal y secretario unieran fuerzas para devolver al país la esperanza y grandeza que había perdido desde la invasión española, en el siglo XVI.

Al salir de Palacio estaba exultante; como si el pecho se le hubiera inflado. No, no era su imaginación, concluyó mientras marcaba en su celular para solicitar el servicio de Uber: el pecho se le había inflado. Aun así, presintió sombras. La primera, en forma de duda: ¿Por qué a él? ¿Por un amparo del que él ni siquiera se acordaba? ¿Debió revelar a la presidenta de México que él siempre había actuado con apego a la ley y no por afinidades políticas? Si la presidenta había pensado en él sólo para que su prestigio hiciera olvidar a su antecesor, la decisión tenía sentido, pero ¿así era? O quizá ella esperaba algo más: que el nuevo fiscal pusiera tras las rejas a aquellos abogados y jueces que se habían dedicado a extorsionar empresarios… Que Yatziri Sabanero mostrara tal escepticismo por las normas jurídicas que él se había dedicado a defender tampoco le agradaba.

Cuando alguien preguntó a Adolfo López Mateos qué cualidades se necesitaban para ser fiscal general de la República, había respondido que tres: primero, ser leal; segundo, ser leal, y, tercero, ser leal. "Si, además, sabe Derecho, mejor". Y él nunca había tenido oportunidad de ser leal a nadie, salvo a la Constitución, como solía alardear ante sus alumnos.

La segunda sombra se materializó en forma de molestia: ¿por qué tenía que buscar al secretario de Justicia? Cecilio Barbachano era un levantador de fondos. En alguna época de su vida había litigado sin tener siquiera título de abogado. Desde luego, no lo hacía en los tribunales. Citaba a sus contrapartes en su despacho o en un restaurante japonés de la colonia del Valle. Ahí, en un privado, colocaba sobre la mesa una pistola con la cacha incrustada con diamantes y comenzaba a bravuconear. Tras una temporada en prisión, salió convertido en recaudador de fondos para campañas políticas; se extravió por las sendas de la ilegalidad y amasó una fortuna exorbitante.

Pereda lo había visto una vez en audiencia. Gritaba, manoteaba, amenazaba para suplir su falta de argumentos. Su nombramiento como secretario de Justicia había agraviado a la comunidad jurídica del país, pero ese no era problema de Pereda. El hecho de que la presidenta le pidiera unir esfuerzos con él, sí. Se rumoreaba que don

Cecilio era quien había orquestado las extorsiones a distintos empresarios a través de una red de despachos de abogados que eran los únicos que podían evitar que los acusados fueran a prisión, así como de una pandilla de jueces que él mismo se había encargado de reclutar. "Pero si sólo es para temas logísticos", caviló, "no debo inquietarme". El pecho inflamado se convirtió en sonrisa.

Tras su entrevista con la presidenta de la República, los acontecimientos se aceleraron. A sus 64 años, todas las puertas se abrían. Durante la sesión de preguntas y respuestas para la ratificación de su nombramiento, ante el Senado, los legisladores llegaron a ofrecerle una disculpa por el interrogatorio al que fue sometido. Prácticamente todos felicitaron a la presidenta Sabanero por apostar por un jurista de su calado: daría lustre a la oficina del fiscal. Los astros se habían alineado. Apenas fue ratificado, televisión, radio, periódicos y redes sociales aplaudieron el nombramiento. "Primera designación responsable que hace Sabanero", tituló su primera plana *Reforma*. "A ver si ahora sí", cabeceó *El Universal*. "Otro acierto de Sabanero", se leyó en *La Jornada*. Barras, universidades y despachos se sumaron a la ovación.

Pero el jurista había pecado de ingenuo. La política era otra cosa, como se lo advirtió don Cecilio cuando, antes de la ratificación, lo invitó a comer a su casa, en el Pedregal de San Ángel. A su búnker. En el despostillado portón de la entrada no se advertía rasgo alguno que pudiera delatar quién vivía ahí, pero, apenas se cruzaba el umbral, puertas y compuertas se alternaban para que nunca estuvieran abiertas dos al mismo tiempo. Había que tomarse una fotografía del iris y, luego, aproximarse a un dispositivo para que se autorizara la apertura de la siguiente exclusa, según se decodificara el ojo. "Así debe estar la conciencia de este hombre", concluyó Pereda mientras libraba los controles.

Barbachano lo recibió enfundado en un abrigo de *tweed* y una bufanda gris, como si no se hubiera percatado del calorón que hacía afuera. El contraste entre ambos personajes no podía ser más notable. Pereda, hijo de guerrerenses de la costa, era moreno, bajo de estatura y casi calvo. Peinarse hacia atrás los pocos cabellos que le quedaban no ayudaba a disimularlo. Tampoco su bigote de tuza. Don Cecilio, en cambio, a sus casi 80 años, medía uno noventa y poseía una melena blanca, de león albino, que hacía parecer más intenso el azul de sus ojos. Cuando movía la cabeza de arriba hacia abajo o de lado a lado, su papada se agitaba, recordando a una iguana.

Se disculpó por las medidas de seguridad. No podría sentirse a gusto sin ellas. También, por su atuendo y el termostato del comedor; era un hombre friolento y rogaba a su huésped comprensión. Pereda lo consideró una extravagancia, pero el calor que se sentía no fue suficiente para que el magistrado se quitara el saco o aflojara el nudo de su corbata: la mirada de hielo de Barbachano le provocó escalofríos.

Tampoco le incomodaron los meseros uniformados, la cubertería de plata y la retahíla de senadores que el secretario de Justicia enumeró para darle cuenta de lo que él había tenido que hacer para garantizar su voto. Le habló del valiosísimo respaldo de José Manuel Trejo, presidente de la Comisión de Justicia; de una senadora de Campeche a la que se había visto obligado a amenazar con ventilar un asunto privado, y del senador de Tamaulipas que había pretendido cobrar su patrocinio. "Bienvenido a la política", se dijo Pereda.

Le fastidiaba la idea de tener que alternar con don Cecilio, pero le consoló pensar que ése iba a ser el precio de convertir la Fiscalía General de la República en un detonador del Estado constitucional de Derecho, del que tanto había escrito y enseñado. Crearía un auténtico sistema de carrera para los fiscales y convertiría la institución en un modelo para América Latina y para el mundo.

Salvada la ratificación del Senado, donde prometió valentía e innovación para alcanzar la justicia que se debía a los mexicanos, la segunda comida con don Cecilio le hizo ver que las cosas no iban a resultar tan simples. A esta cita, Pereda llegó en una camioneta blindada, cuyas pesadísimas puertas le costaba trabajo abrir, y dos coches de escolta. Su anfitrión lo recibió en bata y pantuflas, como si acabara de levantarse. En esta ocasión, no explicó nada. Le endilgó un sermón sobre la necesidad de que se operara políticamente en México y le advirtió que, ante la ausencia de un secretario de Gobernación eficaz —el que tenían era un incompetente al que sólo le gustaba el oropel de los reflectores—, él tenía que tomar las decisiones incómodas que exigía la gobernabilidad del país.

—Me dicen que usted ha criticado la desigualdad, doctor.

—Es cierto, don Cecilio.

—Me dicen que usted ha elogiado la democracia.

—También es cierto, don Cecilio.

—¿Y usted cree que la desigualdad sólo va a combatirse con discursos? ¿Usted cree que la democracia va a alcanzarse sin dinero? La democracia cuesta y cuesta mucho. Vamos a necesitar dinero para defenderla. Para que el pueblo bueno ejerza libremente su voluntad y no se deje confundir por nuestros enemigos a la hora en que deba votar por nosotros habrá que tomar medidas radicales. Fue por eso por lo que la presidenta Sabanero y yo pensamos en usted para ocupar su altísima posición.

Por un momento, Pereda creyó que don Cecilio baladroneaba, pero cuando, tras el suflé de queso, pasaron a la biblioteca a tomar el café y don Cecilio le instó a solicitar órdenes de aprehensión contra "dos sinvergüenzas" que habían provocado la quiebra de distintos grupos industriales para enriquecerse, supo que hablaba en serio. Ni él ni la presidenta iban a tolerar a tales saqueadores, señaló el secretario de Justicia. Si habían llegado al poder era para enderezar el país y castigar los abusos que se habían cometido a lo largo de tantos años. México era desigual por culpa de personas como esos empresarios. Por supuesto, si devolvían al pueblo lo robado, se les dejaría en paz.

Mientras el anciano pontificaba contra abusos y corrupción, Pereda se distrajo mirando algunos óleos cuyos autores eran fáciles de identificar: Cuevas, Felguérez, Soriano… Le llamó particularmente la atención uno donde tres chapulines intentaban devorar un cocodrilo.

—Es un Toledo —dijo don Cecilio.

—Precioso —admitió Pereda.

—Pero no nos distraigamos, doctor.

—Con gusto revisaré cada expediente —prometió Pereda cuando concluyó don Cecilio.

—No hay mucho que revisar.

—¿Sabe usted de qué se les acusa?

—Lavado de dinero y delincuencia organizada. Podrán ir a la cárcel de inmediato. Prisión preventiva oficiosa. En cuanto paguen lo que deben, buscaremos un criterio de oportunidad para dejarlos salir. Avíseme cuando solicite las órdenes de aprehensión para hablar con los jueces a quienes corresponda otorgarlas.

A Pereda le escandalizó aquella declaración del secretario de Justicia. "Hablar con los jueces", usual en los años que siguieron a la Revolución, podía no haber sido una práctica completamente desterrada, pero el cinismo de Barbachano era insólito.

—Me preocupa que esto recuerde las extorsiones que acabaron con la carrera de mi antecesor.

—Quien viola la ley debe ser encarcelado —aseveró Barbachano contundente—. Hacer cumplir la ley no es extorsión.

Apenas volvió al edificio de la Fiscalía, Pereda acudió al acto protocolario en el que se presentó ante los empleados. Predominaron los aplausos y las miradas de burócratas alelados, temerosos de que se les fuera a despedir. En cuanto subió a su oficina, ordenó que se revisaran las carpetas que había mencionado el secretario de Justicia. Como precaución, llamó por el teléfono rojo —la red federal— al procurador fiscal y a la titular de la Unidad de Inteligencia Financiera para cerciorarse de que pisaba terreno firme. Fue un pretexto para presentarse y ponerse a sus órdenes. Ambos le aseguraron que ellos no tenían nada contra aquellos empresarios a los que Barbachano había tildado de sinvergüenzas.

Tuvo la extraña sensación de que, aunque acababa de llegar, ya estaba inmerso en el cargo desde hacía tiempo. "Es como subirse a un tren en movimiento", le había advertido el senador Trejo. En cualquier caso, su escritorio estaba inundado de felicitaciones y solicitudes de trabajo, acompañadas por los currículums de quienes los pretendían. También, de notas e informes de algunos subalternos a los que él no conocía.

Le reportaban cómo estaban ejerciendo la partida presupuestal de investigación o cómo procedían los grupos de la delincuencia organizada que habían quemado vehículos en Guanajuato y Baja California o los que habían ultimado a los jefes policíacos en Coyuca de Benítez, en su propio estado. También detallaban masacres, balaceras, bloqueos y bribonadas de todo género, que se estaban incrementando en el país.

A la mañana siguiente atendió a un grupo de activistas que le exigieron poner alto a los feminicidios. Las mujeres se arrebataban la palabra y una repetía, invariablemente, lo que acababa de decir la otra. Hubo momentos en que todas hablaban al mismo tiempo. Pereda no quería subestimar el problema, pero mostró las estadísticas: de los más de 35 000 homicidios registrados en México ese año —95 al día—, 31 000 de las víctimas eran varones. Las mujeres no eran las principales víctimas. Una de las activistas, una mujer de rostro caballuno, lo habría abofeteado en ese momento si otra de ellas, más serena, no hubiera tranquilizado a la agraviada. Explicó al fiscal que no eran sólo los números sino las causas de la muerte la razón por la que protestaban. No era lo mismo privar de la vida a un delincuente en una balacera o al candidato a una presidencia municipal que se le había atravesado a un cártel delictivo, que a una novia que ya no quería estar con el gañán que la maltrataba. Todas las vidas tenían el mismo valor, sí, pero las causas debían combatirse con enfoques distintos.

En cuanto salieron las activistas, Pereda buscó a los dos empresarios a los que el secretario de Justicia pretendía imputar para conversar con ellos. De uno le informaron que se hallaba fuera del país. El otro acudió al día siguiente a su oficina, acompañado de su abogado. Lo que el empresario refirió al fiscal fue que uno de los litigantes que hacía el trabajo sucio de Barbachano se había presentado en su fábrica para exigirle cierta cantidad de dinero; un donativo para el partido de la presidenta. De no obtenerlo, le abrirían una carpeta de investigación y lo refundirían en la cárcel. No era él el único que había recibido la visita de aquel abogado y, de hecho, los empresarios que habían tenido la mala suerte de ser elegidos ya estaban amparados o habían salido del país.

—Yo no salí —dijo el empresario—, pues puedo justificar hasta el último centavo que he ganado. El que nada debe, nada teme.

Pereda se sintió confiado. Ningún juez concedería la orden de aprehensión que solicitaba Barbachano. No se equivocó: apenas hubo presentado la acusación, el juez lo llamó por teléfono para comunicarle que la solicitud no iba a proceder. Como una deferencia "a su maestro", le hizo ver que no había elementos para dictar orden de aprehensión.

"Con esto me lavo las manos", suspiró Pereda: "cumplí con don Cecilio y no se violentó la ley". Si el secretario quería que se jugara en la cancha jurídica, en esa cancha se iba a jugar. No sin cierto regocijo, lo llamó por la red federal para informarle el criterio del juez. Pero Pereda olvidó que ya no estaba en la cancha jurídica, sino en la política. Ahí no se corría sobre pasto, sino sobre hielo resbaloso. Resbaloso y quebradizo.

Un día después, la presidenta de la Suprema Corte apareció en la primera plana de algunos periódicos y, más tarde, en distintas redes sociales. Tronó contra los jueces que estaban negando órdenes de aprehensión. "Son unos corruptos", acusó. "No tienen ningún compromiso con el pueblo y, por ende, no merecen prestar sus servicios en el Poder Judicial de la Federación".

Imelda Quiroga —la Doctora IQ, como la apodaban los medios de comunicación—, era una antigua litigante que, como tal, siempre se había debido a sus clientes. Su cliente era ahora, al parecer, Cecilio Barbachano. Pereda nunca había sentido aprecio por ella, pero leer aquella entrevista, donde abiertamente daba línea a los juzgadores, lo llenó de indignación. ¿Cómo se atrevía la presidenta de la Suprema Corte a aquello? Qué vergüenza. Ella debía ser el buque insignia de la imparcialidad.

Las declaraciones de la ministra le hicieron recordar que, al llegar al cargo, había despedido a medio mundo en la Corte. Entre ellos, a la directora de comunicación social, a quien Pereda consideraba una eficaz servidora pública. Tras leer la entrevista de la ministra presidenta, pidió que localizaran el teléfono de la comunicadora y le marcó para ofrecerle el mismo cargo en la Fiscalía General. "No sabe usted la alegría que me proporciona su invitación", dijo ella agradecida. Junto a Dionisio Orozco, su proyectista estrella en el tribunal, quien había accedido a acompañarlo en aquella aventura como secretario particular, ya tenía a los dos primeros integrantes de su equipo de trabajo.

Poco después de que Pereda terminara de leer la entrevista de Imelda Quiroga, el mismo juez que le había dicho que no concedería la orden de aprehensión, telefoneó para decirle que, tras una nueva revisión, la otorgaría.

—Usted no puede hacer eso —tartamudeó Pereda.

¿Cómo iba a otorgarse una orden de aprehensión por una acusación tan frágil? No había una sola prueba contra el empresario. Ni un solo indicio. Pereda había formulado la acusación sólo para demostrarle a don Cecilio que no podía actuarse al margen de la ley ni del Poder Judicial. Horas más tarde, se enteró de que el empresario que había estado en su despacho ya se encontraba preso. "Fue su novatada", se atrevió a decirle Dionisio Orozco, quien se sentía ufano de ser el secretario particular del fiscal. Pero aquello había sido mucho más que una novatada: había sido una trampa. Pereda tuvo la sensación de que se asfixiaba.

Volvió a tenerla cuando, a los dos días, luego de recibir a los representantes de diversas ONG que, rechinando los dientes, le exigieron intervenir de manera resuelta para frenar el tráfico migratorio ilícito —"Los coyotes recaudan casi dos mil millones de dólares cada año, pues cobran cuatro mil dólares a cada migrante"—, el secretario de Justicia le marcó por la red para pedirle que olvidara "los asuntos intrascendentes" y acudiera a su casa a las seis de la tarde.

Estuvo a punto de recordarle que él era independiente del Poder Ejecutivo. Que lo escucharía, sí, como escuchaba a todo aquel que lo buscaba, siempre y cuando agendaran un encuentro en la oficina del fiscal general, pero no lo hizo. Desafiarlo a unos días de haber tomado posesión podría resultar contraproducente. Después de todo, la presidenta de la República le había pedido que acordara con él. Canceló sus compromisos de esa tarde y, apenas verificó que los jóvenes de mantenimiento hubieran colocado las macetas y el retrato de José Ortega y Gasset, un cuadro que siempre le había acompañado en su labor judicial, salió rumbo al búnker.

En esta ocasión, no fue recibido de inmediato. La auxiliar del secretario de Justicia le pidió que esperara en la biblioteca: su jefe estaba en una entrevista que se había prolongado. Al cabo de veinte minutos, se abrió la puerta y salió la Doctora IQ. Pese a su piel cetrina, lucía pálida, como si la acabaran de regañar; forzó una sonrisa a modo de saludo y, en cuanto se escuchó la voz de Barbachano, indicándole a Pereda que pasara, la presidenta de la Suprema Corte salió despavorida.

Lo que Barbachano solicitó a Pereda fue que hablara con el presidente del Tribunal Electoral y le recordara que la denuncia que se había abierto contra él por despojo de tierras en Oaxaca aún no prescribía.

—No tengo idea de lo que me habla, don Cecilio, pero quisiera expresarle que, en el caso del empresario que usted…

—Nadie espera que el fiscal general de la República almacene en su cabeza todas las carpetas de investigación en trámite —lo interrumpió Barbachano—. Menos aun cuando acaba de tomar posesión del cargo. Pero bastará con ordenar a alguno de sus subordinados que la localice y la tenga a la mano para cerciorarse de que lo que le digo es cierto. Hágalo y notifique al magistrado presidente del Tribunal Electoral.

Pereda quiso saber cuál era el objeto de aquello. El fiscal general no tenía por qué informar a cada ciudadano los plazos de prescripción de un presunto delito. El secretario explicó, escuetamente, que esa noche él se reuniría con el presidente del Tribunal para pedirle que anulara una elección que no había favorecido al partido de Sabanero sino al de los empresarios que pretendían saquear al país y acabar con la democracia. Había que echar abajo esta victoria, que se había alcanzado rebasando los gastos que la ley fijaba para financiar una campaña política. El recordatorio que le haría el fiscal ablandaría al presidente del Tribunal, que había expresado ciertas reticencias.

—Con la presión que el magistrado recibe de académicos, periodistas y organizaciones de la sociedad civil, a veces parece indeciso. Hay que ayudarlo a que no flaquee, doctor. En esto consiste la gobernabilidad del país. Usted, yo y esa excelente mujer que es la doctora Quiroga somos las columnas de esta gobernabilidad. Si no asumimos nuestro papel no se alcanzará la igualdad y el Estado mexicano acabará por irse al garete.

—Sólo le recuerdo —se animó al fin Pereda— que la Fiscalía que encabezo es un órgano autónomo.

—¿Un qué? —preguntó Barbachano mostrando su dentadura de porcelana—. Usted mismo escribió que la autonomía era simple simulación.

—Aunque así lo fuera, si lo que usted pretende es que yo amenace al presidente del Tribunal Electoral...

—Pretendo que le diga la verdad: que hay un delito del que se le acusa y que éste no ha prescrito. Punto.

—Suena a amenaza.

—Encárguese, entonces, de que no suene así. Dórele la píldora. Dígale que llama para saludarlo. Cuéntele, de paso, lo que le estoy indicando. Nadie le pide a usted que mienta.

Pereda salió enfurruñado. No volvería a acudir al llamado de aquel malandrín; menos aún después de haberse encontrado a la presidenta de la Suprema Corte en su casa. ¿Qué diablos hacía ahí Imelda Quiroga? ¿Qué hacía él mismo? Cuando regresó a su oficina y preguntó por la carpeta de investigación le confirmaron lo que había dictaminado Barbachano. Antes de marcar por la red, recibió tres llamadas en las que una diputada, un gobernador y la directora de un organismo descentralizado le explicaban por qué no convenía ejercer la acción penal en unos casos y por qué debía retirar los cargos en otro. También tomó la llamada que le hizo el airado abogado del empresario al que habían refundido en el reclusorio. Pereda lo citó al día siguiente para conversar. Había que hallar una forma de revertir aquella atrocidad y él iba a hacerlo. No podía estrenarse como fiscal general refundiendo en la cárcel a personas inocentes sólo para satisfacer los caprichos de don Cecilio.

Por fin, haciendo un esfuerzo para no sonar amedrentador, llamó al presidente del Tribunal Electoral. Le dijo que, aunque su asunto carecía de importancia, el fiscal general quería tener la cortesía de advertirle del estado que éste guardaba. Del otro lado de la línea, pudo oír la pesada respiración de su interlocutor.

—Sólo quiero que sepa algo, doctor...

—Dígame.

—Somos siete magistrados. Mi voto lo tiene asegurado, pero no el de los otros seis. De hecho, como usted debe haberlo leído, enfrento una suerte de revuelta de mis pares. Me califican de vendido, de pusilánime. De servir a los intereses de Barbachano, vaya. He hecho cuanto él me ha pedido, pero no estoy seguro de poder hacerlo siempre. ¿Hasta cuándo me dejarán en paz?

Una semana después, el presidente del Tribunal reventó dos sesiones, aduciendo que los votos de sus colegas no estaban claros. Así, logró que transcurriera el plazo y se anulara la elección. La noticia no tuvo mayor repercusión en los medios pues ese mismo día la Fiscalía presentó una denuncia contra la titular de la Comisión Nacional de Búsqueda, a quien se acusaba de haber vendido perfiles genéticos a distintas empresas. Las especulaciones sobre para qué se utilizarían aquellos perfiles saturaron redes, periódicos y noticias de radio y televisión. Luego se anunció que habían decapitado a una jefa de la policía en Michoacán, que habían tiroteado a un presidente municipal en Puebla y que un grupo armado había plagiado a no menos de sesenta personas en Sinaloa.

Mientras leía los reportajes, antes de desayunar, y se decía y repetía que la mayoría de aquellos asuntos correspondían al fuero local y, por tanto, no le tocaban a él, Arturo Pereda descubrió que estaba fumando. Según él, había dejado el cigarro hacía cinco años.

3

Me has pedido que te hable de mí. Que te lo cuente todo. Si he de ser sincero, no sé qué significa todo. Aun así, voy a intentarlo.

Como podrás imaginar, aquí no hay mucho que hacer. Escribir me cuesta trabajo en todo sentido. Pero sirve de terapia. Eso dice un compañero con el que a menudo me encuentro en la biblioteca del reclusorio.

Si piensas que apenas tengo 27 años, el relato no va a ser largo. Lo que en un principio llegó a parecerme larga fue la condena que me impuso el juez. Cuarenta años. Pero después de lo que me ocurrió, el tiempo ha dejado de contar. La condena podría ser de cincuenta o cien, sin que ello resultara mejor o peor. Si revocaran la condena, tampoco.

El defensor público decía que, si me portaba bien, ésta podría reducirse a la mitad. Aun así, reflexioné al principio, en el mejor de los casos saldría de aquí casi a los 50. Un anciano inútil. Nadie querría contratarme en ninguna chamba. Hoy, esto ya vale madres. Hay cosas peores que estar en la cárcel.

Al principio, tuve la esperanza de que tú lograrías sacarme de aquí. Una vez que perdí esa esperanza, ya no tengo nada que temer. Por eso escribiré con sinceridad. Si este escrito cae en manos de jueces o fiscales, da lo mismo. Ya todo da lo mismo.

Sabes que me llamo Mauricio, que nací en Iguala y que mi padre era maestro normalista. También sabes que, al terminar la secundaria quise ser maestro. Como él. Conseguí que me inscribiera en la principal escuela normal rural del estado.

Ahí nos enseñaban algo de matemáticas, geografía y literatura. Pero, sobre todo, historia. La historia de la injusticia. Leí textos de autores revolucionarios. A Bakunin, a Gramsci y, por supuesto, el *Manifiesto del Partido Comunista*, de Marx. Aprendí sobre los próceres. Ricardo Flores Magón, Lucio Cabañas y el Che Guevara eran mis ídolos.

Ellos conocían el camino para cambiar el mundo. La violencia. No hay otro. Curas, moralistas y poetas que enseñan otros caminos son unos pendejos. Pendejos o embusteros. En la Normal aprendí a leer y a escribir. Y siempre lo hice mejor que el resto de mis compañeros. Era el que más leía de mi generación. El que mejor escribía. El que más sabía.

Nuestros profesores querían concientizarnos. Nos exhortaban a participar en todo tipo de protestas. De nada sirve atiborrarse de lecturas si no hay acción, repetían. Participé en los operativos de las casetas de cobro en Palo Blanco, Chilpancingo. También en los de La Venta, Acapulco. El dinero que pretendían cobrar Caminos y Puentes Federales por el peaje no debía llegar a los corruptos del Gobierno Federal.

También acudí a cuantas marchas y plantones se convocaban. La primera, a la Ciudad de México. Interceptamos camiones. Bajamos a los pasajeros y los dejamos abandonados en plena carretera. Nos fuimos a sitiar la Secretaría de Gobernación. Para que nadie entrara ni saliera. La bandera que me dieron con la hoz y el martillo debe estar todavía en casa de mis padres.

Cuando los militares asesinaron y desaparecieron a uno de mis primos y a otros luchadores que asaltaron por error un camión que llevaba droga, sentí que aquella era una señal para que ya no anduviera en esos mierderos. Lo entendí. Los soldados eran unos hijos de puta. Defender a la patria significaba para ellos eliminar a los que disintiéramos del orden social. De su orden social.

Me gradué como el mejor de mi generación. Salí con la determinación de cambiar el mundo. Y si no el mundo, México. Pero no estaba dispuesto a perder el tiempo en marchas de protesta; éstas sólo servían para que nos desahogáramos. Tampoco en conseguir fondos bloqueando casetas. Eso era para otros.

Lo que más me preocupaba era de qué iba a vivir. ¿De que vivían los revolucionarios? ¿Del sueldo de normalista? Si no cambiaba el mundo y no cambiaba México, al menos tenía que cambiar mi destino.

Un sacerdote de Chimalapa platicó un día con los recién egresados de la Normal. Nos dijo que la mejor forma de transformar al país no eran las marchas. Había que trabajar por la gente menos afortunada que nosotros. Aunque yo pensaba que no había nadie más desafortunado que yo, él nos llevó a Llano Perdido, en el municipio de Cochoapa. Era un pueblo que quedaba aislado cada vez que llovía. El rio Víbora se desbordaba.

Esa gente sí que estaba jodida. Moría de hambre porque, durante la crecida del río, no podía conseguir comida en ninguna parte. El sacerdote nos puso a construir un puente colgante con tablas. No sabíamos nada de ingeniería. Tampoco él. Pero lo hicimos. Supongo que el puente no duró mucho. Tampoco mi interés por ayudar a otros jodidos.

Un compañero me invitó a un mitin político. A lo mejor la grilla me jalaba, dijo. El candidato a gobernador era un tipo chistoso. Nos preguntó a los que lo escuchábamos cómo nos habíamos iniciado sexualmente. Como nadie respondió, contó que él lo había hecho con cabras y chivitos. ¿A poco no? Todos nos reímos. Pero mi interés por la política no pasó de ahí.

Mi madre, que había nacido en Zacapexco, en la Montaña Baja de Guerrero, solía ir armada de machete desde niña. Fue ella quien me transmitió el gusto por navajas y cuchillos. Más aún, fue ella quien me enseñó a usarlos. Tienes que saber defenderte de todos los ojetes que pululan por aquí, decía. Nunca te dejes de nadie. También me preguntaba a menudo si yo iba a ser un mediocre, como mi padre y ella misma.

Me pidió que hablara con su hermano. Vivía en Ayahualtempa y entrenaba a los jóvenes que se iban a las guardias blancas. Mi tío me conectó con un teniente del Ejército, amigo suyo, que en distintas ocasiones había servido de enlace para vender armas a los luchadores sociales. Él me ayudaría a darme de alta en las Fuerzas Armadas. Así podría servir a mi país.

Ser soldado resultaba más atractivo que ser maestro. Quizá era la única forma de hacer lana y superarme. Si era honesto, valiente y trabajador, podía escalar cimas muy altas, decía mi madre. Hasta general. Pero el precio era enorme. No me asustaba arriesgar la vida. Lo que se me hacía gacho era el tedio y la disciplina. Justo lo que estoy viviendo aquí. Qué pinche ironía.

¿Cuánto tiempo iba a llevarme convertirme en sargento? Años de soportar vejaciones, como las sufren todos los que ingresan a las Fuerzas Armadas. Años de aguantar a toda clase de culeros que nunca habían leído el Manifiesto del Partido Comunista. A militares que, al no haber sido expuestos al pensamiento crítico, ignoraban que, con su cuento de la lealtad a la patria, sólo hacían el caldo gordo a ricos y explotadores. Cuando no eran ellos mismos los ricos y explotadores, claro, disfrazados de siervos de la nación.

Aun así, decidí seguir los consejos del teniente. Total, si no me gustaba, podía desertar. El día que iba a presentarme con su coronel, fue el teniente quien me dijo que era él quien iba a darse de baja. Me contó que a su herma-no, que trabajaba en el helipuerto de un político, le ha-bían hecho una cagada.

Un conocido suyo pretendía chingarse a ese político, que se la estaba haciendo difícil al gobernador de no sé qué estado. Le ofreció doscientos mil pesos para que llenara el tanque del helicóptero mitad agua, mitad queroseno. *Jet fuel*. Le dio veinte mil de adelanto y le dijo que tenía que ir por los ciento ochenta restantes a Coahuauyutla, casi llegando a Michoacán, una vez que ocurriera el accidente.

El helicóptero levantó el vuelo con el *jet fuel* que jaló. Ya en el aire, con pura agua en el tanque, se desplomó. Ahí murió el político aquel. El hermano del teniente fue a re-coger la lana donde lo habían citado, pero nadie volvió a verlo nunca más. El teniente estaba seguro de que lo ha-bían matado en caliente. Debieron enterrarlo en la sierra. Él ya no quería ser parte de aquello.

Mis posibilidades de ingresar al Ejército se esfuma-ron. Tuve otras ofertas. El cuñado de uno de mis compa-ñeros en la preparatoria se dedicaba a disolver cadáveres en ácido. Era una tarea bien pagada pero peligrosa. No porque me fueran a apresar, sino porque el ácido siempre acababa chamuscando a quien trabajaba con él. Cuando el cuñado de mi compañero me hablaba de las bondades de su chamba, yo no dejaba de ver que sólo tenía un ojo y que en su mano derecha, mitad roja, mitad blanca, falta-ban dos dedos.

Me rehusé, asimismo, a ir a La Huacana, Michoacán, a fabricar narcodrones. Eran para dirigirlos contra los que no quisieran pagar su derecho de piso ahí, en Michoacán, y en Guanajuato. Me parecía gacho que a los amigos del gobernador y a las personas influyentes las dejaran abrir restaurantes, tiendas y todo tipo de negocios. Pero eso de ir a quemarlos si no pagaban cuota al pueblo no era lo mío. Un amigo que se dedicaba a eso murió en una balacera cuando se armó un operativo para apresar a su líder en Irapuato.

Un mes después, un compañero de la Normal me pidió que lo ayudara a un negocio en el que acababa de meterse: la venta de niñas en Metlatónoc. A unos ochenta kilómetros de Tlapa de Comonfort. Le dije que la trata de personas era de ojetes. Yo no le entraría. Él me hizo ver que mi decoro era una pose burguesa.

Las niñas se vendían en un rango de precio que iba desde los cuarenta mil hasta los doscientos mil pesos. Las autoridades comunales no lo veían mal. Las del estado no tenían forma de llegar hasta ahí. Además, si una madre ganaba unos pesos, un hombre se hacía de una esposa joven y una adolescente veía un futuro mejor, todos salían ganando. ¿Qué chingados importaba lo que dijeran el Gobierno y la Iglesia? Uno y otro sólo querían defender sus intereses económicos.

Me convenció. Pero una semana después de que cobré mi primera comisión por llevarle esposa a un cliente, dos municipales me siguieron por la sierra. Me agarraron. ¿Qué no sabes que es delito lo que haces, cabrón? Te van a dar veinte años de tambo. Eran dos tipos chaparros y gordos. Pensaron que yo iba a ser presa fácil.

Cuando uno quiso aplicarme una llave en el brazo, saqué mi navaja y le di un piquete en el cuello. Se desplomó. El otro avanzó hacia mí, pistola en mano. Antes de que pudiera cargar cartucho, le di en la frente. Cuando tiró su arma para cogerse la cara, le asesté tres puñaladas en el abdomen. Empezó a convulsionarse. Sin pensarlo dos veces, para cerciorarme de que estuvieran muertos, los degollé a los dos.

Eran las dos primeras personas que me cargaba. Aquello era para asustar a cualquiera. A mí no. Volteé para un lado y para el otro. Nadie me había visto en aquella soledad. Aunque sólo me había defendido, descubrir que no

48

sentía nada llamó mi atención: ni pena, ni miedo, ni alegría. Pensé en enterrar a aquellos tipos. Pero no. No tenía manera. Los dejé ahí. Para que se los comieran los animales. Ese día también dejé el negocio.

Cambié de giro. Me asocié con el Talibán para llevar goma a Acapulco. Un día acabé en un hotel de cinco estrellas. El contacto al que debía encontrar no llegó. El guardia de seguridad debió verme pandroso. Me ordenó salir. Le pregunté con qué derecho me pedía que lo hiciera. Él no podía decir quién entraba y quién no. Lo acusé de ser un lacayo de la burguesía. Te explotará, le dije. No seas gacho. Dame chance. Soy tu camarada. Tu hermano.

En medio de la discusión, apareció una mujer, ya entrada en los cuarenta. Debía ser la gerente o algo así. Le dijo al vigilante que me dejara en paz. Me pidió que la siguiera a su oficina. Ahí me preguntó cómo me llamaba. Cuántos años tenía. Si sabía nadar y bailar. Le dije que sí. Por supuesto. Entonces me preguntó si me interesaría trabajar en el hotel.

A cambio de animar a los turistas, me proporcionaría habitación y comida. Y un sueldo que ni las escuelas rurales ni el Ejército me hubieran podido pagar. Además, si era amable con los turistas, mis propinas podrían doblar mi sueldo. Luego supe que no sólo tendría que animar a los turistas. Pero el trato valió la pena.

Entonces descubrí que, además de no experimentar emoción ante el dolor de los otros, yo era un hombre guapo. Fueron dos hallazgos esenciales sobre mí mismo. Hasta entonces, no me había dado cuenta del poder que tenía sobre muchas mujeres. Sobre mujeres y hombres. Les gustaba que tuviera ojos verdes y labios pulposos. Les encantaba que tuviera las nalgas paradas. Al descubrirlo, decidí que, si quería vivir una vida mejor que la de mis padres y mis abuelos, debía aprovechar aquello.

4

La mirada de Rusalka le provocaba a Rodrigo ardor en los oídos, como él me lo contó cuando ya éramos compañeros en Warren & Lorca. Estaba convencido de que el grupo entero, ya al tanto de que él había invitado a comer a su compañera, se lo reprochaba. Siempre fue cándido y medroso.

La segunda vez que vio a mi amiga, fue para tomar una copa. Él la animó para que le hablara acerca de su familia, de su pasado… Nada. Ella le preguntó si conocía la ópera *Peleas y Melisande*. La protagonista era una doncella fantasmal a la que un príncipe había encontrado al lado de una fuente en cuyo fondo se vislumbraba una corona. "No la quiero", le previno ella: "si intentas rescatarla, me arrojaré al agua y me ahogaré". El príncipe acabó casado con ella sin hacer preguntas. Las dudas herían, provocaban lesiones innecesarias. ¿Por qué no dejar que las cosas fluyeran naturalmente?

Lo que Rusalka sí le dijo fue que trabajaba en una notaría, como pasante, y que tenía 23 años. Cinco menos que él, pero mayor que cualquiera de sus compañeros de clase. Rodrigo no entendía por qué se resistía a hablar sobre ella. ¿Sería casada? ¿Divorciada? ¿Ocultaría un hijo? ¿Por qué ni siquiera quería revelarle su dirección? Por su cabeza pasó la idea de averiguarlo a través de la Facultad. Sin pretexto para hacerlo, se exponía a despertar suspicacias. Lo mismo, si lo hacía a través de algún conocido que pudiera tener en la notaría. Consideró entonces la posibilidad de seguirla, de montar guardia frente a su domicilio, de averiguar todo acerca de ella. La idea era ridícula, pero mi amiga le provocaba toda clase de ideas disparatadas. A lo más que se atrevió fue a buscarla en la página web de la notaría, donde la encontró. Telefoneó para saber si, en efecto, trabajaba ahí. Cuando ella tomó la bocina y él identificó su "aló", colgó.

Al día siguiente, le envió un ramo de rosas rojas con una tarjeta que llevaba sus iniciales. Rusalka le llamó para darle las gracias. Le pidió, no obstante, algo que lo dejó aún más confundido: que no le volviera a mandar flores nunca más. Las aborrecía; las asociaba con personas que la habían lastimado.

Cuando entré a trabajar a Warren & Lorca y aún no superaba mis inseguridades por no pertenecer a aquel mundo, por no hablar ni vestir como esas personas hablaban y vestían, Rodrigo me invitó a comer con el único propósito de averiguar detalles sobre la vida de Rusalka, pero yo no dije una palabra. No porque no quisiera, sino porque tampoco sabía nada acerca de ella. Mi amiga era siempre hermética, reservada para lo que tenía que ver con su vida privada. Tampoco le dije a Rodrigo algo aún más importante. Algo de lo que yo sabía demasiado: que desde que conocí a Rusalka yo vivía enamorada de ella. Que era la protagonista de mis fantasías sexuales y que habría dado cualquier cosa por tenerla desnuda entre mis brazos, que me avergonzaba mi orientación sexual, tanto como mi precaria situación económica, y que le tenía a Rodrigo unos celos enfermizos…

La tercera vez se vieron en el bar de un hotel del poniente de la Ciudad de México. Ordenaron una botella de Trumpeter, otro Malbec argentino al que Rusalka también calificó de engañoso. Bebieron con avidez. Cuando él pensó que el encuentro llegaba a su fin, le preguntó si quería ordenar algo más.

—Sí —dijo ella—: lengua.

—¿Lengua? —evocó el platillo a la veracruzana que preparaba su abuela.

Antes de que pudiera descifrar la alusión culinaria, Rusalka se aproximó y metió su lengua en la boca de Rodrigo. Se retiró y volvió golosa. Él respondió estupefacto. Al terminar, le preguntó qué era lo que más le atraía de ella.

—Y ahora no me vuelvas a salir con que mi inteligencia.

—Tu olor —tartamudeó—: hueles a sexo.

—Lo que a mí más me gusta de ti es el color de tu piel, Vodnik. Es canela, como me habría gustado que fuera la mía, que es pálida y desabrida.

Él se disponía a refutar aquella afirmación, cuando ella le ordenó que fuera al *lobby* y consiguiera un cuarto. Rodrigo se levantó tambaleando rumbo a la recepción. Le preocupaba lo vulnerable que era ante el alcohol y, más aún, que alguien pudiera sorprenderlos. ¿En qué momento se había involucrado con una alumna? Si algo llegaba a saberse en la Facultad, si se suscitaba un escándalo, la responsable no sería ella sino él. Él era el de la posición de autoridad. No sólo lo correrían: sería humillado públicamente.

Estuvo a punto de dar la media vuelta, decirle a Rusalka que aquello era una locura, terminar la relación en ese momento…

Apenas entraron en la habitación, ella se quitó falda y blusa. Por la cabeza de Rodrigo se revolvieron las ideas: "¿Cuántas horas habría pasado en el gimnasio Rusalka para haber conseguido un cuerpo así?", me dijo al evocar aquel encuentro. Le avergonzó su propio estado físico, que delataba a quienes, como él, no practicaban ningún deporte. En todo caso, verla con aquellas medias caladas y aquellas bragas insignificantes provocó una reacción inmediata.

—Veo que tienes prisa, Vodnik.

—Está mal —suspiró él en un último intento por actuar con la congruencia que se exigía—, eres mi alumna.

Ella sonrió juguetona; colocó sus manos en cada lado del pecho de Rodrigo, lo acarició —esto no me lo relató él sino ella—, agarró la camisa por ambos lados y la abrió de un tirón. Los botones salieron volando.

—¿Sabes por qué estamos aquí? —le preguntó Rusalka mientras le quitaba el cinturón.

—Porque me encantas; porque no me importa que estalle el mundo si estoy contigo.

—No seas cursi. Estás aquí porque quiero demostrarte que soy una pelirroja natural —dijo zafándose las bragas y permitiendo que él contemplara a sus anchas la mata incandecente que le brotaba en la entrepierna.

Acto seguido, sacó de su bolsa un condón y rasgó el sobre con los dientes. Le indicó a Rodrigo que se desnudara, lo empujó sobre la cama, de espaldas, y se montó en él. Lo cabalgó mientras sus senos subían y bajaban y su cabellera emulaba el incendio que devoraba a Rodrigo en las entrañas. Logró que se viniera tres veces. "Creo que le pareció que lo estaba violando un súcubo", me dijo ella sin dejar de reírse. Cuando terminaron, sin lograr superar su aturdimiento, Rodrigo la acompañó hasta el estacionamiento.

Le sorprendió que se subiera a un BMW. ¿Pertenecía entonces a una familia adinerada? ¿Por eso era tan celosa de su intimidad? En la siguiente clase, ante los esfuerzos que él seguía haciendo para evitar su mirada, Rusalka alzó la mano.

—Dime —accedió Rodrigo sin remedio.

—¿El ejemplo del funcionalismo que acaba usted de explicar está basado en las teorías de Vodnik?

Nadie más sabía quién era Vodnik. Podía sonar a apellido de jurista húngaro. A ninguno de mis compañeros le importó, pero yo quedé azorada ante la temeridad. Di una patada a mi amiga bajo el pupitre. Rodrigo no podía más con su cara de buena gente; meneó la cabeza y siguió con la lección. A mí me encantaba que le dijera Vodnik —según lo googlé, Vodnik parecía un batracio— y que se expresara en términos despectivos de él, pero me pareció que lo correcto era reprochárselo. Rusalka no se daba cuenta de que yo desvariaba por ella. No quería que advirtiera mi veneración; entonces sería de mí de la que acabaría burlándose, lo cual no lo podría soportar.

—No ando con Rodrigo por guapo.

A ella le fascinaba tener el control; más aún, en una época en que las estudiantes marchábamos y coreábamos en los campus universitarios: "Y la culpa no era mía, ni dónde estaba, ni cómo vestía". Hubo un caso en que algunos colectivos feministas lograron reunir testimonios de más de cincuenta mujeres que afirmaban que un promotor de televisión había ofrecido papeles estelares a cambio de sexo y que les había comprado joyas y vestidos para conseguir sus favores. Algunas acusaciones revelaban que el promotor era un mujeriego, pero no un hostigador, como llegó a afirmarse. Las incriminaciones parecían impostadas. Una de las delatoras tuvo que leer lo que había ocurrido —o lo que ella decía que había ocurrido—, lo cual le restó credibilidad. Pero él era un hombre poderoso. Los medios se le echaron encima; tuvo que salir huyendo del país y entonces, precisamente entonces, Rodrigo salía con una alumna.

Cuando él comentó el caso con Rusalka, ella lo acusó de ser un coyón. Para incomodarlo, se puso a bailotear mientras tarareaba: "El Estado opresor, es un macho violador". ¿De veras le preocupaban los temas de la agenda feminista? ¿Le quitaba el sueño que fueran a acusarlo de ser *heteropatriarcal* y *falocéntrico*? Las mujeres tenían razón en estar encabronadas por tanta acometida, pero no era su caso. Nadie estaba acosando a nadie. Además ¿dónde terminaba el cortejo y dónde comenzaba el acoso? A todas las mujeres les gustaba un poco de galantería.

Bueno: a casi todas. A ella le encantaba. Y más si estás provenían de su novio.

—¿Soy tu novio?

—Tu pregunta ofende, Vodnik. Claro que eres mi novio.

Por si no le hubiera quedado claro, a partir de ese día comenzaron a hacer el amor sin condón. Ella le dijo que estaba cuidándose, por lo que él no debía albergar temor de embarazarla. Lo que él más deseaba entonces era que el curso concluyera. Pretendía renunciar a su clase y, en adelante, pasar a recoger a Rusalka como lo haría cualquier novio ordinario. Deseaba tener una relación sin el vínculo profesor-alumna. Asistió con ella tres o cuatro veces a conciertos a la Sala Nezahualcóyotl y a otras tantas obras escénicas. No disfrutó estas salidas; le causaba pánico la posibilidad de que fuera a encontrarse a alguien de nuestro grupo. Coincidió con amigos suyos y de sus padres, pero nunca con los de Rusalka. ¿Sería porque nunca salían juntos los sábados después de la comida?

"Mi taller es sagrado", repetía ella con sonsonete inapelable. Estaba ensayando *Los justos*, una obra de Albert Camus ¿La conocía? Lo invitaría al estreno. Pero más que asistir a ese estreno, lo que él anhelaba era finalizar el año escolar. Le sobresaltaba leer cualquier acusación en las redes o escuchar sobre el #MeToo. Varias noches, despertó sudando. ¿Qué ocurriría si algún alumno o alumna, celoso del profesor, decidía hacer un mitote? Los tendederos que se colocaban en ciertas universidades para delatar el nombre de los maestros que acosaban a las alumnas no eran para menos. ¿Qué dirían sus padres si un día figuraba ahí el suyo? ¿Qué diría Hinojosa? Le mortificaba caer de la gracia de un hombre de la rectitud de su maestro, su modelo. Se sentiría defraudado. Y con razón. Él lo había invitado a suplirlo en su clase; había confiado en la honestidad de Rodrigo y éste estaría correspondiéndole con una puñalada trapera.

En una comida de trabajo que tuvo con Francisco Arroyo para determinar cuáles de los trámites de la Suprema Corte iba a llevar cada uno de ellos, intentó sacar el tema a colación. Pero la ruidosa cafetería a la que acudieron no era el sitio ideal y Arroyo no era el interlocutor que Rodrigo requería. Era un abogado que rozaba los cuarenta y que había tenido algunos éxitos profesionales que lo habían convertido en un hombre pagado de sí mismo. Se jactaba de no haberse casado todavía porque las mujeres lo asediaban: ¿Por qué voy a ser la desdicha de una cuando puedo ser la dicha de tantas?, machacaba fanfarrón.

Ese día, además, estaba indignado por el hecho de que la presidenta de la Suprema Corte estuviera acumulando un caso tras otro, negándose a listar los asuntos que más importaban al país. Ni siquiera dio a Rodrigo oportunidad de abordar asuntos personales. Lo sacaba de quicio ver a la Doctora IQ en televisión y en las redes, lo mismo que verla atravesar la calle para ir a Palacio Nacional. ¿Iba a pedir instrucciones a la presidenta? ¿Dónde había quedado la división de poderes? Y lo peor: en lugar de enfrentar los asuntos que le correspondía desahogar, de agarrar al toro por los cuernos, perdía el tiempo hablando de los derechos de perros y gatos por TikTok. Se dejaba grabar acariciando a su cocker spaniel y dando consejos sobre cómo alimentar y consentir a las mascotas, las cuales eran "seres sintientes".

—¿Te enteraste de lo que respondió la muy cínica cuando le preguntaron por qué albergaba aquel rezago demencial? "Soy una mujer de convicciones", dijo. "La justicia no se imparte en los tiempos que exijan los medios de comunicación sino en los que sean necesarios para deliberar cada asunto". Su desfachatez es intolerable. Se ha convertido en lacaya del gobierno. Su papel se reduce a respaldar las arbitrariedades del secretario de Justicia.

Pero aquello no preocupaba a Rodrigo. Estaba absorto en Rusalka y, para averiguar algo más sobre ella, había buscado a una antigua compañera suya de la universidad, que ahora trabajaba como subdirectora de comunicación social en la Fiscalía General de la República. Le rogó que indagara el domicilio del propietario del automóvil cuyas placas le proporcionó. Ni tarda ni perezosa, su compañera buscó a un colega de la policía capitalina y, ese mismo día, tuvo la información que él requería: el coche pertenecía a una arrendadora financiera. ¿Se lo habrían prestado a Rusalka en la notaría? Toda ella era un misterio.

Ante la inminencia del fin del curso, Rodrigo quiso cerrar con broche de oro. No volvería a pensar en las clases de Derecho Penal. Anticipó que el examen sería extenso. Calificaría con severidad. Cuando uno de nuestros compañeros preguntó si se valdría la revisión, él fue más allá del reglamento. Habría revisión, sí, y sería pública. Pero cuando, ya en su cubículo de Warren & Lorca, aprovechó la hora de la comida para empezar a calificar y seleccionó la hoja de Rusalka para leerla antes que ninguna otra, comprendió que no podría cumplir su promesa:

P. ¿Qué opinaría Cesare Beccaria de los delitos que merecen prisión preventiva oficiosa en México?

R. El único delito que a él le importaría castigar sería el que cometían los profesores que seducían a sus alumnas y luego no eran para invitarlas ni siquiera a un fin de semana a Cancún.

P. ¿Qué sugeriría Luigi Ferrajoli para modernizar nuestro sistema penitenciario?

R. Que las universidades dieran facilidades a los profesores para hacer el amor con sus alumnas en el salón de clases.

Estaba asimilando aquellas insolencias, pensando qué pretexto iba a dar al grupo para no efectuar la cacareada revisión pública, cuando Francisco Arroyo irrumpió en su cubículo. Mientras confirmaba con los dedos que su cabello engominado siguiera en su sitio, anunció que, por acuerdo de los socios, Rodrigo se incorporaría al caso más relevante que el área penal del despacho llevaba en ese momento.

—Mañana paso por ti a tu casa, a las 8:30, para ir al Reclusorio Norte.

5

Sabía que no era lo correcto. Por supuesto que no lo era. Pero después de aquel tropiezo, de aquella infamia que se había perpetuado a partir de una acusación que él mismo había auspiciado, no pudo evitarlo: se presentó en el edificio del Poder Judicial, en Avenida Revolución, con ánimo de enfrentar al juez. Le llamó la atención ver en el estacionamiento tantos automóviles de lujo. ¿Así había sido siempre y hasta ahora él se daba cuenta? No, en sus tiempos había sólo unos cuantos… ahora eran demasiados.

Saludó a policías, asistentes, actuarios y secretarios. Todo mundo se desvivió por darle la bienvenida, como nunca había ocurrido cuando trabajaba ahí. Ser fiscal general de la República imponía a cualquiera. Apenas llegó al juzgado, se anunció. Arturo Pereda, como en los viejos tiempos. La recepcionista, nerviosa, lo convidó a pasar. Él no lo hizo hasta que se avisó al juez de su presencia. Éste salió a recibirlo de inmediato con un "Maestro, maestro, qué honor…". El fiscal fue al grano: había ido a ofrecer una disculpa y a formular una pregunta.

La disculpa, por haberle hecho llegar una acusación mal armada. Pero, justamente por eso, admitió, se animó a mandarla: sabía que no iba a prosperar. La pregunta —qué obviedad—: ¿por qué había prosperado? El juez tampoco fue con rodeos. Entre gitanos no se leían la buena fortuna. El mismo día que él le había marcado a Pereda para comunicarle que no vincularía a proceso a los dos empresarios que se solicitaba procesar, el Licenciado se presentó en el juzgado.

—Estuvo sentado en ese mismo sillón en el que usted está ahora sentado, maestro.

El Licenciado era el jefe de ayudantes de la presidenta de la Suprema Corte; un enclenque cacarizo, voz tipluda y mirada turbia, que provocaba terror al interior del Poder Judicial. Debía tener algún título en sociología, pedagogía o antropología, pero, ciertamente, no en derecho. Él se llamaba, a sí mismo, "operador político", pero quienes habían recibido sus visitas sabían que su *operación* se reducía a la bravata y al amago. La primera vez fue amable: le informó que había llegado una queja al Consejo de la Judicatura en la que lo denunciaban por hostigamiento sexual. El juez no dio crédito: jamás en su vida… No, no, tenía que dar ninguna explicación: en el Consejo lo iban a ayudar. A cambio, sin embargo, le pedirían un favor. La segunda vez fue menos sutil: se le anticipó que de no conceder la vinculación a proceso a aquellos dos empresarios sería trasladado a Agua Prieta, Sonora, o a Salina Cruz, Oaxaca.

Y el juez tenía familia, hijos, un padre nonagenario ¿Qué destino le esperaba en Agua Prieta? Pereda era de casa. Aunque fuera de oídas, pues a él ya no le había tocado padecerla, sabía cómo actuaba la Doctora IQ. ¿Por qué se sorprendía? Y cómo a él, el Licenciado había visitado a cuantos jueces tenían en sus manos asuntos como ése, cuyo propósito era exprimir a las víctimas para aumentar las cuentas de un grupo de sinvergüenzas, encabezado por quien el fiscal ya debía conocer.

Pereda resolló, se mordió el labio, movió la cabeza y apretó el hombro del juez con una mezcla de afecto y compasión. Lo entendía perfectamente. Salió sin proferir palabra, diciéndose que tenía que poner fin a aquello, pero ¿por dónde empezar? ¿Por consignar a aquellos jueces? ¿Cómo hacerlo cuando la propia Fiscalía había iniciado la cacería? Si quien encabezaba a los extorsionadores era, en efecto, don Cecilio, ¿cómo los iba a someter?

Por lo pronto, había que establecer prioridades. ¿Cuál de todos los asuntos que le abrumaban debía tenerla? No podía atender cuanto le pedían que resolviera, naturalmente. Si iba a concentrarse en las extorsiones era porque éstas habían descarrilado a su antecesor. Tras leer los periódicos de los últimos días, tras revisar las redes sociales, donde lo criticaban con ferocidad por haber consignado a un empresario inocente, Pereda sabía que las extorsiones también podían dar al traste con su incipiente carrera política. Aunque ¿valdría la pena salvar su cargo a cualquier precio? No, no a cualquiera.

Ya en su oficina, luego de firmar nombramientos y autorizar gestiones judiciales, atendió las solicitudes de un par de embajadores europeos que le habían rogado que no se levantaran cargos en un caso de tráfico de piezas arqueológicas. Eso podría lastimar la relación entre México y los países que ellos representaban. Pereda solicitó el apoyo de la Secretaría de Relaciones Exteriores, la cual se limitó a declarar que el problema era delicado, que había que proceder conforme a derecho, evitando que se dañara la relación. Eso era más fácil decir que hacer. Los diplomáticos siempre tenían a la mano aquellas respuestas que decían todo y, al mismo tiempo, nunca decían nada.

Al mediodía, se entrevistó con el comisionado del Instituto Nacional de Migración, quien estaba acusado de detener trenes a propósito para frenar el flujo de cubanos, haitianos, venezolanos y centroamericanos que escapaban de la dictadura o el crimen en sus países. El funcionario le refirió que, sólo ese año, habían sido detenidos en el país más de dos millones y medio de indocumentados. Luego pasó a las cifras de homicidios que se daban en las ciudades fronterizas, abrumadoras respecto a los que se registraban en las ciudades paralelas de Estados Unidos. Mientras en el Nogales mexicano se cometían cuarenta y cinco homicidios por cada cien mil habitantes al año, en el Nogales norteamericano no se había cometido uno solo el año anterior.

También desplegó cifras en materia de migrantes asesinados. Se rumoreaba que los polleros eran los responsables, pero él carecía de datos para demostrarlo. "No tengo elementos para probar nada", se revolvió el fiscal. La maraña de complicidades era pestilente y, si quien tenía que desembrollarla era él, ¿cómo lo conseguiría con una policía tan mal preparada y un cuerpo de fiscales que cada titular movía y removía a su antojo, sin permitir que recibieran formación profesional? El problema venía desde la Constitución, que no concedía derechos laborales ni a policías ni a peritos ni a fiscales. Pero ¿de veras alguien esperaba que él desenmarañara aquello?

En la tarde, recibió otra llamada de la oficina de Barbachano. Esta vez no era don Cecilio quien lo convocaba para esa misma tarde sino su secretaria. El fiscal respondió que no podría asistir. Tenía la agenda saturada. Al cabo de unos minutos, la secretaria volvió a comunicarse: ¿Prefería ver al *jefe* a las ocho de la mañana del día siguiente? Aquello no le gustó a Pereda. Sintió que la aridez de sus labios se desdoblaba a la garganta. Había llegado el momento de conversar con la presidenta de la República; de expresarle que no estaba dispuesto a acordar con quien lo trataba como a un subalterno. Que el fiscal general de la República estuviera a las órdenes de un empleado de la presidenta resultaba indigno.

Aun así, Pereda acabó presentándose en el búnker a las seis de la tarde. Durante el camino no pudo concentrarse en ninguno de los conflictos que estaba obligado a resolver. Se dedicó a observar el tráfico que avanzaba por el circuito periférico, a vuelta de rueda, a través de los vidrios polarizados de su camioneta. Contó las motocicletas que se entrometían por todas partes. Noventa y ocho de la glorieta de los Insurgentes al Pedregal de San Ángel.

El secretario de Justicia no lo hizo perder tiempo: necesitaba que solicitara una nueva orden de aprehensión. Ahora, contra Isidro Jiménez. Iba a pedírsela por la red federal, pero prefirió hacerlo de modo personal, temiendo que el fiscal, fiel a su costumbre, quisiera disponer de otros datos.

El antiguo gobernador de Durango se hallaba en prisión antes de que Pereda llegara a la Fiscalía, pero todo indicaba que estaba a punto de quedar en libertad. Barbachano había solicitado que se congelaran sus cuentas, pero no lo consiguió. La titular de la Unidad de Inteligencia Financiera se había rehusado categóricamente. Era una mujer valerosa e independiente, que había demostrado que era posible conducirse por los preceptos legales y dar resultados. Habría que doblegarla, sugirió el secretario de Justicia a la presidenta Sabanero. Pero, en el ínterin, su decisión permitió que Isidro Jiménez contratara a uno de los mejores despachos de abogados de México para que lo defendiera. Ahora, ese despacho había solicitado una audiencia para cambiar la medida cautelar. Todo indicaba que iban a obtenerla. "Mi gestión sería más fácil si no hubiera jueces", había dicho la presidenta cuando don Cecilio se lo informó.

Cuando finalmente se consiguió un juez dispuesto a dictar la prisión preventiva "por temor a que fuera a escaparse del país", éste pareció olvidar que el delito por el que se acusaba a Isidro Jiménez —ejercicio indebido de atribuciones— no debía merecer prisión en ningún caso. Los medios de comunicación denunciaron que el juez era un instrumento del poder político. Fue tan pertinaz la crítica, fueron tan intrusivos los medios al sacar a relucir los negocios de su señoría, su oprobiosa carrera, en la que siempre había concedido las órdenes de aprehensión que solicitaban los poderosos, que fue removido. "Un juez de consigna menos", cabecearon tres periódicos. Tras aquella paliza, se antojaba difícil que otro de sus colegas quisiera arriesgarse a dictar prisión preventiva de nuevo.

A diferencia de los casos anteriores que le había planteado el secretario de Justicia, Pereda conocía éste a fondo. Lo había estudiado, seguro de que, tarde o temprano, tendría que salir a justificarlo ante la opinión pública. Y no había forma de apuntalar una nueva orden de aprehensión. Don Cecilio no se arredró:

—La presidenta de la República es una mujer generosa, como a usted le consta, doctor. Ella lo propuso a usted ante el Senado para que encabezara el Ministerio Público Federal y me dio instrucciones para que yo sacara adelante su nombramiento.

—Lo sé y lo agradezco.

—La presidenta Sabanero no sólo recompensa a las personas que la apoyan. También es implacable con aquéllas que no le han sido leales. El señor Jiménez, por ejemplo. Ella lo trató como a un hermano. "El hermano menor que nunca tuve", llegó a decir. Pero, cuando los vientos no lo favorecieron, él cambió de partido. ¿Lo ha olvidado usted?

La carrera del político duranguense había sido auspiciada por Sabanero, como sabía medio mundo, así como que él había crecido a su sombra. Por ello, nadie entendió por qué Jiménez cambió de partido de forma tan abrupta. Si lo hubiera hecho sólo para ganar la gubernatura, se habría entendido. Pero, una vez lograda, él había proporcionado datos confidenciales a la oposición con miras a hundir a Sabanero. Su traición sacudió al partido de su antigua benefactora, que, a merced de la declaración del gobernador, estuvo a punto de zozobrar.

Los nuevos aliados del duranguense se preguntaban qué tan confiable podía ser un hombre que, por tercera vez en su vida, cambiaba de bandera. No debía tener más convicciones que las de enriquecerse sirviendo al mejor postor.

En su primer viraje, se había hecho de la vista gorda, según constaba en la orden de aprehensión, para financiar a los adversarios de su partido. En el segundo, había traicionado a Sabanero. Nunca imaginó que ésta acabaría accediendo a la presidencia de la República. Pero a Pereda, como fiscal, le interesaban los aspectos jurídicos, no las venganzas.

—No, no lo he olvidado.

—¿Qué es, entonces, lo que no le ha quedado claro, doctor? Necesitamos que solicite al juez otra orden de aprehensión contra Jiménez. Y que lo haga a la brevedad posible. No lograremos evitar que le concedan el cambio de medida cautelar, pero tampoco podemos darnos el lujo de que ese miserable salga del reclusorio. ¿Imagina usted el desdoro que eso supondría? Durante el sexenio de la presidenta Sabanero ese cabrón no sale. Sobre mi cadáver.

La asfixia le cerró la garganta a Pereda: no podía requerir otra orden de aprehensión. ¿Bajo qué cargos? ¿Con qué elementos? Las que solicitó contra los empresarios habían suscitado críticas por doquier. Los medios de comunicación lo habían pulverizado. Hubo académicos que, siendo sus colegas, sus amigos, expresaron su desconcierto por las redes sociales. ¿Aquél era el insigne defensor de los derechos humanos? ¿El autor de *La suplencia de la queja*, donde echaba en cara a los jueces su falta de valor para corregir las demandas de amparo mal planteadas por quejosos cándidos o ignorantes? ¿Para eso había renunciado a su jubilación como magistrado? ¿Para perseguir a empresarios que no eran afines al régimen y a los que podía extorsionarse a voluntad? La Fiscalía tenía mucho que hacer antes que dedicarse a satisfacer venganzas y caprichos.

—¿Bajo qué cargos? —repitió Pereda.

—Ése es problema suyo, doctor. Para eso es usted el fiscal general de la nación. Para eso lo puso ahí la presidenta. Invente lavado de dinero, enriquecimiento ilícito, delitos contra la seguridad de la nación, qué sé yo…

—He estudiado el caso minuciosamente. No hay forma de sacar otra orden sin violentar el Estado de derecho.

—Violéntelo, pues. ¿Cuál es el problema? La justicia y la gobernabilidad deben estar por encima de las ridículas normas que usted idolatra.

Pereda estuvo a punto de negarse, de anunciarle a don Cecilio que no haría aquello; así, de plano. Tras un titubeo, decidió consultarlo primero con la presidenta de la República. Ahora ya no le cabía duda de que debía buscarla.

—En ese caso, permítame estudiar el asunto, por favor.

—Tenemos poco tiempo, doctor.

—Si queremos que las cosas funcionen, debemos proceder con serenidad.

—Estudie el caso entonces y venga mañana a informarme cómo va a proceder.

Apenas subió a su automóvil, Pereda marcó el teléfono del secretario privado de Sabanero. Éste respondió en el acto. Tras las inevitables formalidades, el fiscal solicitó una cita con la presidenta.

—Se trata de un asunto delicado. Sólo le quitaré cinco minutos.

El secretario le hizo saber que la presidenta se hallaba en una gira por Quintana Roo, pero que él tomaba nota de su llamada. Transmitiría el mensaje a su jefa *ipso facto*. Antes de que hubiera llegado a su oficina, el secretario privado de Sabanero se reportó: la presidenta tenía noticia de su llamada y le rogaba que consultara el asunto —cualquiera que éste fuera—, con don Cecilio Barbachano.

¿Con don Cecilio Barbachano? A Pereda comenzó a temblarle el labio. También la mano. En su oficina esperaba el diputado Larrazábal, a quien había hecho esperar más de una hora. Se disculpó con él, haciéndolo pasar. Era un hombre mofletudo, cuyos anteojos con cristales verdes le hacían parecer sindicalista del siglo pasado. Al hablar, enfatizaba algunas palabras sin que viniera al caso. En ocasiones, al pronunciar *presidenta* o *decisión*, llegaba a desgañitarse. Su cometido, dijo, era entregar —y *entregar* fue un alarido— una lista de parte de la *presidenta* —otro grito—, donde señalaba *qué* cambios debían hacerse en *qué* delegaciones. Sinaloa, Nayarit, Colima, Michoacán y Guerrero. Los delegados no se estaban comportando *con vocación* de servir al pueblo de manera *patriótica*.

—Es curioso —musitó el fiscal—. Apenas hace dos días designé al de Guerrero, un magistrado jubilado, como yo, que ni siquiera ha tenido oportunidad de demostrar si sirve o no con patriotismo.

—Es la solicitud *de la presidenta* —repitió Larrazábal antes de salir.

Cuando Pereda se levantó a contemplar la ciudad por su ventanal del piso 25 —desde donde casi podía palparse la nata de esmog en la que naufragaba la Ciudad de México—, supo que se había precipitado al aceptar el cargo de fiscal general. No sólo había perdido el sueño y había conseguido que su mujer le pidiera que se mudara a la recámara vacía de uno de sus hijos pues, con sus volteretas y cambios de postura en la cama, no la dejaba dormir a ella tampoco. No sólo había vuelto a fumar y a consumir más café que nunca, sino que estaba perdiendo el entusiasmo vital que aún le quedaba.

Dionisio Orozco entró para recordarle que al día siguiente tenía programado un desayuno con el secretario de la Defensa Nacional en las instalaciones del Colegio Militar de Tlalpan.

Ahí se presentó al día siguiente. Un general y dos coroneles le mostraron dormitorios, comedores y la sala de banderas, donde se exhibían estandartes, pendones, reliquias históricas y hasta los rifles que habían utilizado los soldados que fusilaron al emperador Maximiliano en el cerro de las Campanas. Luego cruzaron la explanada y lo condujeron al edificio principal, una torre en forma de ídolo —el dios Tláloc—, donde lo aguardaba el secretario de la Defensa Nacional. No era su oficina sino la del director del Colegio Militar, explicaron los coroneles, pero ahí había querido recibirlo su jefe.

—Perdóneme por no haberlo acompañado en su recorrido, señor magistrado, pero aquí me tiene usted, postrado por la gota.

Pese a su rostro rubicundo, su abultado vientre y sus más de setenta años, contagiaba jovialidad. Ni sus manos regordetas y callosas ni los solemnes escudos de armas, banderines, fotografías y placas donde resaltaban la palabra *lealtad* lograban aminorar dicho efecto. Por el ventanal de la oficina —uno de los ojos de Tláloc— podía contemplarse la explanada del colegio, donde, en esos momentos, algunos contingentes marchaban de un lado a otro, dirigidos por una corneta. A un lado, el viento hacía ondear el lábaro patrio.

Sirvieron huevos aporreados con cecina de Yecapixtla y salsa macha. Mientras masticaba, el secretario le pidió a Pereda dos favores: el jefe de la zona militar de Zacatecas se había identificado demasiado con la tropa, lo cual había provocado que él mismo ordenara su traslado a Yucatán. Ahí, el jefe de la zona hizo lo mismo. Era un caudillo por naturaleza. Eso condujo al secretario a instruir que fuera transferido como agregado militar a Australia, pero en dos semanas media docena de los militares más leales habían tenido la audacia de pedir al secretario de la Defensa que reconsiderara su decisión. Aquello era insólito. Inaceptable. Era un insurrecto que estaba sembrando la insubordinación. De hecho, el general secretario sospechaba que él había tenido algo que ver con aquella ridícula maniobra en la que algunos soldados habían salido a exigir la liberación de cuatro de sus compañeros, "arrestados injustamente", y a denunciar "el abandono" en el que se tenía a la tropa, mientras algunos generales la pasaban en grande.

—Un soldado con carisma —apuntó Pereda.

—Usted lo ha dicho, magistrado, y esos soldados son peligrosos. Éste en particular. Es joven y enjundioso. Son los golpistas por antonomasia. Por eso hay que darle una lección de humildad. Pero que no provenga de las Fuerzas Armadas. A éstas hay que evitarles cualquier mancha, dada la labor que despliegan para el bien de México. Quisiera que usted lo consignara por una intervención que tuvo hace un año para desarticular a una banda de narcotraficantes.

—¿No logró desarticularla?

—Al contrario: lo hizo muy bien.

—¿Entonces?

El general miró a Pereda con extrañeza.

—Entonces tenemos que quitárnoslo de encima, así sea un par de años. Aquí tengo una carpeta sobre las posibles arbitrariedades que cometió. Uno de sus subalternos, al parecer, dio una patada en los huevos a uno de los detenidos, que era civil; un *paisano*, como se lee en nuestra Constitución. La idea es que se le finquen cargos desde su oficina y no desde la mía. Pediré al procurador de justicia militar que vaya a verlo a usted esta misma tarde para armar el caso.

Aquello le sonó a Pereda como el ostracismo de los antiguos atenienses: personaje que destacaba, personaje que se consideraba peligroso. Debía ser desterrado de la *polis*.

—General, la Constitución…

—La Constitución y las leyes que de ella emanan —exclamó jubiloso el secretario de la Defensa— sólo tienen sentido si hay alguien que las haga valer. Y quien las hace valer, mi querido magistrado, no son los jueces ni los académicos, que se llenan la boca hablando del Estado de derecho. Ustedes sólo le dan un cariz de legitimidad a lo que ocurre. Somos nosotros, los militares, los que nos la jugamos;

somos nosotros quienes hacemos cumplir la ley. Quien no obedece sabe que, tarde o temprano, se hallará con la fuerza pública. Con la policía y, finalmente, con nosotros.

—Aun concediéndolo, general…

—El otro favor que quiero pedirle se lo detallará el general procurador. Le ruego que desahogue el asunto sin dilación. Es la seguridad nacional la que está en juego.

Pereda salió del desayuno con el compromiso de recibir al general procurador y con una pequeña estatua de Temis, fundida en bronce, que le obsequió su anfitrión. También con una nueva duda. ¿Qué justicia era la que se pretendía que él dispensara?

Esa tarde se presentó en la Fiscalía el general procurador, un hombre de aspecto atlético y quijada cuadrada, que le comunicó a Pereda algo que atizó sus dudas: se había detenido a unos soldados por acribillar a unos malandrines en Matamoros, quienes se dedicaban a incendiar gasolineras. Ya se les había advertido que, si volvían hacerlo, la iban a pasar mal. Volvieron a hacerlo y, "como ya se les había advertido", repitió el general procurador, fraseando cada palabra para que no cupiera duda de a donde quería llegar, se les había tenido que castigar. Los soldados estaban injustamente detenidos. Antes, cuando prevalecía el fuero, los militares juzgaban a los militares y el problema se resolvía con discreción. Pero ahora las cosas eran distintas. Había que liberar a aquellos patriotas de inmediato, pues sólo habían repelido una agresión. Y lo habían hecho en defensa de la patria.

—Eso deberá discernirse en juicio.

—No, magistrado. Los abogados y los jueces están más preocupados por sus inagotables procedimientos que por la paz pública. Esto permite que los culpables queden sin castigo y que los inocentes terminen pagándola. La impunidad de los bandidos es una herida tan purulenta como el castigo a los patriotas. Hay que cuidar a nuestro

Ejército, porque el Ejército cuida de nosotros. Si permitimos que esos malhechores hagan de las suyas, mañana las víctimas serán nuestras esposas y nuestros hijos.

Sin comprometerse a nada, Pereda atendió más tarde a la oficial mayor, quien le hizo ver los dispendios de dos de los más altos mandos de la Fiscalía.

—Están desviando la partida de investigación —notificó la funcionaria medrosa—. Los únicos gastos comprobables son los viajes de un vicefiscal y las fiestas de otro. ¿Qué hacemos?

—Tráigame usted pruebas —ofreció el fiscal—. Los consignaremos.

En la noche, acudió a la cita que él mismo había solicitado a Barbachano. Lo dejaron entrar en cuanto llegó.

—No lo haré —anunció vehemente—. No puedo hacerlo. Usted discúlpeme, don Cecilio, pero pedir una nueva orden de aprehensión contra Isidro Jiménez me haría cómplice de una venganza demencial.

Cualquiera hubiera dicho que el secretario de Justicia ya esperaba aquello. Tomó aire, entornó los párpados y juntó las manos. Procuró que las yemas de los dedos de una coincidieran con las de la otra antes de clavar una mirada turbia en su interlocutor.

—No está entendiendo lo que se espera de usted, doctor: una cosa es la teoría, las abstracciones; otra, la realidad. Nosotros tenemos que enfrentarnos a lo real. No a entelequias.

—Sí, es posible que yo no entienda estas sutilezas —reconoció Pereda.

Don Cecilio se pasó la mano por su melena.

—Hagamos algo entonces —torció la boca—: usted seguirá fungiendo como fiscal general, puesto en el que el Senado lo nombró por nueve años. No vamos a exponernos a otra faramalla, que a nadie beneficiaría. Tampoco a obligar a la presidenta a que tenga que pedir de nuevo la renuncia del fiscal. Creo, sin embargo, que alguien debe hacer lo que usted se rehúsa a hacer. Nosotros nos equivocamos al ponerlo donde está. Usted, al aceptar.

—Violentar el Estado de derecho no puede ser, nunca, lo que se espere de un fiscal general —cortó Pereda.

—El poder político se alcanza para ejercerlo, doctor, no para hacer lo que dicen esos libros de leyes, llenos de buenas intenciones, que usted lee con devoción. Pero vamos al punto. Usted continuará resolviendo los asuntos del día a día; daños al patrimonio cultural, contaminación ambiental, asaltos en carreteras federales, que, ya ve usted, se han puesto de moda, y esas bagatelas. Los asuntos que interesan a la presidenta de la República, los que *verdaderamente* le interesan, los acordaré yo, directamente, con uno de sus subprocuradores. Así, usted no tendrá que desvelarse pensando que olvidó aplicar tal o cual norma de su manual de ética o que ha pisoteado el Estado de derecho al aplicar el inciso A de un artículo y no el B. Mañana mismo le enviaré a quien acordará conmigo para que le dé posesión en la vacante que tiene usted en la Subprocuraduría de Delitos Federales. Se llama Julio Camargo.

—Esa vacante pretendo ofrecérsela a...

—Camargo es un joven talentoso. Ofrézcale a él el cargo —ordenó don Cecilio terminante—. Lo buscará hoy mismo. Él será mi interlocutor. Eso sí, le ruego que, en este nuevo esquema de trabajo, le permita usted actuar sin entrometerse. Si usted se empeña en interferir, me obligará a adoptar otras medidas.

Pereda se agarró al brazo del sillón para resistir el vértigo. Si el secretario de Justicia pretendía que un "joven talentoso" se hiciera cargo de aquel asunto, era porque él, sin haberse afianzado siquiera en la silla del fiscal general, ya estorbaba. La amenaza era inadmisible. Su dignidad le ordenaba renunciar. Renunciar en ese instante. Pero la retirada podía resultar costosa. Había visto maniobrar a don

Cecilio y sabía que no le temblaría el pulso para inventarle algún delito y destituirlo de manera denigrante.

—Haga usted lo que quiera —declaró al tiempo que se ponía de pie.

—Deje que mi enviado salga a los medios; que él se ensucie —sonrió displicente Barbachano—. Usted desempéñese en lo que mejor sabe hacer: cultivar su fama de hombre probo y citar de memoria la Constitución. Cuando lo haga, póngase la mano en el pecho y engole la voz.

El fiscal general dio las buenas noches y salió. Temió que las piernas pudieran doblársele antes de llegar al estacionamiento. Sentía náuseas. ¿Aquella era la cumbre de su carrera? ¿Para eso era el fiscal general *autónomo*? ¿Para que un subprocurador impuesto le hiciera aparecer como un pelele? Al subir a su vehículo se arrellanó en el asiento de atrás. Experimentó una frustración pesadillesca. Lo habían utilizado para dar al régimen una cara amable. Él estaría predicando sobre el debido proceso y los derechos humanos, mientras otros los pisoteaban.

"Tengo que renunciar", decidió. Haría una renuncia enérgica, ruidosa, seguida de una conferencia de prensa donde denunciaría la farsa, pero antes tendría que conversar con la presidenta de la República. Tuvo el impulso de volver a marcarle desde su celular; no, no en ese momento. Volvería a hacerlo al día siguiente, cuando estuviera más sereno. No descansaría hasta obtener la cita. Debía contarle a Sabanero lo que ocurría, aunque era posible que ella estuviera enterada. Le preguntaría cómo proceder. De la respuesta de la mandataria dependería su decisión; si no hallaba el apoyo presidencial, claudicaría. No faltaba más. Pero tendría que hacerlo de tal modo que Barbachano no tuviera oportunidad de perjudicarlo. "¿Qué necesidad tengo de soportar estas canalladas?" Con su pensión del Poder Judicial podría vivir tranquilo el resto de sus días. Debía meditar cada paso. Calibrar el momento oportuno para actuar. Tuvo la apremiante necesidad de platicarle a alguien lo que le sucedía. En quien primero pensó fue en uno de sus antiguos colegas de la Facultad de Derecho, el ministro Juan Federico Arriola. Lo consideraba un hombre íntegro, de una visión política tan acerada como su sensibilidad. Debía llamarle.

Si don Cecilio controlaba las facciones mayoritarias, tanto de la Cámara de Diputados como de la de Senadores, iba a necesitar aliados. Él carecía de ellos. Aún si formulaba una denuncia valiente, tendría poco que ganar: el aplauso de los partidos de oposición y de algunas organizaciones de la sociedad civil durante tres días en periódicos y redes sociales. Poco más. En contrapartida, había mucho que perder. Podrían perseguirlo y enlodar su reputación. Lo mejor sería aducir un problema de salud. "Un problema de salud, por supuesto".

El secretario de Justicia estaba donde estaba no por sus conocimientos jurídicos, sino por los donativos que había hecho a la campaña presidencial y por el cinismo con el que torcía las leyes y doblegaba a los encargados de hacerlas cumplir. Según algunos articulistas, quería reponerse de la sangría que le había inferido la campaña de Sabanero; según otros, pretendía seguir levantando recursos, pero ya no para la presidenta sino para quien fuera a sucederla. Por ello la había emprendido contra aquellos empresarios que ni la debían ni la temían y, seguramente, lo haría con todo aquél a quien pudiera explotar. Pero lo de Isidro Jiménez era distinto. Mantenerlo tras las rejas para cumplir una venganza no podía ser una decisión de Estado. No, al menos, una que Pereda estuviera dispuesto a avalar.

No experimentaba simpatías ni antipatías por el político duranguense, pero sí la convicción de que el Derecho, así, con mayúscula, tenía que respetarse, gustare a quien gustare. Si no, ¿para qué se había instituido? ¿Para qué se había luchado por los derechos humanos con tanto ahínco? ¿Para que un cretino como Barbachano pudiera hacer lo que le viniera en gana en cualquier momento? No podía planteárselo así a la presidenta de la República; no, pero tendría que hallar la manera de expresárselo. El ministro Arriola podría hacerle sugerencias. Era un jurista que había navegado en las telúricas aguas de la política. La *Cabalgata de las valkirias* de su teléfono lo arrancó de sus cavilaciones. Dionisio Orozco le informó que acababan de llamar de la Secretaría de Justicia. Julio Camargo, el abogado que había anunciado don Cecilio, lo vería a las diez de la mañana del día siguiente.

—Confirme usted la cita —respondió lacónico.

"¿En qué momento vine a meterme a la cueva del lobo?", se preguntó Pereda. Estaba enfadado con Barbachano, pero, también, con él mismo. No lograba asimilar por qué tenía que acatar las instrucciones que estaba recibiendo. Quizá lo que debía hacer era pedirle a la presidenta que le permitiera acordar directamente con ella. Pero no. Se suponía que el fiscal general era autónomo. Durante el discurso de su toma de posesión había exaltado aquella autonomía, pero también había subrayado que la presidenta de la República y el fiscal tenían que trabajar hombro con hombro por el bien de México. Había llegado el momento de precisar qué significaba aquello. Marcó por su celular a Juan Federico Arriola. Éste, con tono avinagrado, le preguntó si el asunto era urgente. Pereda asintió. Entonces comería con él al día siguiente, dijo Arriola. La sola idea de poder hablar con su antiguo colega tranquilizó a Pereda.

—Debes saber que las divisiones en la Suprema Corte están más pronunciadas que nunca, Arturo. La cosa está que arde, como te habrás enterado. Mañana te lo contaré con detalles.

Mientras el ascensor subía hasta el último piso del edificio de la Fiscalía General de la República, recordó lo que una vez le confió uno de sus antecesores: "Para ser fiscal general se necesitan dos características: primero, gozar de prestigio como jurista; segundo, estar dispuesto a sacrificarlo". Entró a su oficina y pasó al sanitario a lavarse las manos. Orinó, volvió a lavarse las manos y, ya frente a su escritorio, se desplomó en su sillón giratorio.

La red federal comenzó a sonar. En la pantalla apareció el nombre del secretario de la Defensa. Pereda descolgó. No era el general secretario sino el general procurador, que debía estar en la oficina de su jefe. Le preguntó cuándo podría devolverle a los soldados de los que habían platicado.

"No debo hacer tal cosa", pensó Pereda. "¿Para qué sirve entonces la Fiscalía General de la República? ¿Para qué la Constitución?". Aquello era algo que también tenía que discutir con la presidenta de la República. Si contaba con su apoyo, tendría ocasión de hacer que la Fiscalía funcionara. Si no, sería mejor abandonar su encomienda. Pero debía llegar a su audiencia sin el señalamiento de haber desatendido las solicitudes del secretario de Justicia o del secretario de la Defensa. Por ello, prometió al general que ordenaría proceder en ese sentido. Colgó la red federal y pidió a su secretaria que lo comunicara con el delegado de Tamaulipas.

En cuanto éste fue localizado, recibió instrucciones. Había que liberar a aquellos soldados. Sí, de inmediato. No, no importaba que se infringiera la norma. Acababa de terminar la llamada con el delegado, cuando Dionisio Orozco le indicó que afuera estaban dos diputados de Jalisco. No tenían cita con él, pero le suplicaban que los recibiera para tratar el sanquintín que se había armado con unos tequileros, acusados por adulterar la bebida. Estaban detenidos y pretendían que el Fiscal conociera los pormenores de aquella acusación para que liberara a los tequileros lo más pronto posible.

—Son los que financiaron las campañas políticas de estos diputados —anunció Orozco con un guiño de complicidad.

6

Era María Elena Sánchez. O María Elena García. O María Elena González. No recuerdo. Pero se había cambiado el nombre. Astrid Loredo era, según ella, uno más comercial.

Me consiguió una credencial para el gimnasio y me obligó a pasar ahí dos horas al día. Muy temprano. Antes de comenzar mi rutina de entretener turistas. Quería *hacerme* desde el principio. Así dijo. Hacerme. Comenzando por mis músculos.

Tenía un cuarto amplio y ahí tenía que ir yo, noche a noche, para pasar un rato. Ella lo pasaba mejor. Yo tenía que imaginarme a otras mujeres para calentarme. Astrid era corpulenta. Tosca. Me reveló que era lesbiana de clóset. Pero que nunca se atrevería a hacerle el amor a una mujer.

Por eso me pidió que me rasurara bigote y barba. Por eso quiso que me dejara el pelo largo. Me gustan tus cabellos rizados, decía. Por eso me pidió que me perforara una oreja y me pusiera un arete que ella me obsequió. Era una piedrita verde. Combina con el color de tus ojos, dijo.

Disfrutaba acariciarme las tetillas y pintarme los labios con bilé. Y, también, clavarme el dedo en el ano. Llegó al extremo de comprarse un arnés. Arnés con dildo incluido. La práctica se llama *pegging*. Según ella decía, era de lo más normal. No me agradaba ni tantito. Tampoco que me dijera Negro.

Al paso del tiempo agradecí su interés. Agradecí que me hubiera obligado a ir al gimnasio y que me hubiera enseñado tantas piruetas en la cama. De no haber sido por ella, habría tardado años en aprenderlas. Era obvio que yo no era su primer protegido.

Mis días como *showman* transcurrían sin pena ni gloria, dado que Astrid me prohibió terminantemente aceptar invitaciones de las gringas calientes que iban a buscar sexo. Ni de las gringas calientes ni de nadie. Eran las reglas del hotel. Yo sabía que no eran las reglas del hotel. Eran las reglas suyas. Pero las acaté.

Las actividades cambiaban diariamente. Al cabo de la semana, de la quincena o del mes, se repetían. Se trataba de ver quién se bebía una pinta de cerveza más rápido. Quién cachaba más globos llenos de agua. Quién cantaba mejor en el karaoke. Había partidos de volibol en la playa y concursos para preparar sándwiches o jalar una cuerda hasta que uno de los equipos provocara que el otro se cayera. *Tug of war*, se llamaba el jueguito.

Me tocaba organizar bailes y competencias para encontrar el tesoro. Participaban niños y adultos. Al cabo de dos meses, Astrid me dio un diploma de Animador Turístico. Firmado por ella.

Comenzaba a hartarme cuando conocí a Lorena, otra cuarentona a la que su marido había abandonado para salir en pos de una mujer más joven. Iba todos los días al gimnasio y tenía sed de venganza. No sólo le sacó al exesposo una jugosa pensión, sino que me llevó a vivir a su casa. Quería demostrarle, dijo, que ella también podía tener un novio al que le doblara la edad.

Yo temía que un día apareciera el fulano y me diera un balazo. Pero el dichoso marido nunca apareció. Haberse deshecho de aquella furcia, concluí después, fue su máxima recompensa. Astrid lo tomó mal. Me acusó de ingrato. Tuve que renunciar a mi chamba de animador. Eso, la verdad, me dio igual.

Lorena era irritable. Al menor pretexto comenzaba a arrojar objetos contra la pared. Rompía platos y vasos en cada ataque. Pero tenía dinero. Era generosa. Me pidió que me cortara el cabello al ras, que me dejara la barba y que tirara el arete a la basura. Te ves más viril así. Me surtió de camisas, chamarras y hasta relojes. El regalo que más aprecié fue un cuchillo de montaña. Una joya. Con el sustituí mi vieja navaja. Si alguna posesión extraño aquí, en la cárcel, es ese cuchillo. De haberlo llevado aquella noche fatídica las cosas habrían sido distintas. Curiosamente, Lorena también me decía Negro. Prometió que el día de mi cumpleaños me compraría un automóvil.

Pero el día de mi cumpleaños no llegó. No llegó con ella a mi lado, quiero decir. Una de sus amigas, Paola, una cincuentona, pero más serena, más simpática y con más dinero, empezó a besuquearme en una fiesta. Desde esa noche, empecé a acostarme con ella a escondidas de Lorena. Le dije que eso se me hacía mala onda, pues Lorena alardeaba de que la quería mucho. Paola tenía un hijo y me propuso ser padre del niño. En otras palabras, casarme con ella e irme a vivir a la Ciudad de México. No lo pensé dos veces. Y ahí me tienes. Viviendo en un lujoso departamento de la desquiciante capital. Casado con Paola.

Ella me rogó que me dejara el cabello largo. No eres un cadete, me dijo. Mi melena hacía juego con mi barba. Me presumía donde podía. Nunca volví a ver a Astrid. Ni a Lorena. El niño de Paola me decía papá. No contenta con el diploma que me había otorgado Astrid, mi esposa me inventó una carrera universitaria. La respaldó con un pergamino de Licenciado en Administración de Empresas Turísticas que no sé cómo consiguió. Pero tenía sellos, hologramas. Hasta la firma de un rector inventado. No le gustaba estar casada con un don nadie.

Pude haber continuado una carrera de hombre casado si no me hubiera seguido haciendo preguntas: ¿Por qué chingados había gente tan rica, mientras mis padres, hermanos y amigos seguían jodidos? Las respuestas las he tenido desde que estudiaba en la Normal. Lo que no sabía era cómo revertir aquella situación. La violencia era la respuesta, aconsejaba Marx. Pero ¿cómo?, ¿cuándo?, ¿dónde? La lana que yo le pasaba a mi mamá no resolvía el problema de fondo. Yo vivía a expensas de una mujer rica. Pero sentía odio hacia los ricos.

Paola me veía como un empleado. Me consentía, me compraba cosas. Pero yo era su *escort*. Me indicaba qué hacer y hasta cómo vestir. Si yo tuviera dinero, pensaba, podría hacer lo que me viniera en gana sin estar a expensas de esa arpía. De esa o de cualquier otra.

Una vez que fui a Iguala, lo platiqué con mi padre. Él me recordó que todo en la vida tenía ventajas y desventajas. Todo tenía costos. Uno tenía que decidir si los pagaba o no. A fin de cuentas, lo importante no era el dinero sino la felicidad. Si uno era feliz, qué más daba que fuera maestro, como él, o presidente de la República. Qué más daba que uno fuera rico o pobre. Entonces desdeñé al viejo. Hoy sé que tenía razón.

Durante una fiesta a la que acompañé a mi esposa, la dueña de la casa dijo que las cucharas con las que estábamos comiendo costaban, cada una, quinientos euros. No pude creerlo. Pero me eché una a la bolsa sin que nadie lo notara. Mi sorpresa fue enorme cuando busqué en Google el precio de aquel cubierto. Costaba lo que había dicho su dueña. Su exdueña.

A partir de entonces, cada vez que íbamos a una reunión regresaba con un recuerdo. Paola, por supuesto, nunca se enteró. Otra vez, sentado a la mesa con tres parejas petulantes, me puse a observar el lugar. Si consiguiera meterme ahí una noche en que los dueños no estuvieran podría hacerme de cosas por las que me darían un chingo de lana. Observé puertas y ventanas. A la salida, cruzamos un pequeño jardín. Todo podría ser fácil si lograba saber el día que la casa se quedaba sola.

Me iba a la cama y despertaba pensando en esa posibilidad. Fue cuando te conocí. A partir de ese día resolví
que tenía que hacerlo. Tú eras una princesa cautiva y yo
iba a ser el caballero que te rescataría. Pero, para eso, necesitaba dinero. Y, para empezar, un cómplice. Comencé
a poner atención a lo que contaban las amigas de Paola.
Quién se iba de vacaciones. Quién se quedaba sola. Quién
no tenía perro que comenzara a ladrar.

Como aprendí en la escuela, las leyes y los derechos
humanos se habían inventado para proteger a los ricos y
poderosos. Eran leyes redactadas por políticos que habían
ganado sus campañas con dinero de los explotadores. En
reciprocidad, esos políticos protegían los intereses de sus
benefactores. Pero ¿por qué querría yo proteger los intereses de los ricos y poderosos, si a ellos sólo les importaba
chingarnos? Había que chingarlos a ellos. Ladrón que
roba a ladrón, decía mi madre, tiene cien años de perdón.

El único de mis amigos a quien podía contarle aquello era el Talibán. Lo busqué. Un fin de semana que Paola
se fue con su hijo y sus amigas de *shopping* a San Antonio,
fui a Coahuayutla, donde él vivía. Ese lugar cercano a
Michoacán que te mencioné.

El Talibán seguía metido en lo de la goma. Me dijo
que pronto iba a hacerse millonario. Que estaba asocia-
do con unos militares. Que me fuera con él. Yo no veía
cómo iba a conseguir la lana que soñaba. Temí que un día
fueran a matarlo. Finalmente, así ocurrió. Pero me puso
en contacto con un colombiano que vivía en la Ciudad
de México. Se dedicaba, justo, a lo que yo iba a acabar dedi-
cándome.

7

Fui armando la historia, reconstruyéndola detalle a detalle, con lo que me contó Rodrigo, por su lado, y Rusalka por el suyo. Cuando faltaban piezas del rompecabezas, no fue difícil hallarlas y embonarlas con todo lo que sabía. A fin de cuentas, la historia de ellos era también la mía. La escribí porque necesitaba explicar muchas cosas sobre ellos, pero, ante todo, sobre mí misma; para responder las preguntas que me hacía y sigo haciendo, llena de remordimientos. Alguien me contó, alguna vez, que eso era lo que pedían los psicólogos a sus pacientes: una historia escrita que les permitiera no sólo desahogarse sino reflexionar y descifrase ¿Lo conseguiría?

Entré a trabajar a Warren & Lorca porque Rusalka se empeñó en que así fuera. Ella no sólo era mi mejor amiga desde que comenzamos la carrera, sino, como he dicho, la mujer más hermosa que había visto en mi vida; el objeto de mis deseos. Fantaseaba con ella cada noche. La desnudaba y complacía una y otra vez, sin que ella lo supiera. La imaginaba dominante, obligándome a satisfacer sus caprichos, si bien entendía que eso no iba a ocurrir jamás.

Yo tenía mejor memoria que ella. Aprendía artículos y citas jurisprudenciales con más facilidad, pero, definitivamente, ella era más inteligente. Mis mejores notas no evitaban que ella fuera mi modelo en su forma de entender el mundo y disfrutar la existencia. Me gustaba cómo pensaba, cómo hablaba, cómo vestía. Me encantaba la forma en que se relacionaba con otras personas. Sacaba provecho de todo. Habría dado cualquier cosa por ser como ella, pero tenía que conformarme con masturbarme imaginando que me poseía.

Un día que fuimos a tomar un café, poco después de que hubiera concluido el curso, le confié los problemas que me agobiaban. Mi padre acababa de anunciar que tenía otra familia. Como mi hermana Melissa y yo éramos mayores de edad, concluyó él, ya podríamos ganarnos la vida. En cuanto a mi madre, tenía un trabajo como oficinista en la Comisión Nacional del Agua, por lo que tampoco lo necesitaba. Dicho lo anterior, desapareció. Aunque íbamos a presentar una demanda por alimentos, en el ínterin me urgía un trabajo.

Melissa, que era delgadita y tenía facciones finas, había conseguido empleo como edecán en una compañía que le pagaba bien, pero no era un salario fijo. Dependía de los eventos a los que asistía y eso variaba mes a mes. Yo, ostentándome como pasante en Derecho, había hecho no menos de quince solicitudes, pero en todas partes me daban largas o, de plano, me notificaban que no cumplía con los requisitos que exigía la plaza. El pretexto era, casi siempre, que carecía de experiencia, pero ¿cómo iba a adquirir experiencia si nadie me daba oportunidad de adquirirla?

—Haré que Vodnik te consiga un trabajo —prometió Rusalka—. Es lo menos que puede hacer.

Protesté. Me resistí. Ella insistió: ¿para qué éramos amigas entonces? Además, el curso había terminado. Ya no éramos alumnas de Rodrigo. A éste le acababan de autorizar la contratación de un asistente y había pedido la opinión de Rusalka. ¿Quién mejor que la más aplicada de sus alumnas? Siempre he sido emotiva, así que, ante la determinación de mi amiga para ayudarme, se me salieron las lágrimas. Ella me abrazó cariñosa. En ese abrazo sentí que estaba más cerca de ella que nunca.

Dos días después, Rodrigo me llamó para pedir que fuera a verlo a su despacho. En cuanto llegué al edificio de Reforma me sentí cohibida. ¿De veras creía Rusalka que yo podría trabajar en un sitio así, tan elegante? Mi trabajo anterior había sido en la preparatoria, como vendedora de donas glaseadas. Mi mayor sofisticación consistía en ser lectora de la poesía de Gabriela Mistral, Alfonsina Storni y Juana de Ibarbourou.

Cuando entré al cubículo de Rodrigo, no acerté si ver en él a mi antiguo profesor o al novio de mi amiga. Mi mirada se concentró en su escritorio —una plancha de vidrio— y en las latas de té Assam. Una era cilíndrica, verde; la otra, cuadrada, roja: East India Company.

Con un gesto me indicó que tomara asiento. Ignoraba todo acerca de mí, mientras que yo conocía hasta la marca de los calzoncillos que usaba. No pude evitar imaginármelo desnudo, de rodillas, recorriendo con su lengua el cuerpo de Rusalka, como ella exigía que lo hiciera.

Sin preguntar cuáles eran mis intereses o pretensiones salariales, me participó que, "a partir de ayer" —el mes había comenzado ayer—, yo sería su asistente. Me pidió que entregara al administrador del bufete mi acta de nacimiento y otros papeles que figuraban en una lista que me entregó. Me indicó que había que leer el Código Nacional de Procedimientos Penales, al tiempo que me entregaba un ejemplar con *stickers* amarillos. Poco a poco, añadió, él me iría involucrando en la defensa de Isidro Jiménez, preso en el Reclusorio Norte. Sabía quién era, ¿verdad? Pronto iba a recobrar su libertad. Al despedirse, como de paso, me indicó cuánto iba a ganar.

Llegué a casa sin poder creer que ya tenía un trabajo. Y qué trabajo… Llamé a Rusalka para contárselo. También, para expresarle mi gratitud y mis miedos: ni siquiera tenía ropa para presentarme. ¿Cómo iba a ir vestida? Ella soltó una carcajada. Eso sería fácil de resolver. Me citó en el mismo lugar de la vez pasada y se presentó con tres trajes sastre. No eran nuevos, pero, ya que casi éramos de la misma estatura, podían servirme. Había que hacer arreglos mínimos. Luego, me entregó un sobre con cinco mil pesos.

—Es un préstamo —dijo antes de que yo pudiera rechazarlos—. Me los devuelves cuando puedas.

—Nunca podré pagarte todo lo que haces por mí —sollocé.

Ella me abrazó cariñosa. Pude escuchar su corazón, latiendo junto al mío.

—Tú harías por mí lo mismo si las cosas fueran al revés, ¿no?

Luego, para no parecer sentimental en exceso, intentó una broma: lo que sí tendría que hacer era cambiar de anteojos.

—Con esos que traes, desde que te conozco, pareces lechuza.

En cuanto me pagaron, intenté devolverle el dinero. Ella me rogó que lo hiciera más tarde, que mejor le platicara cómo me iba en mis excursiones al Reclusorio Norte y cómo veía el caso de Isidro Jiménez, que, a juzgar por lo que se leía en las noticias, no iba a salir tan pronto como yo le había dicho, pues acababan de girar contra él otra orden de aprehensión.

—¿Leíste el argumento del juez Carlos Obeso? —pregunté.

—No —admitió.

—Ante el señalamiento de que la conducta por la que se le había dictado prisión preventiva había dejado de ser delito, tras la decisión del Congreso, el juez Obeso adujo que eso no importaba: que cuando habían decretado la prisión preventiva aquello era delito. Ese imbécil tendría que ser destituido y hasta encarcelado, ¿no crees? Es oprobioso que un juez no sepa que no puede aplicarse la ley retroactivamente en perjuicio de alguien. Y, si lo sabe, que vergüenza que todavía tengamos en México jueces de consigna.

Le referí, asimismo, que Isidro Jiménez tenía una celda aparte de los otros reclusos. Era una especie de varanda enrejada, donde había otras tres o cuatro celdas, cada una con baño y regadera, donde albergaban a los reclusos importantes. En el área común había un par de sillas y una mesa de lámina, donde desayunamos el pan dulce, el café y la piña troceada que llevó Francisco Arroyo. El exgobernador de Durango vestía mocasines de piel, unos pants y una sudadera caqui, como el resto de los reclusos, pero con el escudo de una marca elegante a la altura del corazón. Se había dejado crecer la barba, pero la mantenía rasurada y pulcra. Conservaba también la actitud altanera con la que se le había visto retratado en los periódicos antes de su detención. Quizá ya se había resignado a pasar encerrado lo que quedaba del sexenio.

Pero ni Francisco Arroyo ni Rodrigo pensaban lo mismo. Cada uno, más optimista que el otro, describía la estrategia que iba a desdoblar para sacarlo de ahí. Ante lo mal formulada que estaba la nueva orden de aprehensión, conseguirían que la medida cautelar se redujera a un arraigo domiciliario. El exgobernador no creía que eso pudiera lograrse.

—La presidenta Sabanero considera que la traicioné y va a dejarme tras las rejas. Mi caso es eminentemente político.

Pero debía albergar una esperanza, por más endeble que fuera; de otro modo, ni siquiera se preocuparía por la defensa.

—Sabanero no tiene la última palabra en un país donde hay división de poderes —sostuvo Arroyo con una determinación que hasta a mí me convenció.

Pero Isidro Jiménez insistía: ¿acaso no habíamos leído las declaraciones de Imelda Quiroga, quien, violando la parcialidad que exigía su cargo como presidenta de la Suprema Corte de Justicia de la Nación, había expresado su complacencia ante el hecho de que él siguiera en prisión?

—Es una malnacida —bufó Arroyo.

—Será lo que sea —suspiró el duranguense—, pero tiene el poder para mantenerme aquí.

Ni Rodrigo ni yo habíamos estado nunca dentro de un reclusorio. Pero lo que para mí fue una nueva experiencia —formarme en la fila de visitas, dejar que me pusieran en el antebrazo sellos de seguridad que sólo se veían bajo una luz infrarroja o ser escoltada por reclusos a los que se les permitía ganar una propina si mostraban buena conducta—, para Rodrigo fue traumático. Particularmente cuando salimos y pudo echar una ojeada a la prisión, donde los reos se abarrotaban en las celdas como animales enjaulados. "Estos sitios no deberían existir", dijo atribulado. "No quisiera tener que volver nunca".

Lo que no comenté ni con Rusalka ni con Rodrigo fue mi reflexión sobre el destino. Si bien había leído decenas de libros sobre superación personal y autoayuda —"Tu puedes conseguir lo que te propones". "Tú eres dueña del porvenir". "Desea algo con fuerza y lo alcanzarás"—, me daba cuenta del peso que tenía la suerte en la vida de cada persona. Si estaba en Warren & Lorca, atendiendo uno de los asuntos jurídicos más relevantes en el país, era por una serie de coincidencias. Nada más. Si en la universidad me hubieran asignado un salón diferente al de Rusalka, si Rodrigo hubiera dado clases en otro o si él no hubiera sucumbido a los encantos de mi amiga, mi vida sería diferente, a pesar de mi talento, propósitos, deseos de superación y ganas de crecer. Quizá algo similar podría decirse de Rodrigo, de Rusalka, de Isidro Jiménez y de todas las personas que languidecían en las cárceles.

Al principio creí que Rusalka estaba sinceramente interesada en el exgobernador, pero pronto descubrí que lo que le importaba era la forma en que el desenlace del caso podía afectar la carrera de Rodrigo. ¿A qué personas veía su novio? ¿Con quiénes hablaba? ¿Con quién se relacionaba en el despacho además de Francisco Arroyo? ¿Había alguna mujer que lo buscara? No me entusiasmaban aquellos interrogatorios, pero me decía a mí misma que si estaba ahí era por Rusalka. Lo menos que podía hacer era contarle lo que quería saber. Incluso cuando Rodrigo llegó a decirme que cierta información no podía compartirla con nadie —y lo dijo como si yo supiera a quién se refería—, incluso entonces le conté todo a Rusalka, con pelos y señales. Temía que si un día le ocultaba algo y ella se enteraba, podía irritarse y pedirle a Rodrigo que me despidiera. Con tal de complacerla, él lo haría *ipso facto*.

—Lo tengo comiendo de la palma de mi mano —presumía Rusalka.

Ése era otro motivo para admirarla. Yo nunca habría podido decir eso de ningún hombre ni de ninguna mujer. Cuando ella pareció más interesada en las labores del despacho que en las de Rodrigo fue cuando le conté que había ido a vernos el doctor Apodaca, el médico que, en la administración pasada, había estado a cargo de la pandemia. Se le acusaba de haber improvisado, de haber politizado la situación y de haber mentido descaradamente. Aseguró que las vacunas no servían para nada; luego, que las rusas y cubanas eran mejores que las de Estados Unidos por no estar certificadas, y, finalmente, que la ciencia mexicana era mejor que la ciencia europea. Sus colegas médicos habían llegado a publicar un manifiesto demandando que se le retirara la licencia para ejercer la profesión. También se le achacaban homicidios por omisión. La industria farmacéutica tenía bien documentado que él era uno de los principales responsables del desabasto de medicinas que había golpeado al país. Era probable que acabara tras las rejas. El hombrecillo hablaba hasta por los codos, pero nunca lograba concentrarse. El trabajo de Francisco Arroyo, de Rodrigo y el mío —porque también me habían involucrado en aquel asunto— era convertir en argumentos jurídicos su verborrea, lo cual se antojaba una tarea titánica. Pero había que preparar su defensa.

Después de todo, sostenía Arroyo, el doctor Apodaca no había tenido la culpa de la pandemia. Había hecho cuanto había estado en sus manos para que ésta causara el menor número de bajas posibles. Entre las acusaciones, desafortunadamente, también se esgrimía que, al no usar cubrebocas y no predicar con el ejemplo, al decir una cosa hoy y otra al día siguiente, había incitado una actitud irresponsable entre la población. Se le achacaba no haber instrumentado las medidas oportunas para frenar la pandemia, como sí lo habían hecho otras naciones, así como haber regalado grandes cantidades de vacunas a otros países, cuando México más las necesitaba. Pero aquellas habían sido decisiones del Consejo General de Salubridad. No de Apodaca. Mis jefes estaban seguros de que podrían evitar que pisara la cárcel.

Sin embargo, la curiosidad de Rusalka resultó efímera. Incluso cuando Apodaca fue detenido y conducido a prisión. En lugar de retirarle el pasaporte y exigirle una fianza elevada, como se hubiera hecho en un país respetuoso de la ley, le impusieron prisión preventiva con el pretexto de que se podía dar a la fuga. Lo mismo que a Isidro Jiménez. Se lo conté furiosa a Rusalka, pero a ella sólo le interesaba Rodrigo: ¿Le habían dado algún bono recientemente? ¿De cuánto? ¿Cómo gastaba su dinero? ¿Lo dilapidaba? ¿Asistía a comidas a menudo? ¿Pedía platillos caros? ¿Qué bebía?

—Yo soy la única en la que debe gastar —me advirtió— y tú debes alertarme si no lo hace así.

Rodrigo me pasaba sus notas y facturas, por lo que yo podía informarle a mi amiga lo que ella quería saber. A cambio, me regalaba los vestidos que ella ya no usaba. No podía imaginar lo excitada que me ponía al sentir que la ropa que vestía era la misma que había tocado su piel. Disfrutaba oliéndola y palpándola, como si de algún modo oliera y palpara a Rusalka.

De lo que sí le platiqué fue de Jaime Athié, jefe del Departamento Fiscal, quien me tiraba la onda abiertamente. Como era un hombre casado, cuantas veces me había invitado a comer yo le había dicho que no. A pesar de sus cincuenta y pocos años, era un hombre apuesto y muy atento. Sus sienes plateadas y su mirada de halcón recordaban, a veces, a un actor de televisión. De cuando en cuando, enviaba a mi escritorio un chocolate o una flor. Rodrigo y algunos compañeros del despacho habían llegado a hacer chascarrillos al respecto. Yo no me atrevía a pedirle a Athié que no lo hiciera, pues eso podía ocasionarme alguna dificultad con él o con Rodrigo. Era quizá el más respetado de los socios dentro del despacho. Solía viajar al extranjero a impartir conferencias y el socio director le mostraba deferencia. Me halagaban sus atenciones pero, aunque yo no sentía especial atracción por ningún hombre, era humillante que el único varón interesado en mí fuera un cincuentón y que me viera como plato de segunda mesa. Pedí a Rusalka su consejo.

—Gajes del oficio. —Se encogió ella de hombros sin darle mayor importancia.

Un fin de semana que Rodrigo acompañó a sus padres a Nueva York, mi amiga le pidió prestada la casa de Cuernavaca. Me invitó. Yo, fiel a mi costumbre, protesté; me resistí. Ella me aseguró que su novio no sólo sabía que yo la acompañaría, sino, también, que me había dado permiso de faltar ese viernes. Dado que ella no iría a su taller el sábado siguiente —se había suspendido por un compromiso del director—, ¿por qué no aprovechar dos días el sol de Cuernavaca para broncearnos? A ambas nos hacía falta.

No tendría que preocuparme por llevar nada. Ella se encargaría de todo. Pasó por mí a las diez de la mañana y para la carretera no puso ópera, como supuse, sino música ochentera: Madonna. Apenas llegamos a la casa, me condujo a la cocina y verificó que el refrigerador estuviera lleno.

—Nuestra única tarea consistirá en calentar la comida cuando tengamos hambre. En eso y en asolearnos.

Para no variar, el lugar me impresionó. Estaba rodeado de árboles. La alberca, en forma de frijol, parecía espejo. Había sido construida alrededor de una palmera, lo cual daba a la escena el aspecto de un pequeño mar con isla incluída. El jardín debía haber sido arreglado esa mañana pues el olor a pasto se le metía a una por las narices y hasta por las orejas. Entre las dos colocamos los sillones frente a la alberca y fuimos a la cocina por una botella de tequila. Ella sirvió dos vasos, los colocó en la mesita que estaba entre los sillones y sacó de su maleta una bolsa envuelta para regalo, que me entregó. Era un traje de baño de dos piezas; un top y un hilo insignificante, plateado, idéntico al que ella se puso en ese momento, y que combinaba con el esmalte metálico de sus uñas de manos y pies. Pidió que me lo pusiera con tono imperativo. Obedecí.

Me inhibió comparar mi cuerpo con el de mi amiga ¿Por qué podía haber cuerpos tan apetitosos, al lado de cuerpos tan esmirriados como el mío? Me avergonzó tener senos minúsculos y nalgas planas, unos hombros caídos y una cabellera estropajosa. Ella no pareció darse cuenta. Ni de mi insignificancia, ni de mis complejos. Se embadurnó bronceador por todas partes y me instó a hacer lo propio.

Después, me preguntó si sabía cómo se llamaban los pájaros negros, satinados y de ojos amarillos, cuyos chirridos era lo único que desquebrajaba el silencio. No, no eran cuervos. Tampoco urracas. Me contó lo que Rodrigo debía haberle dicho: eran zanates. *Quiscalus mexicanus.* Luego saltó a otro tema: qué bueno que esa mañana no había avispones. Y a otro: al artículo que se había publicado sobre lo descontentos que estaban los ministros de la Suprema Corte con su presidenta. Hizo algunas preguntas de rigor sobre el despacho y, finalmente, abordó su tema predilecto:

—¿Cómo se porta Vodnik? ¿Me lo estás cuidando? Debes tenerlo vigilado.

Al tercer caballito, descubrí que no sólo me gustaba que hablara con desprecio de mi jefe sino que me encantaba. Era algo *kinky*, como solía decir la propia Rusalka. Quise saber, eso sí, por qué, si le parecía poco atractivo y poco inteligente, andaba con él. Ella me miró burlona. Siguió tomando, mientras me indicaba que hiciera lo propio.

Me contó que Rodrigo la había invitado a comer con sus padres y que, mientras él se había mostrado comedido, ella resultó ser una mujer insoportable. Siempre traía puesto un collar de perlas, a modo de gola, para darse aires de reina renacentista. La habían interrogado sin contemplaciones. Rusalka llevó la conversación al terreno que mejor conocía —la ópera—, pero fue un error: resultó que la madre de Rodrigo era asidua a ella. Contó que su padre, el abuelo de Rodrigo, la había llevado a Bayreuth durante su juventud. Para no quedarse atrás, Rusalka soltó que ella también había ido ahí. "¿Al Bayreuther Festspiele?", preguntó la madre mordaz. "¿Y que viste?" Mi amiga pensó que iba a lucirse: *El trovador*, de Verdi. "¿*El trovador* de Verdi?", exclamó la madre de Rodrigo: "Te dieron gato por liebre, linda. En Bayreuth sólo se interpreta a Wagner".

—Una mujer abominable —sintetizó Rusalka—. Lo que ella no sabe es que, un día, todo esto va a ser mío, Daniela. Y lo compartiré contigo. Pero antes tengo que casarme con Rodrigo. Por eso necesito que me embarace. Si no lo hace pronto, otra vieja se me puede adelantar.

—Ninguna más hermosa e inteligente que tú, Ru.

—No conoces a los hombres. Además, estoy segura de que no le agrado a Jezibaba —así había apodado a la madre de Rodrigo— y ella hará todo lo posible para que su hijo me sustituya por una pendeja. Si no me embarazo pronto, si no lo comprometo, puedo perderlo. Pero el cabrón nada más no le atina. Lo hemos hecho sin condón, en los días que soy más fértil, y nada. He llegado a pensar que es estéril.

Las dos nos reímos de su ocurrencia. Ella comenzó a despotricar contra Rodrigo. Yo no podía estar más feliz. Me contó cuanto hacían en la cama desde su primer encuentro. Se esmeró en descubrir lo torpe que era él y la forma en que ella lo calentaba. Se regodeó en detallar las cosas que le decía. Pero su sonrisa cambió de lo festivo a lo perverso cuando advirtió que yo empezaba a respirar con pesadez.

—Aunque voy a casarme con Rodrigo —dijo—, no es él quien de veras me gusta.

—Ah, ¿no? —pregunté empinándome el cuarto caballito—. ¿Y quién es quien de veras te gusta, Ru?

—Estoy leyendo un libro sobre el poliamor. Afirma que los lazos afectivos no necesitan de la exclusividad. ¿Qué opinas?

No entendí a qué venía aquello, pero Rusalka disfrutaba disertando sobre aquellos temas. Solía comentarme la obra que estaba leyendo o la que estaba ensayando.

—¿Qué es el poliamor? —pregunté.

Ella dio otro trago a su vaso, me barrió con la mirada y volvió a cambiar el tema.

—¿Alguna vez has hecho el amor con una mujer, Daniela?

—Nunca —respondí.

—Yo sí. Es fantástico. Una mujer conoce tu cuerpo mejor que el más avezado de los hombres. Puede provocarte sensaciones insospechadas.

—Pues no, nunca lo he hecho —repuse procurando disimular el nerviosismo que ese momento me invadió.

¿Se habría dado cuenta de que me traía arrastrando la cobija? ¿Por qué había esperado a tenerme semidesnuda, a su lado, con unos caballitos de tequila encima, para hacer esa pregunta?

—¿No te gustaría probar?

—La verdad, no —tartamudeé.

—No sabes lo que dices. No sabes lo que dices o mientes.

Antes de que yo pudiera responder, ella se incorporó, se pasó a mi silla y se sentó a horcajadas sobre mí.

—¿Qué haces?

Intenté apartarme, hasta donde mis rodillas me lo permitían, pero descubrí que había bebido más de la cuenta. No tenía fuerzas para rechazarla.

—Lo que he querido hacer desde que te conozco. Tú también lo quieres. Admítelo. Nada más mira lo mojada que estás…

Fingí desconcierto, indignación, pero no lo conseguí. La mancha en mi bikini era evidente. Mi respiración ya no era sólo pesada sino ruidosa. Rusalka gozaba con mi confusión. El efecto del tequila hizo que todo comenzara a dar vueltas. El olor a pasto devino olor a cloro de alberca. Ella aproximó su cara a la mía, me miró con la mejor de sus sonrisas y me plantó un beso en los labios.

—Rusalka…

—Somos una para la otra. ¿Por qué te empeñas en seguir disimulándolo? —Deslizó su dedo desde mi ombligo hasta uno de mis pezones inflamados y, luego pasó al otro—. Admite que tenías ganas de esto desde que nos conocemos…

—¿Qué haces? —intenté resistirme por última vez.

—Admítelo.

—Alguien podría vernos.

—Admítelo.

—Alguien podría…

—Hoy la servidumbre dejó preparada la comida para nosotras y se tomó el día. Estamos solas.

Temblaba. Comencé a ver borroso. Busqué mis nuevos anteojos en la mesita de al lado, pero no di con ellos. Aquellas imágenes nebulosas no podían ser sólo efecto del tequila. Nos levantamos, ella me tomó de la mano. Nos fuimos caminando por un suelo que me quemaba las plantas de los pies. Cuando me recuperé del aturdimiento, estaba completamente desnuda, en una cama, entre los brazos de Rusalka, quien besaba mis manos, mis brazos, mis hombros…

—Si quieres saber dónde estamos, ésta es la cama de Rodrigo. Qué *kinky*, ¿no? Vodnik no se imagina lo mal que se porta su novia. Si Jezibaba me viera, le daba un infarto.

—Rusalka…

Me manoseaba con tanto cariño, me lamía las tetas con tanta destreza, que ya todo me daba igual. Cuando su lengua pasó a mi entrepierna y me clavó dos dedos, no pude más.

—Ahora vamos con tu coño… Admite que te gusta.

—Admito que siempre quise hacer esto —confesé indefensa—. Lo deseo desde que te conozco.

—Lo noté desde el primer día —sonrió satisfecha—. ¿Para qué engañarnos entonces más tiempo, *mi amor*?

Al lunes siguiente, cuando mi jefe me llamó, se me caía la cara de vergüenza. ¿Sentía lo mismo que él había experimentado cuando salía con Rusalka siendo su profesor? Debía ser peor. Él y Rusalka no engañaban a nadie. En mi caso, ella estaba engañando a su novio y yo, a mi jefe. Juré no volver a hacerlo. Había sido una ingrata. Él no se lo merecía. Pero ella era irresistible. Lo volví a hacer una y otra vez.

Insistente, pertinaz, Rusalka había descubierto aquel lado de mí misma que yo me había empeñado en ocultar y se daba vuelo en explotarlo. Le divertía la facilidad con la que yo cedía. Demostraba, así, que podía hacer conmigo lo que quisiera.

Llegué a expresarle mis dudas, por supuesto. Ella se mofaba. No entendía por qué las personas eran tan timoratas: ¿cuál era el problema si ambas la pasábamos bien? Ella podía estar involucrada conmigo y con Rodrigo al mismo tiempo, sin que se necesitara de exclusividad conmigo o con él. Eso era el poliamor. Un día, sin embargo, se abrió de capa: los hombres no tomaban en serio a las mujeres. ¿Por qué nosotras teníamos que tomarlos a ellos en serio? El mejor ejemplo lo tenía yo con mi propio padre, me recordó. ¿Por qué tener consideraciones con el resto de los hombres? Rodrigo no perdía nada con nuestro *romance* —así lo dijo— y, por otro lado, no tenía por qué enterarse.

No sé si fueron sus argumentos o la forma en que me acariciaba y besaba, pero yo decidí que todo podría irse al carajo mientras perteneciera a la mujer más deslumbrante que se había cruzado por mi vida. Yo ya no era sólo su sombra sino su pareja. Íbamos a hoteles de paso que ella pagaba con dinero en efectivo y lo que entonces comenzó a preocuparme fue que se volviera cada día más autoritaria. Pero, bueno, era así como había llegado a imaginarla y aquello me excitaba como nada antes lo había hecho. No podía quejarme de algo que yo había anhelado. Me apodó Gatita y esperaba que yo estuviera a sus órdenes, siempre atenta a sus deseos. Me daba nalgadas con furor.

—No sabes qué lindas se te ven las nalgas como jitomate.

Descubrir que cuanto hacía Rusalka conmigo me agradaba cada día más resultaba inquietante. La idea de que Rodrigo pudiera ser estéril me hizo albergar la esperanza de que su relación pudiera terminar. En el fondo, deseaba que triunfara el odio de la bruja Jezibaba y que Rusalka se concentrara sólo en mí y que hiciera conmigo lo que le viniera en gana.

Un día me llevó con una tatuadora amiga suya y, sin preguntarme siquiera qué opinaba, le ordenó que me inyectara tinta con sus agujas eléctricas y que dibujara un corazón en mi nalga izquierda con las iniciales *R* y *D*. Nunca imaginé que yo iba a estar así, a merced de alguien; pero ceder, siempre ceder, me calentaba hasta la médula.

—Para que nunca se te olvide de quién eres, Gatita.

8

En las universidades de Yucatán e Hidalgo, disertó sobre el Estado democrático de derecho. En la de Guanajuato, sobre justicia. Así, en abstracto: "*Iustitia est constans et perpetua voluntas ius suum cuique tribuendi*", enseñaba en sus clases. Pero, fuera de su tribunal, donde la justicia consistía en seguir el proceso que marcaba la ley, aquella frase le parecía retórica: dar a cada quien lo suyo. ¿Qué era *lo suyo* de cada quién? ¿Quién tenía que darlo? ¿Un magistrado en funciones? ¿Un magistrado disfrazado de fiscal? ¿Un fiscal que había sido magistrado?

Entre su manoseado discurso y la realidad se desdoblaban acantilados y arrecifes insalvables; pero, qué bien le sentaba el mundo de las ideas. Ahí no había lugar para presiones, intereses y ruindades. Era lo suyo: el deber ser. Daba igual quién había determinado qué era *lo que debía ser*, pero eso era *lo suyo*. Al término de su malhadado encargo, decidió, regresaría a sus clases de la Facultad de Derecho, por más apáticos que se mostraran sus alumnos.

Concluidas sus giras académicas, Arturo Pereda volvió al mundo real. Para empezar, notó que su hernia había crecido; se desplazaba dolorosa por su ingle. En consulta, el médico sugirió que apresurara su operación. Rehusarse por más tiempo era temerario. La hernia podía estrangularse y, entonces, habría que rebanar el intestino. Pero ¿cómo iba a someterse a una cirugía cuando tenía tantos pendientes? Mientras oprimía su hernia discretamente con la mano, volvió al trajín.

Recibió al embajador de Estados Unidos, un jovencito engallado con traje de tres piezas y zapatos blancos de charol, quien no ocultó su contrariedad al manifestarle que los decomisos de fentanilo en su país estaba alcanzando niveles acojonantes. La Patrulla Fronteriza había incautado casi mil kilos ese mes; tres veces más que el anterior. Sólo el año pasado, setenta y cinco mil norteamericanos habían muerto a causa de aquella droga, cincuenta veces más potente y destructiva que la heroína; tres mil en la ciudad de Nueva York, de la que él era oriundo. Y esa droga, añadió con español descabalado, se producía en laboratorios clandestinos de México o se enviaba desde aquí. Tenía escrupulosamente documentados los envios que se recibían de China, la forma en que se procesaban en Sinaloa y las rutas por las que se distribuían a Estados Unidos. Las autoridades aduanales eran cómplices, acusó.

—¿Y quiere usted que le diga algo? En mi país hay quienes están convencidos de que su presidenta está detrás de estos envíos. No es mi opinión ni la de mi gobierno, desde luego, pero hay quienes lo dicen.

Había que frenar ese trasiego si México pretendía mantener una relación cordial con su país. ¿Necesitaba ayuda? ¿Requería apoyo de los *marines*? Pereda no supo si aquello implicaba una amenaza. Aumentar la presencia de agentes norteamericanos en territorio mexicano era algo que la presidenta Sabanero no aceptaría jamás, dado que había negado, con lágrimas en los ojos, que aquel veneno se produjera en México. Como recuerdo de su visita, el embajador le dejó una bolsa con pastillas de fentanilo arcoíris, las cuales recordaban caramelos para niños. A Pereda le pasó por la cabeza echarse uno a la boca, sólo para confirmar que no se tratara de un confite.

En cuanto el embajador se hubo marchado, se atragantó dos tazas de café que acabaron provocándole acedía y salió del edificio. Fue a visitar a los defensores de los empresarios extorsionados, convocados por la Barra Mexicana. Se habían congregado en el salón principal de un edificio capitalino que nadie habría creído que se tratara de un hotel. Todos lucían impecables, todos ostentaban en las solapas de sus sacos la roseta de la Barra Mexicana y todos parecían competir para que Pereda decidiera quién de ellos mostraba la expresión más taciturna. Ahí los escuchó con paciencia. Ninguno añadió nada a lo que él sabía, pero confirmaron su percepción. Los clientes de aquellos postulantes habían recibido la visita de un agente del Ministerio Público —o al menos decía serlo—, quien les participó que iban a ser acusados por delincuencia organizada y "triangulación de esquemas para lavar dinero". Si no querían sufrir las consecuencias, debían recurrir a los despachos jurídicos que esos mismos agentes enumeraron.

Antes de acudir a los despachos sugeridos, los empresarios lo consultaron con sus propios abogados. En cuanto éstos averiguaron de qué se trataba, llegaron a la misma conclusión: era una extorsión. O contrataban aquellos despachos, que les cobrarían una fortuna, o irían a dar a la cárcel. Era una forma de desplumarlos.

Los despachos a los que debían acudir eran los mismos en todos los casos y, en todos, bajo el control de Barbachano, como se sabía en el mundillo jurídico. Los postulantes coincidieron en el nombre de uno de sus colegas, protegido del secretario de Justicia. Pidieron apoyo al fiscal general para sus clientes, que —salvo dos, que accedieron a entregar cuanto se les exigía— estaban prófugos o tras las rejas.

Pereda prometió que haría lo que estuviera en sus manos, aunque sabía que no era mucho. Al mirar su reloj, un Swatch que le había regalado su secretaria hacía años, comprendió que ya no tendría tiempo de volver a su oficina. Mientras tomaba una llamada tras otra en su celular, ordenó al chofer que condujera al Club de Banqueros. Los informes que recibía iban desde una balacera que se había suscitado en Tuzantla, Michoacán, hasta unos boxeadores a los que habían ultimado en Celaya.

La noticia más escabrosa fue la del helicóptero que había sido derribado en Aguascalientes. Seis marinos muertos. Los delegados de cada estado pedían instrucciones pues tenían encima a los medios de comunicación. Resultaba prematuro señalar a algún grupo de la delicuencia organizada en específico, pero algo tendrían que declarar; porque eso era lo único que estaba a su alcance: hacer declaraciones contumaces.

Llegó a su comida con veinte minutos de retraso. El ministro Juan Federico Arriola le aguardaba en un privado del club. Era un hombre en sus sesentas, pero su obesidad y aspecto descuidado lo hacían parecer mayor. Una pasada de la rasuradora por la barba no le habría caído mal.

Se habían conocido en la universidad, cuando ambos impartían clases de amparo y solían coincidir en el salón de profesores e intercambiar puntos de vista sobre las leyes que ya no funcionaban. A uno y a otro les sorprendieron sus coincidencias. También sus divergencias. Podían pasarse horas discutiendo si la Suprema Corte tenía facultades para reformar la Constitución a través de sus interpretaciones o si esto sólo podía hacerlo el legislativo.

Uno y otro compartían cierto grado de amargura. La de Arriola tenía que ver con su enojo: el mundo no era como él quisiera que fuera, "como debía ser". La de Pereda, con sus dudas sobre el sentido de la vida y la sensación de que nunca se le había valorado como él creía que debía ser valorado.

Arriola despotricaba contra los jueces cobardes —"Lo más bajo que puede darse en un Estado constitucional de derecho"— y Pereda expresaba su esperanza en que las leyes los obligaran a ser valientes, por encima de las presiones que recibían por doquier. Arriola creía que las mejores leyes eran inútiles ante la falta de coraje y voluntad.

Los aproximó, asimismo, su interés por José Ortega y Gasset. Les atraía no sólo su estilo literario sino la visión con la que el filósofo español desmenuzaba el mundo. Arriola publicó un libro titulado *Libertad, autoridad y poder en el pensamiento de Ortega y Gasset*. Pereda, otro al que le puso *Derecho y circunstancia*. Ambos aparecieron bajo el sello editorial del Instituto de Investigaciones Jurídicas de la UNAM. Con el tiempo, Arriola cortejó a legisladores y a dirigentes partidistas, a quienes cayó en gracia su desparpajo. "Me encanta la grilla", decía él para subrayar su desdén por la política. Pero, hubiera sido como hubiera sido, se convirtió en ministro de la Suprema Corte, sin pertenecer a la casta judicial. Pereda, que entonces era juez de distrito, había recorrido el escalafón y ascendió hasta magistrado, posición en la que permaneció hasta jubilarse.

Ahora, el fiscal general de la República estaba ávido de escuchar los comentarios y consejos del ministro, pero no pudo evitar referirse al bastón con empuñadura plateada que Arriola había recargado en la pared. "La ciática es inclemente", suspiró éste resignado. No obstante, se mostró menos preocupado por sus achaques que por el momento por el que atravesaba la Suprema Corte. Nunca había visto tan descompuesto al tribunal.

Tomó de pretexto la nota que se había publicado esa mañana en la primera plana de algunos periódicos sobre las declaraciones de Imelda Quiroga en torno al cuidado que merecían perros y gatos. ¿La había leído Pereda? Nadie tenía derecho a abandonar a sus mascotas, había proclamado la presidenta de la Suprema Corte; mucho menos, a maltratarlas. Eran seres que tenían emociones y eran capaces de altruismo y reciprocidad. Las personas debían adoptarlos y cuidar de ellos, como ella cuidaba de su cocker spaniel.

—¿Qué carajos tiene que ver la Suprema Corte con esto? —tronó el ministro mientras sacudía la caspa que nevaba sus hombros.

Aquello no era un tema que debiera abordar la presidenta del máximo tribunal del país. ¿Qué pretendía con aquellas payasadas? ¿Tender una cortina de humo para cubrir los más de veinte asuntos delicadísimos que se había negado a listar para que los ministros los discutieran en el pleno de la Corte?

Un día sí y otro también, en periódicos y redes, en radio y televisión, se elucubraba sobre la renuncia de la mujer. Algunos afirmaban que pronto aceptaría un cargo en el gabinete de la presidenta Sabanero, lo cual confirmaría que era una fámula del régimen. Se le consideraba subordinada del secretario de Justicia, más que la cabeza de uno de los tres poderes de la Unión. Ella aducía que había tendido puentes, que con el tiempo se le entendería. Que, gracias a su "prudencia", la presidenta Sabanero no había presentado una iniciativa para disolver al máximo tribunal, pero ¿de qué servía un tribunal constitucional que no cumplía con sus atribuciones? Para eso, mejor que se disolviera.

—Hay quienes dicen que Imelda aspira a ocupar cualquier cargo en cuanto concluya el de la Corte —le advirtió a Pereda—. Incluso el tuyo.

—Eso sería imposible —repuso éste—. La Constitución se lo impediría.

—¿La Constitución? —rezongó Arriola—. ¿Desde cuándo les ha importado la Constitución a Imelda Quiroga y a este gobierno? Intentaron prorrogar su mandato, pasando por alto la Constitución. Si no hubiera sido por nosotros, los integrantes del pleno, la Doctora IQ se habría salido con la suya. Los populistas creen, sinceramente, que su autoridad moral está por encima de la ley. ¿No lo había llegado a declarar así la propia presidenta?

Arriola se distrajo de su deliberación cuando Pereda encendió un cigarro. No sabía que su amigo hubiera vuelto a fumar. Tras la acotación, volvió a lo suyo: el proceso de deterioro en la Corte era grave, tanto, que él y algunos de sus colegas se habían reunido para explorar riesgos y ventajas de deponer a su presidenta. ¿Qué opinaba él? Su servilismo ante el poder ejecutivo no sólo dañaba al máximo tribunal y a la judicatura, sino al país entero. Si las ministras y ministros la habían elegido, ¿por qué no iban a poder revocar su mandato? Sólo los detenía un prurito de carácter político: ¿cuál sería la actitud de la presidenta de la República? ¿Cómo reaccionaría el Senado?

En ese punto, las inquietudes de Arriola y de Pereda confluyeron en don Cecilio: la Doctora IQ era una pieza clave en las maniobras de éste para desmantelar las instituciones del Estado, convertirlas en herramientas que fortalecieran a su grupo político e imponer su voluntad contra viento y marea. La mujer había adelantado, incluso, que apoyaría la iniciativa del diputado Larrazábal para que el amparo no procediera en cualquier asunto que la presidenta de la República definiera como de seguridad nacional. En *ninguno*. ¿Estaría dispuesto el secretario de Justicia a renunciar a tan comedida lamesuelas?

Si la deposición se llevaba a cabo con rapidez y unanimidad, pensaba Arriola, si se elegía un sucesor de manera inmediata, se evitaría el escándalo. Si, por el contrario, algunos integrantes del pleno la objetaban, el escándalo podría ser aprovechado por don Cecilio para exigir al Senado que disolviera la Corte, dada la "podredumbre" que había incubado en su interior. El secretario de Justicia tenía el control de la Cámara de Diputados ¿Lo tendría también sobre un Senado donde ningún partido contaba con mayoría absoluta?

—Con dinero baila el perro, Arturo.

Los ministros de la Suprema Corte sentían que, durante la presidencia de la Doctora IQ, el tribunal se había convertido en una ciénega. "En una pocilga", corregía Arriola. Temiendo que sus colegas pudieran fallar contrarios a las instrucciones de don Cecilio, la mujer archivaba un asunto tras otro, mientras defendía a perros y gatos en TikTok. Había llegado al extremo de financiar una película sobre el tema. No tardaría en estrenarse.

Pereda estaba impaciente por pasar a otros temas, pero no pudo evitar formular preguntas sobre el que había iniciado Arriola: ¿Por qué la presidenta Sabanero mantenía a su lado a don Cecilio, sabiendo lo corrupto que era? Primero, respondió Arriola, por necesidad. Sabanero había buscado el poder político sin saber qué hacer con él. Lo de "Recuperaremos la grandeza de México" era un eslogan, no tenía pies ni cabeza. Pero necesitaba dinero para alcanzar dicho poder. Y, para conseguir financiamiento, Barbachano había sido imprescindible.

Fue uno de los principales recaudadores de fondos durante su campaña y era quien llenaba los bolsillos de los legisladores cuando pretendía que éstos actuaran como él quería. "¿Cuánto a cambio de su voto?", preguntaba a diputados y senadores renuentes. Con el dinero otorgaba "ayudas" a grupos que votarían por Sabanero y por los candidatos de su partido. Subvencionaba asociaciones que registraban hasta a los muertos para organizar plebiscitos inverosímiles; apoyaba una y otra iniciativa de la presidenta en las entidades federativas, y, claro, engordaba sus propias cuentas.

En segundo lugar, siguió Arriola, porque las redes de espionaje de don Cecilio —eso eran las personas a sueldo que tenía diseminadas a lo largo y ancho de la administración pública, de los tribunales y de las cámaras legislativas— reportaban información valiosísima a la presidenta. El escándalo que había estallado hacía dos meses, cuando algunos periodistas descubrieron que se espiaban sus conversaciones, había sido consecuencia de una fuga en las cañerías que había instalado el consejero.

—¿E Imelda Quiroga? ¿Por qué actúa como actúa?

La presidenta de la Corte había llegado al extremo de lanzarse contra sus críticos, acusándolos de pseudoperiodistas y pseudointelectuales, a decir que debían agradecerle que les permitiera ejercer su libertad de expresión, y a elogiar descaradamente a la presidenta Sabanero. Olvidaba que ella era la cabeza de un poder distinto. "Nosotros no somos niñera de nadie", declaró cuando se le acusó de no proceder cuando algunos de los miembros del gabinete presidencial actuaban sin considerar lo que prescribía la Constitución.

Arriola sonrió ante el avasallante interrogatorio, pero no se arredró. También había razones para descifrar a la Doctora IQ. Como toda persona que buscaba el poder político con ansia, detrás de ella derrapaban humillaciones, resentimientos, facturas por cobrar. Había crecido en una familia empobrecida y disfuncional. Su padre le había dicho y repetido que ella nunca llegaría a nada, que el mundo no era para las mujeres; si éstas querían hacer algo en la vida tenían que casarse y atender su hogar. Vivió una adolescencia y una juventud de ultrajes. Juró que se sobrepondría a éstos y, aunque su padre había muerto hacía años, su sombra seguía pesándole.

Por ello se hizo diputada y senadora; por eso cambió de bando cada vez que esto fue necesario, preocupándose sólo por la posición que pudieran ofrecerle sus *sponsors*. No tenía más convicción que llegar, llegar lo más arriba que pudiera, sin importar el precio que tuviera que pagar. ¿Por qué? Un psicoanalista imaginativo lo explicaría mejor, pero fue así como se convirtió en ministra de la Suprema Corte y, luego, en su presidenta, sin que el tribunal le importara un cacahuate. Movida por el rencor, como

Pereda debía recordar, sus actitudes llegaron a la abyección con tal de ganar la simpatía de Yatziri Sabanero. No conocía otro camino más rápido que la zalamería y el servilismo para mantenerse en el poder y no se resignaría a dejarlo ahora que concluyera su gestión. Necesitaba asegurar un nuevo cargo; el que fuera. Quienes mejor la conocían afirmaban que tenía puestos los ojos en la gubernatura de Nayarit, su estado natal, pero se conformaría con cualquier otro cargo que le diera poder.

—Ésa es una razón. La otra es que fue cómplice de Barbachano desde su época de litigante. Se prestó a cochupos repugnantes. Ella fue una de las extorsionadoras en gobiernos pasados, aunque nunca con el descaro de su jefe.

—¿Por qué la eligieron, entonces, presidenta de la Corte? —arremetió Pereda.

—Yo no voté por ella —se defendió Arriola—. Pero ése será tema de otra conversación. Lo que puedo adelantarte es que mis colegas se equivocaron al elegirla.

—¿También lo hizo don Cecilio al sugerir mi nombramiento?

Arriola no estaba tan seguro de eso. ¿Quién le decía al fiscal que el secretario de Justicia no lo quería ahí, precisamente, por su prestigio y… por su falta de apoyos políticos? Pereda era la parte más débil en cualquier ecuación. Acabarían plantándole subalternos que hicieran su chamba. De Pereda sólo les interesaba el nombre. El fiscal hizo un intento por defender su postura. ¿Qué ocurriría si él no aceptaba a aquellos subalternos o si, aceptándolos, no los dejaba actuar? Lo echarían del cargo, respondió Arriola. No podrían echarlo se revolvió Pereda: había un proceso constitucional que seguir.

Un proceso endeble. La presidenta podría destituirle y, si la mayoría de los senadores no decían nada en diez días, la destitución surtiría efecto. Si Pereda creía que alguien saldría a defenderlo, deliraba: llegado el momento, nadie lo haría. Más aún, bastaría que no dijeran nada para que el fiscal "inamovible" se moviera en diez días a partir de la destitución. Los mismos legisladores que le habían cubierto de elogios durante su comparecencia, siguiendo instrucciones de don Cecilio, guardarían un silencio sepulcral.

Pereda hizo entonces un recuento de su breve paso por la Fiscalía General de la República y de los encuentros que había tenido con Barbachano. Al final, admitió, don Cecilio ya le había enviado a quien se iba a encargar de la subprocuraduría. El mismo día que Pereda le dió posesión del cargo, el subprocurador se apresuró a someter ante él la nueva orden de aprehensión contra Isidro Jiménez.

Arriola no había visto la noticia, pero, bueno, aquello confirmaba su hipótesis. El nuevo subprocurador también le había anunciado a Pereda que pronto se presentarían cargos contra algunos empresarios por administración fraudulenta, transferencias y sustracciones ilegales dentro de sus propias empresas. Los jueces no tardarían en conceder las órdenes de aprehensión. A juzgar por esto, las extorsiones no iban a cesar.

Pereda guardó silencio y se mordió el labio, como tratando de entender dónde se encontraba él en aquel tablero de ajedrez o en aquel rompecabezas. Arriola se animó a preguntarle qué esperaba de él. El fiscal fue contundente: orientación. ¿Qué debía hacer? ¿Renunciar? ¿En qué términos? El ministro se rascó las barbas antes de hablar, como si quisiera extraer de ahí algunas ideas.

Ante todo, había que entender que una cosa era ser juez y aplicar las normas, como lo ordenaba el deber ser, y otra, ser un político que buscaba el poder, sin que importaran esas normas que podían limitar. Pereda ya había sido juez y lo había sido con éxito. "¿Éxito?", interrumpió: nadie se acordaba de él.

—¿El éxito se mide en función de quiénes te recuerdan, Arturo?

—He llegado a creer que ésa es la única medida del éxito para un hombre como yo.

—Entonces tendrás que decidir si pretendes ser político y trabajar para un grupo, sin que te importe el derecho. Los buenos jueces no suelen ser buenos políticos, aunque hubo casos de políticos que acabaron siendo excelentes jueces: ahí tienes a Earl Warren.

Pereda movio la cabeza: él quería ser valorado, recordado, sí, pero sus valores lo anclaban a normas y principios, a una visión del mundo incompatible con el pragmatismo. Entonces debía renunciar, concluyó Arriola. Si ya sus dos hijos no dependían de él y él vivía con su esposa, lo mejor sería declarar una enfermedad y, como el propio Pereda lo había ponderado, renunciar públicamente por motivos de salud. Desde luego, no sin dar las gracias a la presidenta Sabanero, a don Cecilio y a los senadores que habían confiado en él. Podría aducir algo tan simple como: "La salud no respeta compromisos ni lealtades".

El puñetazo que dio el fiscal sobre la mesa asustó al mesero que, en ese momento, servía los tacos de chilorio que habían ordenado.

—Si me presto a ese irigote seré un compinche de las pillerías —bisbiseó.

—Si te quedas lo serás aún más —arremetió el ministro.

—Pero quedándome al menos podré paliar el efecto corruptor —dijo Pereda aflojando el nudo de su corbata.

—No sé cómo —concluyó Arriola.

Lo más probable es que aquel efecto también arrasara con él. Lo convertiría en cómplice. Lo que Pereda quería era permanecer en el cargo el tiempo suficiente para documentar fechoría por fechoría. En su momento, exhibiría la corrupción que se había adueñado de la justicia en México. Su vida se había regido por la honestidad y la congruencia. No interrumpiría aquel trayecto por ningún motivo. Había que denunciar a los corruptos, así le fuera la vida en el intento. Si la defensa del Estado constitucional de derecho era lo que daba razón de ser a su existencia, llevaría aquella defensa hasta el extremo.

—Nunca me he hallado en una coyuntura como ésta —reconoció Arriola volviéndose a sacudir la caspa de los hombros—, pero temo que el sistema acabará absorbiéndote. No está diseñado para quienes quieren jugar al héroe, como tú. Ahora, que si vas a entrarle a ese juego, entonces hazlo con toda tu energía, pase lo que pase. Y mira que pueden pasar muchas cosas.

¿Recordaba Pereda a aquel funcionario a quien habían designado a la cabeza de la Comisión Nacional Anticorrupción y que estuvo ahí cuatro meses antes de renunciar, señalando el desaseo con el que había topado? Su denuncia no había servido de nada. No había ayudado a nadie y, en cambio, el pobre había quedado como apestado. No sólo seguía sin trabajo sino que nadie quería contratarlo. Dentro del gobierno desconfiaban de él. Fuera, no querían enemistarse con el gobierno al contratarlo.

—No es mi caso —dijo Pereda—. Yo no necesito ningún trabajo después de éste. Podría vivir con mi pensión decorosamente.

—Entonces sigue donde estás. Pero, insisto, hoy todavía puedes tener una salida tersa; después, quién sabe si puedas conseguirla.

¿Y si en lugar de limitarse a exhibir a los corruptos les abría un proceso? Arriola tardó en responder. La pregunta era si iba a tener el respaldo de los jueces que capitaneaba Imelda Quiroga. A una solicitud de Barbachano, todos podrían cerrarle las puertas. Como si hubiera leído las dudas que le atenacearon el día que volvió al edificio de los juzgadores, Arriola le preguntó si se había dado una vuelta recientemente por el estacionamiento de los edificios del Poder Judicial. Aquellos automóviles no correspondían a los sueldos de secretarios de juzgado, jueces y magistrados.

Tampoco las casas donde vivían, ni las escuelas donde estudiaban sus hijos en el extranjero. Muchos juzgadores tenían una larga cola que les pisaran y los que estaban limpios temblaban ante la posibilidad de ser enviados a alguna población remota del país.

—Trabajé años en el Poder Judicial, Juan Federico. Sé cómo funcionan las cosas. Pero también sé que hay jueces probos. Muchos. Podría hallar a algunos que aceptaran iniciar el proceso contra los extorsionadores.

Pereda contaba con el respeto de los jueces, sin duda, pero nada le aseguraba su control. ¿Cuántos resistirían el embate de don Cecilio? Por otra parte, ¿cómo se explicaría una Fiscalía que ordenaba perseguir a algunos empresarios denunciados por fraude y, al mismo tiempo, perseguía a quienes habían denunciado a esos empresarios? Pereda no se acobardó: ¿desde cuándo se había caracterizado el sistema de justicia por su congruencia? Cuando se perseguían pequeñas infracciones y se dejaban pasar grandes delitos, a nadie le importaba la congruencia.

Se disponía a desplegar nuevos argumentos, cuando escuchó la *Cabalgata de las valquirias*. Observó su teléfono e hizo un gesto para pedir la comprensión de su interlocutor: era el secretario de la presidenta de la República. "Creo que he conseguido mi audiencia con la presidenta", se ufanó antes de contestar. Pero el secretario de Sabanero, sin apenas saludarlo, le pidió que se trasladara en ese momento a Sinaloa, donde habían hallado unas fosas clandestinas entre cultivos de mango y maíz, en la localidad de Juan José Ríos. Debía prometer que el Gobierno Federal no descansaría hasta dar con los responsables de aquel crimen.

Luego, habría que trasladarse a Chilpancingo para hacer la misma promesa pues en una población aledaña acababan de descubrir una fosa con cerca de setenta osamentas. Sería oportuno que el fiscal general de la

República —guerrerense distinguido— se apersonara en el lugar y transmitiera un mensaje esperanzador.

Si él podía viajar en algún avión de la Fiscalía, añadió el secretario de la presidenta, debía hacerlo de inmediato; si no, habría uno esperándolo en el hangar presidencial. Pereda se disponía a recabar más datos —¿a dónde llegaría?, ¿con quién se tendría que entrevistar?—, pero el secretario de la presidenta se limitó a contarle que se habían hallado en el lugar casquillos de bala que sólo podían dispararse con armas reservadas al ejército. Eso no probaba nada, pero habría que ser cuidadoso a la hora de anunciar las acciones a emprender. Dijo también que le estaba enviando a su correo electrónico detalles del viaje y cortó la comunicación.

—¿Qué te parece? —preguntó indignado el fiscal. La presidenta *me ordena* que vaya ahora mismo a Sinaloa y luego a Guerrero sin que yo tenga idea de lo que debo hacer.

—En eso consiste ser fiscal general —respondió Arriola sin poder evitar una de esas sonrisas sarcásticas que Pereda le conocía desde la universidad—. Lo bueno es que eres *autónomo*. Sólo una sugerencia: viaja en un avión de la presidencia. Si ya empezaste a estorbar, aun antes de haber comenzado, sería más fácil eliminarte en un avión de la Fiscalía.

El fiscal bebió precipitadamente su café. Esta vez no fue la rapidez, sino la advertencia de su amigo lo que le acuchilló la garganta, llevando el desgarrón hasta el esófago. Ya en su automóvil, se disponía a llamar a su oficina para prevenir a Dionisio Orozco sobre la encomienda, cuando entró la llamada de su asistente, quien le dio cuenta del correo que acababa de llegar desde la presidencia. Pidió instrucciones. Pereda ordenó que se arreglara el vuelo desde el hangar presidencial. Ahí citó a Orozco, dos horas después, con la maleta que el fiscal guardaba en su oficina —dos mudas de ropa y los accesorios de tocador indispensables—, y llamó a su mujer para avisarle que no llegaría a dormir.

Contra lo que supuso en un principio, la visita relámpago a Sinaloa y el traslado inmediato a Guerrero le ayudaron a ordenar su mente, así fuera por unas horas. En Chilpancingo, se entrevistó con el gobernador del estado, quien acudió a esperarlo al aeropuerto. Acto seguido, flanqueado por el fiscal general, declaró pomposo que Guerrero iba bien, "requetebién… de maravilla", y que él estaba orgulloso de los logros alcanzados. También acudieron al recibimiento la jefa de la zona militar, una generala muy risueña; cinco presidentes municipales —los cinco con chaleco antibalas—, y los líderes de diversos colectivos, que le exigieron que se identificaran los huesos descubiertos. La intervención de un grupo que bailó la danza de los tlacoleros puso fin a la recepción de bienvenida.

Posteriormente, en un aparatoso convoy, se trasladó al sitio donde estaba la fosa. Ahí lo instaron, en distintos tonos, a que se facilitara el cotejo de ADN con las familias que habían denunciado desaparecidos. Se habían localizado restos de casi mil personas que aún no se lograban identificar. Pereda omitió aclarar que aquello correspondía a la Policía Federal y no a la Fiscalía. Prefirió asumir una responsabilidad que no era suya antes de parecer uno de esos demagogos que se desafanaban de cuanto los pudiera comprometer.

En la noche, iluminado con antorchas y rodeado de personas que sostenían carteles en los que se demandaba la localización de los más de ciento diez mil desaparecidos que había a lo largo y ancho del país, se le exigió que la presidenta Sabanero ya no minimizara sus súplicas —"Se burla de nosotros"— y que se pusiera un alto a aquellos panteones clandestinos.

Pereda soportó los insultos con entereza. Quienes lo rodeaban, con los rostros a medio iluminar, evocaban calaveras vivientes, muertos vueltos a nacer. Luces y sombras se deslizaban de sus mentones a sus mejillas y de la frente a la nariz. Era un espectáculo fantasmagórico. Por momentos sólo se apreciaban dientes y escleróticas en aquel cuadro de zombis. Le dieron a entender que él era el responsable de la masacre, dada la pésima labor que desempeñaba la Fiscalía.

—Son los procedimientos. Si no nos ceñimos a ellos, la logística…

—¡Qué logística ni qué la chingada! —gritó una mujer con gestos desorbitados—. ¡Es resultado de décadas de impunidad en el país y del valemadrísmo de corruptos como usted! Se persigue a los enemigos de la presidenta, pero no a los enemigos de México. ¡Las instituciones sólo sirven para legitimar y salvaguardar los privilegios de las élites!

Algunos dirigentes de los colectivos lo acusaron de permitir que los grupos de narcotraficantes y del crimen organizado utilizaran las playas del Estado para llevar a cabo el comercio de metanfetamina y otras drogas. ¿Sabía el fiscal general de la República que en los últimos diez años el consumo de fentanilo en México se había disparado en 600 por ciento?

—Casi dos millones de personas han muerto en el mundo por el consumo de este veneno —acusó una joven de lentes y camisa de jerga—. ¿Qué hace su oficina para combatir este cáncer? ¡Pura madre!

El problema no sólo eran las drogas, bramó un hombre que debía sobrepasar los noventa años. El crimen organizado cobraba una cuota de treinta mil pesos al día a los rastros de pollos, si sus dueños no querían que los incendiaran. Y se habían apañado el comercio de totoaba, pepino de mar y abulón para dárselo a China, país que acababa vendiendo ésos y otros productos a Estados Unidos y a Canadá ¿Le habían informado al fiscal que los narcotraficantes no sólo reclamaban una tarifa de extorsión a cooperativas y plantas de procesamiento, sino que en muchos casos les indicaban a quién vender y a quién no vender pescados y mariscos? El crimen organizado se estaba apoderando de un mercado tras otro y se había convertido, incluso, en el principal empleador de la región. ¿Así cuidaba la Fiscalía la biodiversidad de México? ¿Así velaban por la economía del país?

Otro hombre con aspecto de enfermero —llevaba una bata blanca y raída— preguntó qué podía decir de los cincuenta millones de dosis de vacunas que seguían extraviadas: ¿se habían enviado a Cuba?, ¿a Venezuela? ¿O simplemente nunca habían existido y el dinero se lo había embolsado algún funcionario? Ése no era el tema, interrumpió una activista con dientes de ardilla: ¿qué pasaba con los desaparecidos?

Muchos de quienes vociferaban lo hacían presos del desconsuelo por no hallar a sus hijos y hermanos, padres y maridos. Otros, dedujo Pereda, porque aquélla era la forma en que esperaban obtener compensaciones del Estado.

—Sabemos que en Nuevo León han pagado cantidades millonarias a las víctimas. ¿Por qué no hacen aquí lo mismo?

Frente a las luces de las antorchas que magnificaban las dimensiones de la fosa, Pereda declaró ante los representantes de los medios de comunicación que ya se tenían identificados los restos de casi la mitad de los desaparecidos y que el crimen no quedaría impune. No sabía ni cómo iba a investigarlo, ni cómo iba a averiguar quiénes eran los autores, pero hizo la declaración lapidaria, con la mano en el pecho. Al día siguiente, la fotografía se reprodujo en periódicos y redes sociales. Cuando salió de aquel sitio acongojante, decenas de personas se le acercaron para entregarle mensajes y cartas. Algunas, cuidadosamente dobladas y colocadas dentro de un sobre. Otras arrugadas y hasta rotas. Expresaban ruegos y demandas de toda índole.

De vuelta a Chilpancingo, tras una frugal cena con el gobernador y la generala sonriente, una cena donde se habló del ciclón que había arrasado Acapulco y de las pérdidas humanas y materiales que a esas alturas aún no se lograban cuantificar, Pereda pernoctó en un hotel de la ciudad que fue rodeado por soldados. Era por la seguridad del fiscal, aclaró la jefa de la zona militar pues, como él debía saberlo, el día anterior un comando armado había rociado a tiros la alcaldía de Totolapan, asesinando al alcalde y a otras quince personas. No era la primera vez que eso ocurría.

Pero ¿quién querría atentar contra su seguridad?, discurrió Pereda. ¿A quién podían perjudicar las declaraciones de un viejo que no tenía forma de arreglar ningún problema? Sus enemigos no iban a aparecer a medianoche, armados con machetes. Éstos se ocultaban en otro sitio. Algunos permanecían encaramados dentro de él mismo: sus dudas, sus miedos y, ante todo, su falta de congruencia.

Leyó algunas de las cartas que le habían entregado. Eran suplicas de madres de familia para que encontraran a sus hijos, solicitudes de trabajo, denuncias. Una citaba los nombres de los extorsionadores que tenían aterrorizados a los comerciantes de Petatlán, exigiéndoles derecho de piso. Otra, los de quienes habían irrumpido en un billar para asesinar a una decena de parroquianos. Le decían quiénes habían matado al policía que apareció descuartizado en Juxtlahuaca hacía dos días y quiénes habían balaceado a un adolescente de 15 años en el mercado de Chilpancingo, víctima de los grupos que se disputaban la venta de pollo del lugar. ¿Podía él hacer algo al respecto más allá de sus declaraciones grandiolocuentes? A lo más, trasmitir aquella información a la Fiscalía General del Estado.

Antes de salir a la terraza del cuarto, revisó su Whats-App. El secretario de la presidenta lo felicitaba por sus declaraciones. Le rogaba que, en dos días, repitiera la gira, ahora por Tamaulipas y Veracruz. Ya en la terraza, encendió un cigarro y distinguió, a lo lejos, dos camiones con metralletas y más soldados. ¿No tendrían que estar custodiando las calles de Totolapan o las de Petatlán antes que protegerlo a él? Aquel aparato de seguridad que ahora lo seguía a todas partes y que también alcanzaba a su mujer, ya harta de los guardaespaldas —"Me da más miedo salir con ellos que sin ellos"—, era parte de un aparato que no tenía razón de ser. O quizá sí: exhibir un poder que quién sabe quién utilizaba y para qué.

Absorbió el humo del cigarro y lo expulsó en una columna que, tras envolverlo momentáneamente, se dispersó en el calor de su tierra. Ahora él era el fiscal general de la República, el titular de la acción penal en la federación. Tenía la capacidad de destruir vidas, pero no la de remediar los males del país. Además, las vidas que podía destruir no eran las de aquellos que sembraban la violencia; menos aún cuando algunos esperaban que él utilizara su poder —un poder prestado y temporal— para despejarles el camino de la ilegalidad. ¿Qué dirían de él sus abuelos, sus padres y sus hijos si conocieran sus titubeos?

Había al menos diez soldados abajo y probablemente otros tantos dentro del edificio. ¿Qué protegían? La versión que él tenía de la realidad era la que proporcionaba el ejército y los policías, pero ¿para quién trabajaban uno y los otros? ¿De veras luchaban contra el crimen organizado o eran empleados de él? ¿Quiénes eran los beneficiarios finales de las ganancias que se obtenían con el pollo, la totoaba y la amapola? ¿A quién favorecía que hubiera ciento diez mil desaparecidos? ¿Con quién jugaban la presidenta Sabanero y el gobernador de Guerrero? ¿Con quién Cecilio Barbachano? ¿Con quién el fiscal general de la República, que era él mismo? "Nadie sabe para quién trabaja", solía cavilar su abuela. Otra aspiración profunda.

Las palabras del ministro Arriola le produjeron un resquemón: ¿Qué movía a los políticos? ¿Qué lo movía a él? ¿Humillaciones? ¿Resentimientos? ¿Facturas por cobrar? Le dolía haber concluido su larga carrera judicial sin pena ni gloria, pero ¿eso justificaba que hubiera aceptado aquella posición? ¿Por qué lo había hecho? Desdeñar las normas jurídicas no era aquello para lo que él se había preparado, pero, por otra parte ¿qué ganaba con apegarse a éstas con tanto celo? ¿Quién se lo iba a agradecer? Otra columna de humo.

9

Le caí bien al Bagre desde el principio. Nunca averigüé por qué. Nunca supo mi nombre, pero me apodó Bollo el día que nos conocimos. Así se dirigió a mí siempre. Tampoco supe nunca su edad. Sus ojos saltones hacían imposible calcularla. Sus ojos saltones y su colmillo retorcido. Me pidió que me cortara el cabello y la barba. Podían estorbarme en alguna maniobra. Me convirtió en su protegido.

Antes de admitirme en el grupo le pidió a uno de sus miembros que me entrenara en *parkour*. O en lo que fueran aquellas piruetas en las que me adiestró. Llegué a admirar la destreza de algunos de mis compañeros. Pregunté su secreto. Empezamos desde que éramos niños, me reveló uno. Aunque yo no empecé desde entonces logré ser casi tan bueno como ellos. Aprendí a saltar. A dar una maroma y caer parado. A escalar paredes y a deslizarme por huecos que hubieran parecido inaccesibles a cualquier otro. También aprendí a abrir cerraduras con ganzúas.

El Bagre me dio lecciones personalmente. Los sábados por la noche eran los mejores días para trabajar una casa. A partir de las diez. A esas horas, por lo general, ya no había agentes de la policía que acudieran a una llamada. Si los había, tardaban en reaccionar. Convenía ir tres o cuatro. Menos, era peligroso; más, escandaloso. Al menos uno debía quedarse afuera. Para echar aguas.

Lo mejor era hallar la casa vacía. Pero había que ir preparado por si se encontraba gente. Había que saber manejar pinzas y barreta. No se necesitaba más. No podíamos romper vidrios ni hacer ningún ruido que pusiera a nadie sobre aviso. Cuando eso ocurría, a menudo había que abortar la operación. El elemento sorpresa era primordial. Había que saber por dónde entrar. Y por dónde salir. Nos pidió que siempre lleváramos pasamontañas, gorras y mascarillas.

Para elegir casa, necesitábamos a alguien que nos pusiera el tiro. La sirvienta descontenta. El velador mal pagado. La novia despechada. Sólo los inexpertos se aventuraban por terrenos desconocidos. Uno tenía poco tiempo. Había que aprovecharlo. Llegar a explorar el lugar sin saber qué se buscaba era la mejor manera de caer en garras de la policía.

Tampoco me dijo cuál había sido la causa de la cicatriz que llevaba en el mentón. Un navajazo de derecha a izquierda. Cuando le pregunté, me miró con menosprecio. Por no seguir las reglas, rezongó. Todo arte, todo oficio las tiene. El que no las sigue la paga. Hasta ahí.

Yo ignoraba que la banda se especializaba en dinero, oro y piedras preciosas. Por eso, la primera vez que trabajé una casa recibí una bofetada. Por agarrar una laptop. Esto puso frenético al Bagre. Me advirtió que nunca debía llevarme algo distinto a lo que buscábamos. La banda no tenía forma de comercializar lo que no fuera dinero, oro y piedras preciosas. Con lo que se obtenía de eso podría comprarme todas las laptops que quisiera. Cargar con algo pesado y fácil de rastrear nos hacía vulnerables. Podía acabar con el negocio. Porque esto es lo que somos, nos aleccionaba. Un negocio.

Así como algunos empresarios obtenían sus ganancias vendiendo comida chatarra que enfermaba a la gente o artículos de lujo que hacían creer a sus dueños que eran mejores que otros, nuestro negocio era ayudar a la gente a deshacerse de lo que le sobraba. Toda una filosofía. Embonaba con lo que había aprendido en la escuela. Lucha social.

Le pedí ayuda al Bagre para encontrar un lugar donde vivir. No tardó en conseguirme un cuartucho que no tenía nada que ver con la casona donde vivía, pero vislumbraba un futuro prometedor.

Le avisé a Paola que la dejaba. Ella se sentía mi dueña y no pudo creerlo hasta que me vio salir con una maleta en la que me llevaba mis cosas. ¿Pero cómo no iba a dejarla? En el fondo la odiaba. Nunca había sido esclavo de nadie, como ella hubiera querido que lo fuera. Algo me dijo entonces del divorcio. De que había que firmar algo. Ni la pelé.

Ahí dejé mi diploma de licenciado y sus regalos. Todos menos algo de ropa y el cuchillo de montaña. El Bagre me dijo que si era hábil con él podía llevarlo. Nunca me separé de él. Hasta que me lo quitaron.

Tú y yo nos conocimos por esas fechas. Decidí que en cuanto reuniera el dinero necesario nos iríamos a vivir juntos. Luego nos casaríamos.

La segunda vez que trabajé una casa, el Bagre abrió una cartera y sacó con extremo cuidado los dos billetes que había dentro. Dejó en su sitio credenciales y tarjetas de crédito. Ni siquiera tocó el reloj Patek Philippe que estaba al lado. Eso era ser un artista, pensé. Otras bandas se dedicaban a las computadoras, los relojes y los cuadros. Nosotros, no. Le gustaba adiestrarnos con refranes. Zapatero, a tus zapatos. El que mucho abarca, poco aprieta.

Desde las primeras veces fue generoso conmigo. Yo no sabía cómo convertía oro y joyas en billetes, pero semana a semana me entregaban un fajo. A veces era delgado. A veces, grueso. Tampoco entendí la relación que tenía con dos integrantes de la banda que manejaban drones y describían el terreno antes de que entráramos en acción. Conocer con antelación el sitio que se iba a trabajar resultaba inapreciable, me confió.

La segunda bofetada que recibí fue cuando entramos a una casa cuyas luces estaban apagadas. Presumimos que no había nadie. De repente se abrió una puerta. Salió un anciano que nos enfrentó. Yo me lancé a golpes contra él. Podía tener un arma. El Bagre me apartó de un empellón. Le ordenó al sujeto que se tirara al suelo boca abajo. Lo hizo firmemente, pero amable. Luego, él mismo lo cacheó. Había que cerciorarnos de que las personas no tuvieran teléfonos o dispositivos de pánico. Le puso las manos atrás y se las amarró con la cinta para flejar. Siempre la cargaba. Le preguntó, incluso, si no estaba muy apretada.

La bofetada vino al final. ¿Me había vuelto loco? No podía tratar mal a los dueños de las casas. Eso iba contra los principios de un profesional. La gente lamentaba sus pérdidas, pero agradecía haber vivido para contarla. Mientras menos testigos dejáramos atrás, mejor. Mientras menos denunciantes quedaran en el camino, el negocio prosperaría.

Cuando la gente era asaltada pero no quedaba lastimada prefería no denunciar. Cuando se le lastimaba, cuando se le sobajaba, hacía lo que pudiera para tener una revancha. Eso ponía en alerta a las autoridades. Empezaban a mapear y a vigilar las zonas donde operaban las bandas.

Esto me hizo entender por qué no convenía trabajar casas en la misma zona de manera continua. Había que dejar pasar una temporada entre zona y zona. No íbamos por la gente, como los secuestradores. Íbamos por dinero. Oro. Piedras preciosas.

La siguiente ocasión que hallamos a un hombre y a su hijo quise aplicar lo aprendido. Aunque nunca me quité el pasamontañas, sonreí. Fui de lo más cortés. El hombre en el suelo, con tobillos y manos atados con cinta de fleje, igual que su hijo, me preguntó cuánto más íbamos a tardar. Le respondí que estábamos por acabar. No más de diez minutos. Creí que el Bagre iba a encabronarse. No.

A la salida me dio un pellizco en la mejilla. Veo que aprendes, Bollo. Lo que hacemos es un arte.

En otra ocasión pregunté a la dueña de la casa dónde estaba la caja fuerte. Como ésta empezó a temblar, alcé la voz y repetí la pregunta. El Bagre me tranquilizó. No hay caja fuerte, dijo. Íbamos por los dólares. La mujer los guardaba en un armario de la cocina. Lo sabíamos de antemano. Ya los habíamos encontrado. Hora de irnos.

En el equipo había dos tipos que habían trabajado como guardias de seguridad privada en condominios de lujo. Habían trabajado o seguían trabajando ahí. Pero tenían información sobre qué había que robar. Sobre cuál era el sitio de la casa más vulnerable. Sobre los peligros que podríamos hallar. Al cabo de unos meses ya me sentía un artista tan consumado como el Bagre. Qué ingenuo fui. Cuando uno cree que domina un oficio, cualquiera que éste sea, es cuando resulta más vulnerable. Eso fue lo que me ocurrió.

10

¿Una junta general con tanta precipitación? En un principio, imaginamos que se trataría de los embrollos que habían surgido en el caso de Isidro Jiménez, que, como él creía, se había atorado en el juzgado. O del asunto del doctor Apodaca, que él mismo complicaba cada vez que concedía una entrevista, con el injustificable beneplácito de las autoridades. Uno y otro caso constituían dos fracasos del área penal. Francisco Arroyo tendría respuesta para las objeciones, por supuesto, pero no iba a ser grato que nos exhibieran frente al resto del despacho.

Alguien sugirió que el tema de la junta sería el caso de un antiguo fiscal general, que había insistido en interrogar a unos marinos que habían "repelido una agresión". Eso había agraviado a la Marina y ahora, para congraciarse con ella, la presidenta Sabanero acababa de encerrarlo en la cárcel, acusándolo de tortura, desaparición forzada y obstrucción de la justicia. El sujeto era a todas luces inocente: se trataba de otra persecución política y también la llevaríamos nosotros.

Alrededor de la mesa de la sala de juntas estaban dieciocho de los veintiún socios, únicos que ocupaban las sillas previamente asignadas. Los dieciocho estaban sentados con su habitual pose de suficiencia, procurando que sus colegas pudieran ver sus relojes, corbatas y mancuernillas. Los asociados y el resto del personal permanecíamos detrás de ellos, de pie.

Yo me coloqué al lado de Rodrigo, junto a los largos libreros, donde se conservaban los ejemplares del *Diario*

Oficial. Se habían empastado en piel, como si se tratara de un museo, como si nadie estuviera enterado de que este documento ya se consultaba en versión electrónica. Aunque todo mundo especulaba en voz baja sobre el motivo de la reunión, yo sólo tenía una idea fija: me estaba acostando con la novia de mi jefe. Lo peor era que la idea me parecía cada día más cautivadora. La última vez, por cierto, Rusalka había sugerido algo alucinante: quería estar con su cerdito y su gatita al mismo tiempo. "Eso sí que no", había refutado yo. Pero ella combó sus labios en un gesto ambiguo, segura de que la idea no me disgustaba del todo. "Es *kinky*, mi amor". Y tenía razón. Yo no dejaba de imaginar cómo sería aquello. Quién haría qué con quién. Pensaba en eso cuando sentí la mirada de Jaime Athié hundida en mí. Al advertir que me había dado cuenta, sonrió afable. Yo correspondí sin dejar de admitirlo: era un hombre atractivo. Si no estuviera casado no me habría importado que me doblara la edad, así fuera sólo para posicionarme dentro del despacho.

El *managing partner* dio tres golpes en la mesa con sus nudillos y comenzó a hablar. Pocos despachos tenían a un socio director tan acreditado como él. Había sabido vincularse con empresarios y políticos con destreza legendaria. Tras su máscara de jugador de golf y filántropo pertinaz —la más sofisticada de sus caretas—, conseguía jugosísimos negocios para el despacho. Socios y asociados tenían algo que agradecerle. Todos le rendían pleitesía.

Con su voz de bajo profundo —término que aprendí de Rusalka—, destacó que un grupo de legisladores pretendía impulsar un proyecto de ley para regular la eutanasia. Aunque ya existían figuras afines —la declaración de voluntad anticipada y la baja penalización del suicidio asistido—, la posibilidad de legalizar esta práctica significaría un golpe devastador para hospitales y farmacéuticas, los cuales habían elegido a Warren & Lorca para que hicieran el *lobby* necesario y frenara, por el flanco jurídico, aquella acometida.

Se contaba con el apoyo de algunos legisladores, como el todopoderoso presidente de la Comisión de Justicia, José Manuel Trejo, quien ya estaba torciendo el brazo de algunos de sus colegas. Pero eso no iba a ser suficiente. El esfuerzo requeriría la participación de nuestras áreas civil, fiscal, laboral, de protección de datos y... penal. Los próximos días, sin descuidar ni un ápice los asuntos que llevábamos, tendríamos que dedicar horas extra a desbrozar aquel embrollo, a diseñar políticas y, en su caso, a instrumentarlas. Si lográbamos nuestro propósito, finalizó, el *managing partner*, habría bonos, según las horas de trabajo invertidas. Los jefes de cada departamento irían transmitiendo los detalles y los tiempos posteriormente. ¿Había alguna pregunta?

Las que hubo fueron de carácter informativo: ¿Se tenían noticias de cuándo entraría esa iniciativa de ley al Congreso? ¿Se sabía si la Cámara de origen sería la de Diputados o la de Senadores? ¿Qué partidos estaban impulsando aquella legislación? ¿Se conocían sus alcances? Cuando las preguntas parecían agotadas, Rodrigo alzó la mano.

—¿Qué pasa si existe una objeción de conciencia, licenciado? Me explico: yo creo que la muerte digna debe ser regulada. Supongo que más de uno de mis colegas lo cree también. ¿Cómo podría yo trabajar para obstaculizar una ley que, en mi opinión, debe impulsarse?

Silencio. El socio director no esperaba aquello. Titubeó.

—Qué bueno que aborde usted el tema, abogado. Desde luego, quien no desee participar no tiene que hacerlo.

Rodrigo no quedó satisfecho.

—Mi abuelo vivió dos años conectado a una botella de suero. No veía, no hablaba, no se movía... pero estaba vivo. Me pregunto si para enriquecer a farmacias y hospitales tenemos derecho a mantener vivo a quien sólo sufre y hace sufrir a quienes viven a su alrededor.

—Quien no desee participar —repitió el socio director— no tiene que hacerlo. Buenos días.

Comenzábamos a dispersarnos para volver a nuestras oficinas cuando el socio director llamó a Rodrigo con el dedo índice. Rodrigo se aproximó. Como por instinto, yo fui tras él. Una vez que tuvo cerca a Rodrigo, e ignorándome por completo, bajó la voz sin abandonar su insufrible sonsonete paternalista.

—¿Se imagina usted qué sería de la profesión si todos tuviéramos sus escrúpulos, Rodrigo? El derecho es plastilina que se amolda a la interpretación más favorable de quien paga. Y, eso sí, hay que cobrar antes de que se sequen las lágrimas del cliente. A los abogados se nos paga para respaldar sus intereses, no para someterlos a escrutinio ético. La ética no es nuestro negocio, por más que así lo declaremos en las sesiones de la Barra Mexicana y en los congresos jurídicos. Quien decidirá si el cliente tiene razón o no es el juez; no nosotros. Para eso se inventaron los jueces. Y a los jueces hay que convencerlos con todos los recursos a nuestro alcance: los jurídicos y los extrajurídicos.

—Sin embargo, licenciado…

—No hay *sinembargos*, Rodrigo. Si a usted le asaltan las dudas, debe responderse, ante todo, por qué estudió Derecho. Por qué está en este despacho. Su padre nunca habría hecho una pregunta como la que usted hizo hace un momento.

El socio director apretó el hombro de mi jefe con solidaridad impostada y dio media vuelta. Cuando Rodrigo hizo lo propio, se encontró conmigo. Se limitó a encoger los hombros y a hacer un mohín.

—¿No te digo que es un pendejo? —me preguntó Rusalka cuando le conté el desencuentro.

—Sin embargo —defendí a Rodrigo—, él tuvo razón.

—En pensarlo, sí; en decirlo, no.

—En ambas, Rusalka. Uno no puede ir por el mundo diciendo una cosa y haciendo otra.

Ella me tomó la mano con dulzura. Su mirada me bastó para entender que yo era la primera en no ceñirme a aquel principio.

—Rodrigo prometió casarse conmigo en cuanto reciba su próximo bono, Gatita. Por eso es importante que lo reciba. Y dado que el pendejo no me embaraza, el bono ayudará a que se decida. Además, hay que enseñarle que, si ya está en la arena, tiene que pelear. ¿Para qué estudió entonces Derecho si no? ¿Para ser un académico muerto de hambre que da clases en la universidad sobre lo que la ley debe permitir y lo que no? ¿Para ser un investigador que, desde un cubículo inmundo, escriba artículos que nadie va a leer? Cuando uno estudia Derecho es para enriquecerse. Nada más. Eso de la justicia y el bien común son mamadas. El *managing partner* de tu despacho tiene razón. Si Rodrigo pretende casarse conmigo tiene que convertirse en un hombre próspero. Yo merezco abundancia. Ayúdame a que lo entienda.

Con mi mano en la de Rusalka, ni siquiera me di cuenta del momento en que empecé a mover mi cabeza asintiendo.

—Así lo haré, Ru.

Y así lo hice. Rodrigo se mostró receptivo.

—Buscaré a Efraín Hinojosa para saber qué opina.

La entrevista, como era previsible, no abonó a la causa de Rusalka. Hinojosa le habló de la ética y de cómo ésta tenía que imponerse a cuanto uno hiciera. Un mundo sin ética sería desolador. Si la sociedad tenía una esperanza, ésta radicaba en hombres como Rodrigo, en héroes que, sin alharacas ni estruendo, pudieran alzar su voz en nombre de los valores más altos. La deontología jurídica no era una bagatela. Por abogados como el *managing partner* de Warren & Lorca —por más amistad que Hinojosa tuviera con él y por más asuntos que compartieran los despachos, por más picaportes a los que él tuviera acceso— era que la profesión estaba tan desprestigiada.

De acuerdo con lo que mi jefe me contó después, salió de ahí tan en paz consigo mismo que comprendió que tendría que ir más seguido. Necesitaba el aliento, la inspiración que le infundía su gurú. Las modernas oficinas de Hinojosa, con vista al bosque de Chapultepec, eran el templo de la congruencia; Hinojosa, el sumo pontífice de esa virtud. Además, añadió para no sonar tan solemne, ahí se bebía el café más aromático de los despachos de México. Y que eso lo dijera alguien que prefería el té Assam ya era mucho. La decisión de Rodrigo estaba tomada: no participaría en lo que no creía.

—Por cierto, Daniela, le platiqué a Efraín que tú estás trabajando conmigo. Te ubica bien. Me dijo que alguna vez le pediste apoyo para que tu hermana consiguiera trabajo. Que no te había podido auxiliar porque ella estudió arqueología y él no conocía a nadie en ese ámbito. ¿Por qué nunca me lo contaste?

Era cierto. Pero aquello no tenía importancia. Por eso no se le había referido a Rodrigo ni a nadie. Mi hermana Melissa necesitaba trabajo y yo había intentado ayudarla buscando a dos o tres de mis profesores de la Facultad que, en mi opinión, podrían echarle una mano. No lo había comentado ni siquiera con Rusalka. Alcé los hombros sin saber qué responder.

—Espero que tu hermana ya haya encontrado trabajo. Yo, por mi parte, tras platicar con Efraín me siento sereno y asumiré los costos que tenga mi decisión. La congruencia es preferible a la aprobación de unos cuantos de nuestros colegas en el despacho…

El que no tomó con serenidad su decisión fue Francisco Arroyo. Eso iba a lastimar la relación con otros socios, advirtió. Le propuso que no trabajara en el proyecto —más aún: que no facturara—, pero que, por lo que más quisiera, no expresara su repudio de manera pública. Había que llevarla bien con todos. Una negativa rotunda provocaría que más de uno de los abogados se sintiera culpable de trabajar en lo que no creía. Pero Rodrigo no transigió. Ni a la solicitud de Arroyo ni a la posterior crítica de Rusalka.

—Quiero que te sientas orgullosa de mí —le dijo a su novia—. Si me involucro en proyectos contrarios a mi ética no sólo perderé tu respeto, sino el que yo me debo a mí mismo. ¿Con qué cara me miraré al espejo, sabiendo que estoy dedicando mi tiempo, mi vida, a defender algo en lo que no creo?

Le contó que, cuando iba en la preparatoria, donde conoció a Hinojosa, había descubierto que el fundador de la orden de sacerdotes que regía la escuela era un desvergonzado pederasta. ¿Cómo podía alguien vivir dos vidas tan distintas con tanta desfachatez? A raíz de ese escándalo, él había perdido su fe en la orden religiosa, en la Iglesia católica y en Dios. No podía tolerar que alguien se comportara así y, mucho menos, ser él quien pensara una cosa e hiciera otra.

Cuando Rusalka intentó refutarlo, él le dijo que la prueba de que él siempre actuaría con congruencia era ella misma: la admiraba y la quería porque su corazón lo conducía hacía ella. No habría nada que lo desviara de aquel camino. Ni siquiera su madre, que había iniciado una guerra sorda contra mi amiga.

Las siguientes veces que Rusalka y yo nos vimos, la encontré frustrada. Había tenido otro desencuentro con Jezibaba, de nuevo en una comida a la que la había invitado Rodrigo. Mi amiga había ordenado camarones gigantes con no sé qué aderezo. Esto le bastó a la madre de mi jefe para comentar, sin tacto alguno, que la señorita se despachaba bien. Eso y la necedad de Rodrigo la tenían crispada. Hicimos el amor con la pasión de siempre, pero se adivinaba su enojo: eso no era lo que Rusalka esperaba de su novio. "Al menos espero que yo cumpla con tus expectativas", pensé mortificada.

Al cabo de una semana, sin embargo, ella estaba rozagante. Lo atribuí al juguete sexual y a la lencería que llevé esa tarde, pero no, no habían sido ni el juguete ni la lencería. Después de que terminamos de hacer el amor me anunció que tenía una noticia importante que darme. Aunque no había recibido ningún bono, Rodrigo le había pedido que se casara con él.

—¿Ya te embarazó? —pregunté para que ella no notara que el piso se abría a mis pies.

Ella meneó la cabeza.

—Todavía no, pero no tarda. Estoy haciendo hasta lo indecible para que ocurra.

—¿Qué va a pasar con nosotras?

—Con Rodrigo me casaré por conveniencia, lo sabes. A quien quiero es a ti. Además, ya casada con él, todo va a ser más fácil.

No entendí cómo iba a ser todo más fácil. Me sentí culpable, sin poder descifrar si yo era víctima o victimaria. Pero ¿qué podía decirle a la mujer de la que estaba enamorada? Al salir del hotel, pasamos al café donde solíamos conversar después de nuestros encuentros sexuales. Ahí, con una sonrisa devastadora, extendió los dedos de su mano y me mostró el anillo de compromiso que hasta ese momento había mantenido oculto.

—No tienes idea de lo que costó esto —exclamó airosa.

—¿Ya tienen fecha para la boda? —fingí entusiasmo.

—En tres meses, Daniela. Voy a pedirte que seas testigo y madrina.

El ajetreo de mi mente se convirtió en alboroto: ser la novia *de la novia* de mi jefe podía entenderse, pero ¿ser la novia *de la esposa* de mi jefe? ¿Cómo íbamos a llevar aquello? A partir de que Rusalka fuera esposa de Rodrigo ella ya no me necesitaría. En adelante, yo podría ser, incluso, un estorbo.

—Antes de casarnos, sin embargo, tengo dos pendientes: el primero es invitar a Rodrigo a mi casa. Insiste en conocer a mi familia.

—¿Y el segundo?

—Quiero que los tres vayamos a Cuernavaca y hagamos un trío. Será mi despedida de soltera.

—De eso te puedes olvidar —contesté rotunda.

—Nunca digas nunca, *mi amor*. Lo mejor está por comenzar. Vamos a emborrachar a nuestro cerdito y a dejar que nos consienta un rato. Que nos dé un masaje, que nos cocine, que sea un rato nuestro esclavo. ¿No te parece *kinky*?

Ya no se refería a Rodrigo como Vodnik.

—No, Rusalka.

—La vida es breve, tan corta que lo único que no podemos hacer es desperdiciar oportunidades. Rodrigo va a casarse conmigo, cierto. Pero ¿no crees que tú tendrías más poder sobre tu jefe si le sabes algo íntimo? Más aún en ese ambiente de hipocresía y falsedad en el que ustedes se mueven. Con las ínfulas de superioridad moral que se dan los abogados de ese despacho, tú tendrás oro molido en tu poder.

—¿Lo haces porque quieres que yo le sepa algo íntimo o porque tú le quieres saber algo íntimo y restregárselo cuando lo creas conveniente, Ru?

—Lo hago porque te amo y quiero compartir contigo a mi mamarracho. Puede ser divertido para ambas.

—A ti lo único que te importa es el control.

Ahora fue ella la desencajada, pero se repuso de inmediato:

—¿Y si así fuera? Todos ganamos... Yo lo controlo en casa y tú en la oficina. Podrías acabar siendo su amante mientras yo me divierto por otro lado. ¿De veras crees que una mujer como yo podría serle fiel a un hombre tan aburrido? Podrías tomarle fotos comprometedoras y hasta chantajearlo si no te compra cosas bonitas o no se porta como tú quieres que se porte. Decirle que me enseñaras esas fotos si él no hace lo que tú le pides. Por supuesto, de todos modos me las enseñarás y nos pondremos de acuerdo en lo que tú hagas. Es el destino de los hombres como él.

No podía precisar si ella hablaba en serio o no.

—¿Y qué harías si él se enamorara de mí? —le pregunté para seguir el juego.

—Eso no ocurriría nunca, Gatita. No hay manera. Despreocúpate.

Su tono fue tan arrogante que me hizo sentir humillada.

—¿Y si se diera cuenta de que tú y yo andamos?

—Jamás le pasaría eso por la cabeza. Ten confianza en mí.

Me enfadaban su engreimiento y su cinismo, pero quizá tenía razón. Todos podíamos salir ganando. No pude dejar de imaginar a Rodrigo "consintiéndonos": frotándonos la espalda con una esponja y masajeándonos los pies con aceite. Luego, haciéndonos pedicure, cocinándonos una pasta con berenjenas y preparándonos cócteles exóticos. Si eso ocurriera, yo tendría, en efecto, enorme poder sobre él. Todo se me facilitaría en el despacho. Lo imaginé como mi amante ocasional, mientras Rusalka se entretenía con otros. Lo imaginé de mil maneras y comencé a transpirar, como tanto lo disfrutaba Rusalka. Le encantaba desquiciarme.

—Ya te empapaste ¿verdad, Gatita? Así me gustas.

—No podríamos hacer eso —farfullé.

—Nosotros reprobamos a los talibanes, que prohíben a sus esposas salir de casa sin la compañía de un varón en Afganistán; censuramos a los ayatolas de Irán, que arrestan a las mujeres que llevan mal puesto la *hiyab*, pero ¿no incurrimos nosotras en las mismas zonceras con tanta traba moral?

¿Tendría razón Rusalka después de todo? ¿Era el poliamor aquello a lo que debíamos aspirar? En mi cabeza resonaban las carcajadas de mi amiga. Sí: lo intentaría. No me costaría nada estar con ella y con su futuro esposo. Eso me confirmaría que la dueña del corazón de Rusalka era yo y no Rodrigo. Él tendría que resignarse a ser nuestro objeto de placer.

—¿Y si Rodrigo lo consulta con Efraín Hinojosa? —pregunté a Rusalka.

El ataque de risa que siguió nos mantuvo sin aliento a las dos durante diez minutos.

11

Apareció en el salón de conferencias del edificio de la Fiscalía General de la República, seguido por la directora de comunicación social. El gesto resuelto del jurista contrastaba con la expresión de sorpresa de la comunicadora, quien no la conseguía disimular. Cuantos representantes de los medios le habían preguntado de qué iba a tratar aquella rueda de prensa recibieron la misma respuesta: "No tengo idea".

Se rumoreaba que Pereda haría un anuncio demoledor sobre los beneficiarios finales del huachicol, donde saldrían a la luz nombres de políticos encumbrados y militares que andaban en el negocio. Otros apostaban que la conferencia versaría sobre las pillerías del juez Carlos Obeso, célebre por conceder órdenes de aprehensión y otorgar libertades en cuanto se las solicitaban las autoridades gubernamentales. Pero la mayoría de las hipótesis escoraban hacia la posibilidad de que el fiscal no estuviera a gusto en su cargo y que, como su oficina estaba cometiendo una arbitrariedad tras otra, él ya no pudiera ni quisiera permanecer ahí. Que iba a renunciar. Cuando se sentó frente a la mesa y encendió el micrófono sólo podía escucharse el zumbido del aire acondicionado.

Pero lo que el fiscal quería comunicar no tenía nada que ver ni con el huachicol ni con el avieso juez de consigna. Tampoco con su renuncia. Se trataba de algo más simple: un grupo de abogados se habían dedicado a extorsionar a algunos empresarios, como los mismos periodistas habían dado cuenta en los medios para los que trabajaban. Había pruebas suficientes para proceder contra esos litigantes.

Mientras él lo informaba se estaban presentando las respectivas denuncias. El Ministerio Público Federal, finalizó Pereda, estaba en la mejor disposición de unir fuerzas con la abogacía y la judicatura del país, siempre y cuando una y otra se condujeran dentro del marco constitucional y legal. Era todo.

¿Era todo? La sala estalló en exclamaciones de sorpresa, gestos de estupefacción. Una pregunta tras otra. Ninguna que pudiera entenderse en aquel borlote. La directora de comunicación social, que se había ceñido a mirar a veces al fiscal, a veces a los representantes de los medios, reaccionó al fin. Pidió calma, prometió que todas las preguntas serían respondidas. Pero en orden. Una por una. Los representantes de los medios parecieron entender lo contrario: más gritos. Más fuertes. Un escándalo. Sin que se respetaran unos a otros, los concurrentes querían saber a quiénes se había denunciado.

—¡Nombres! ¡Queremos nombres!

¿Eran los mismos abogados que habían estado detrás de las denuncias que la Fiscalía había presentado en las últimas semanas? Porque ningún abogado podría extorsionar a nadie sin el apoyo de fiscales y jueces. ¿O sí? ¿Se trataba, entonces, de una extorsión del Estado? ¿No había contradicción en aquellas acusaciones? Si la propia Fiscalía había acusado a un empresario y un juez había dictado la prisión preventiva, ¿había que perseguir, también, a fiscales y jueces? ¿Los fiscales que habían consignado habían actuado solos o por órdenes del fiscal general? Porque lo de la independencia del Ministerio Público no se lo creía nadie. ¿O acaso los agentes del Ministerio Público habían actuado por su cuenta sin autorización expresa? ¿No se estaba dando el fiscal un tiro en el pie? ¿El agente del Ministerio Público que solicitó que se persiguieran y encarcelaran a los empresarios iba a ir ahora contra sí mismo? ¿Los agentes del Ministerio Público y los jueces no estaban coludidos en aquella extorsión? ¿Cuáles eran las pruebas que había mencionado el fiscal? ¿Por qué, si Pereda tenía conocimiento del asunto, había tardado tanto tiempo en reaccionar? ¿La presidenta de la República estaba al tanto?

El Fiscal aguardó a que volviera el silencio. Entonces, empezó a responder, una a una, todas las preguntas. La presidenta no estaba al tanto. Un Fiscal independiente no tenía por qué informar a la presidenta de la República de su proceder. Desde luego, si la presidenta quisiera conocer algunos pormenores, él se los haría saber sin demora.

Con el tono soporífero con el que impartía sus clases en la universidad, desmigajó cada pregunta, citó artículos de la Constitución y la ley, jurisprudencia y tratados internacionales. No había contradicción alguna en lo que se estaba haciendo. Naturalmente, si de la investigación que se llevara a cabo surgía la responsabilidad de algún agente del Ministerio Público o de algún juez, se procedería sin dilación.

No satisfechos con los tecnicismos —no daban para el encabezado de una primera plana—, los reporteros se esmeraron en provocar una declaración rotunda: ¿El Estado de derecho estaba en crisis? ¿Era cierto que el juez Obeso era un juez de consigna, como todo mundo sabía? ¿Debía renunciar la presidenta de la República? Al cabo de dos horas y media de repetir lo mismo, una y otra vez, por la cabeza de Pereda pasó la idea de responder: "Ya me cansé", pero aquella frase le había costado el cargo a uno de sus antecesores. Prefirió aferrarse a su paciencia. Volvió a contestar una, dos, tres, cuatro veces, la misma pregunta. Dos veces, Dionisio Orozco le pasó una tarjeta —"Al secretario de Justicia le urge hablar con usted"—, pero él la rompió en ambas ocasiones.

Cuando, al cabo de tres horas, Pereda regresó a su oficina, Orozco lo esperaba pálido. El secretario de Justicia quería verlo de inmediato. Sin dejarse contagiar por los aspavientos de su asistente, el fiscal le pidió que lo disculpara con don Cecilio. Había quedado de comer con su mujer y con uno de sus hijos, que estaba de visita en la Ciudad de México y no podría atender su solicitud. Si el secretario quería verlo, él lo esperaba en su oficina, al día siguiente, a las once. Su secretario particular se quedó boquiabierto.

Con quien Pereda sí se reportó fue con el ministro Arriola, quien le había telefoneado para decirle que eso era justamente lo que se esperaba de un fiscal general. Pereda halló aquel elogio mezquino: ¿eso era lo que se esperaba de un fiscal general? ¿Sólo eso? Fumó un par de cigarros para paliar el mal trago. No se permitía hacerlo dentro del edificio, pero él lo hizo de todos modos. Para eso era el Fiscal General de la República. También bebió a sorbos sendas tazas de café. "Eso es lo que se esperaba de un fiscal general". Ningún aplauso, ninguna ovación…

El resto del día, lo pasó comunicándose con las autoridades del Estado de México pues, en Tecaxtitlán, los agricultores se habían enfrentado a balazos a un grupo de extorsionadores de la delincuencia organizada. Treinta muertos. También dialogó con un sacerdote que aseguraba haber formulado denuncias desde hacía años: "Las autoridades nunca nos pelan", renegó.

Contra las expectativas de Pereda, a las once del día siguiente se presentó don Cecilio. Cuando se anunció, la recepcionista y la secretaria dudaron de que fuera él. Aunque lo habían visto retratado en redes y periódicos, era inconcebible que aquel vampiro pudiera presentarse en la Fiscalía. Apenas le franquearon la puerta de la recepción, Barbachano se abalanzó sobre la puerta del despacho del fiscal e intentó abrirla. Cerrada a piedra y lodo.

—Dice el doctor que lo recibirá en diez minutos —le hizo saber la recepcionista con voz temblorosa.

Bufando, el viejo, atravesó la recepción de un lado al otro. Echó una ojeada a las lámparas de neón que colgaban del techo, a los sillones pasados de moda y a los periódicos que estaban desplegados en la mesa de aluminio. Aunque había visto la síntesis informativa muy temprano, hojeó algunos de ellos sin volver a dejarlos en orden. Todos, a ocho columnas, daban cuenta de las declaraciones que había hecho el fiscal en su conferencia del día anterior. Las redes sociales destacaban el tema con el *hashtag* #CárcelALosExtorsionadores. Las opiniones, en su mayoría, respaldaban la determinación del fiscal general, si bien expresaban dudas y contradicciones. A ninguno le quedaba claro por qué no se había procedido contra fiscales y jueces que, necesariamente, tenían que estar coludidos en aquellas raterías. La fotografía del juez Carlos Obeso aparecía en casi todas las páginas interiores. Finalmente, Pereda apareció en el umbral de la puerta.

—Señor secretario, qué gusto verlo por aquí. ¿A qué debo el honor de su visita?

—¿Se ha vuelto loco? —lo interpeló don Cecilio apenas entró—. ¿Qué intenta hacer con esta parafernalia?

—Corresponder a la confianza que la presidenta de la República, el Senado y usted mismo me brindaron para garantizar que en México prive el Estado constitucional de derecho.

—¿Desmadrando el orden?

—Nada se desmadra cuando se cumple con la Constitución, señor secretario. La ley es la ley.

—No me venga usted con ese cuento, Pereda. Estamos...

—Perdóneme —interrumpió el fiscal—. ¿Quiere usted un café?

—Quiero que dé marcha atrás a esta chifladura inmediatamente. Lo quiero yo y lo ordena la presidenta.

El Fiscal alisó sus cabellos ralos con la mano.

—La presidenta no me ha dicho nada y no tendría por qué decirme tal cosa. Le recuerdo, don Cecilio, que la Fiscalía es un órgano autónomo.

—Déjese de tonterías. Hay que dar marcha atrás a esta locura.

—No estoy entendiendo, señor secretario. ¿Pretende usted que dé carpetazo ante las evidencias y dejemos impune una conducta que, a todas luces, se antoja ilegal? Si no hay delito, así lo haré, desde luego. Pero si lo hay, no descansaré hasta poner a esos filibusteros tras las rejas. No sé si usted lo sepa, pero hay un grupo de abogados que se ha dedicado a exigir dinero a algunos empresarios a cambio de que la Fiscalía General de la República no emita una orden de aprehensión y los jueces no los hallen culpables.

—No es usted quien va a decirme lo que ocurre en este país.

—Si usted ya lo sabe, entonces espero su apoyo, señor secretario. Hay quienes piensan que usted y yo nos coludimos para llevar a cabo estas extorsiones. Y hay que dejar claro que ni usted ni yo tenemos que ver con semejante monstruosidad.

—¿Usted y yo? Quien firmó una de esas órdenes fue usted.

—Con más razón debo deslindarme entonces.

Barbachano clavó su mirada glacial en el rostro del fiscal. Fue una mirada que heló por un momento la oficina. Pereda la sostuvo.

—Entre los abogados a los que usted acusa están algunos de los más tenaces defensores de la justicia, Pereda. ¿Qué es lo que usted pretende? ¿A qué empresarios quiere proteger? ¿Cuánto le han pagado por esto?

—Me ofende su pregunta, señor secretario. No todos los fiscales y jueces respondemos a un soborno. Lo que puedo adelantarle es que si estos abogados son inocentes me retractaré y ofreceré disculpas.

—Ha lastimado usted el prestigio del juez Obeso.

—Ni siquiera lo he mencionado, don Cecilio.

—Pues no habrá juez que se atreva a condenar a los abogados a los que usted aludió con esas supuestas pruebas.

—¿Ya las valoró usted, señor secretario? Repito que, si los jueces coinciden con su análisis, ofreceré una disculpa.

—Está usted jugando con fuego, ¿se da cuenta?

—Me doy cuenta de que México no puede seguir asolado por un hato de sanguijuelas que se dedican a chupar la sangre de aquellos que sostienen su planta productiva.

—No están chupando la sangre de nadie. En toda nación se exige que los empresarios colaboren con el gobierno. ¿Sabía usted, por ejemplo, que el rey de Arabia encierra a aquellos que no quieren cooperar y los libera hasta que ceden parte de sus fortunas?

—México no es una monarquía, don Cecilio. ¿Cuál sería entonces la diferencia entre los grupos delictivos que reclaman derecho de piso a una fonda de una colonia popular y estos catrines de cuello blanco? ¿El monto? ¿Recuerda usted aquella anécdota que refiere san Agustín sobre los piratas y Alejandro?

—¿Qué Alejandro?

—Alejandro Magno, don Cecilio. Escribe san Agustín que aquél capturó a unos piratas y les preguntó si no les avergonzaba robar. Uno de ellos le replicó que lo que él robaba eran dracmas y alhajas. Poca cosa si se comparaba con lo que el propio Alejandro robaba: reinos enteros. No podemos permitir que nadie desvalije a la población agazapándose tras el Estado o, peor aún, que se valga de las herramientas del Estado para obtener ganancias ilícitas.

—Como si entre los empresarios no hubiera bandidos más voraces…

—Ayúdeme a consignarlos entonces, señor secretario. Se lo debemos a México.

Barbachano tomó aire y lo expulsó con pesadez teatral.

—Tendrá que atenerse a las consecuencias.

—Uno debe ser responsable de sus actos, naturalmente.

Cuando salió don Cecilio, el fiscal se desplomó en el sillón. Encendió un cigarro y lo chupó con fruición. Su intrepidez había sido insolente. No acababa de creer lo que había hecho. Ni siquiera sabía de dónde había sacado fuerzas para ello. Tenía la saliva pastosa y respiraba con dificultad. Curiosamente, el dolor que le producía su hernia parecía haber cesado. Se tocó la ingle. La inflamación había disminuido. "El arrojo me sienta bien", concluyó.

No acababa de reponerse, cuando le avisaron que la oficial mayor quería verlo. La partida de investigación, en efecto, estaba siendo utilizada de manera ilegal por algunos altos mandos de la Fiscalía. Ella tenía las pruebas. Le mostró recibo tras recibo: un depósito bancario y luego otro. Pereda le pidió que fuera a ver al fiscal correspondiente y que luego regresaran ambos funcionarios con él para decidir la forma en que se iba a proceder. Aquello era una deshonra para la Fiscalía. Acto seguido, recibió a los ejecutivos de una aerolínea en cuyos aviones se había detectado fentanilo en los compartimentos de equipaje, tal y como se lo había referido el embajador de Estados Unidos. Dado que el procedimiento de *compliance* había mostrado deficiencias, los ejecutivos preferían que se castigara a la empresa y no a ellos.

—El *compliance* sirve para lo contrario —señaló el fiscal.

Cuando el subprocurador Camargo solicitó una audiencia con él para que firmara nuevas solicitudes al juez

Obeso, se negó a recibirlo. Lo que no pudo hacer fue rehusarse a mirar la pantalla de la televisión de su despacho cuando, una hora más tarde, Dionisio Orozco apareció en la oficina y, sin que mediara explicación alguna, encendió el aparato. En ese momento, la presidenta de la Suprema Corte de Justicia de la Nación daba un mensaje: se confesaba estupefacta ante las acusaciones que había hecho la Fiscalía General de la República "contra algunos próceres de la justicia". No tenía duda de la inocencia de aquellos litigantes, repitió.

"Qué desfachatez", pensó Pereda. "Pero esta vez no va a alcanzarle". ¿No le dará vergüenza mandar línea de forma tan obvia? Aquella obviedad tendía que indignar a los jueces en los que Pereda confiaba. La Doctora IQ no tenía argumentos que aportar para defender su postura. Aun así, formulaba sus declaraciones con tal vehemencia que no podría descartarse que pudiera amedrentar a más de un juez. *Alea iacta est*, decidió Pereda recordando al ministro Arriola. Si había aceptado aquel cargo, no había sido para garantizar los intereses de Barbachano, ni tampoco para nadar de muertito, como habían acabado haciendo muchos de sus predecesores. O como muchos fiscales en las entidades federativas, siempre dispuestos a complacer al gobernador.

El sonido de la red federal lo distrajo. Antes de levantar la bocina, echó un ojo a la pantalla: 000. Era la presidenta de la República. Del otro lado, escuchó la voz festiva, siempre seductora, de Yatziri Sabanero. Lo felicitó por "la labor patriótica" que desempeñaba en beneficio de la República y le preguntó si podía verlo en un par de horas en Palacio Nacional. Siempre y cuando esta labor patriótica se lo permitiera, naturalmente. Pereda tenía la agenda a reventar, pero en este caso no tuvo alternativa: él mismo había buscado el encuentro con la presidenta. Ahora que ésta se ofrecía a recibirlo, no podía decir que no. Ahí estaría, accedió. Yatziri Sabanero se deshizo en elogios antes de colgar.

Tras pedir a Dionisio Orozco que derivara las audiencias previstas a otros servidores públicos, subió a su camioneta blindada. Camino a Palacio Nacional encendió la radio. El tema seguía siendo su conferencia de prensa del día anterior. Se sintió empoderado. No importaba qué fuera a decirle la presidenta: él haría valer su autonomía frente a ella, como acababa de hacerlo con Barbachano. Llegó a Palacio y descendió en el Zócalo para entrar por la Puerta Mariana. Apenas apareció, un soldado lo hizo pasar a uno de los salones del recinto. No era la oficina de la presidenta sino un gabinete que, a diferencia del anterior, lucía una decoración austera. Un jarrón de talavera de Puebla y un cuadro con pradera y volcanes del Doctor Atl. No mucho más. La presidenta entró por una puerta lateral. Vestía un huipil azafrán con zopilotes colorados de aspecto famélico. La seguía la secretaria de Relaciones Exteriores, una mujer regordeta con anteojos de armadura azul, fosforescente, que combinaban con los rayos que se había hecho en la cabellera.

—Esto es para usted —le dijo la presidenta, tendiéndole la reproducción de un mazo azteca e invitándolo a sentarse en una de las dos sillas de bejuco que estaba en el salón.

Era el símbolo de la justicia y de la lucha que él estaba encarnando con tantos bríos, explicó la mandataria. Pereda agradeció el obsequio y preguntó respetuosamente en qué podía servirle. Antes de responder la pregunta, Sabanero se refirió a la secretaria de Relaciones Exteriores —"a quien usted ya conoce"— y le recordó que ella había representado a México en países tan distintos como Guatemala, Rusia y Egipto. Era una diplomática fraguada en las más altas responsabilidades. Era ella, como todos sabían, quien había logrado que el gobierno de Austria devolviera a México el penacho de Moctezuma. No podía haber una carta de presentación más honorable.

A continuación, narró la gira que había efectuado el día anterior por la Huasteca Potosina. Mientras la secretaría de Relaciones Exteriores asentía permanentemente, la presidenta contó que había podido ver, por primera vez, algunos paisajes naturales que nunca imaginó que pudieran existir en el país. ¿Conocía el fiscal el sótano de las golondrinas, donde a cierta hora de la madrugada entraban miles de pájaros —vencejos y no golondrinas, aclaró— y a cierta hora de la tarde regresaban a dormir? ¿Había explorado el parque surrealista de Edward James, con escaleras que no llegaban a ningún lado? ¿Había contemplado la cascada de Tamul, desde las aguas turquesa del río? Pereda admitió que las veces que había estado en San Luis Potosí había sido para hacer inspecciones a los juzgados y dar conferencias en la capital. La presidenta lo exhortó a no morir sin regocijarse con aquellas maravillas. Por fin, abordó el tema que le interesaba:

—He escuchado, doctor, que se ha sentido abrumado por sus nuevas responsabilidades. Considerando que es usted uno de los juristas más eminentes del país, no me gustaría mantenerlo en una posición donde no se siente a gusto. Me pregunto, por tanto, si no le gustaría ocupar una de las embajadas de México en el mundo, desde donde usted podría realizar una labor excepcional. En este momento tenemos desocupadas dos de las más importantes, pero, desde luego, podría ofrecerle cualquier otra. Salvo la de Estados Unidos, dado que nos hallamos enfrascados en una lucha sin cuartel para demandar a los fabricantes de armas que venden pistolas, rifles de alto calibre, ametralladoras y hasta granadas a los grupos de la delincuencia organizada. No contentos con las matanzas que, de cuando en cuando, perpetra algún loco en su propio territorio, nuestros vecinos intentan que ahora sea México quien las compre. Eso no lo voy a permitir.

—El trasiego de armas —aclaró la secretaria de Relaciones Exteriores—es escandaloso. No tenemos estadísticas confiables, pero, como usted sabe, doctor, poseemos algunos datos que nos permiten colegir que el ochenta por ciento de los homicidios que se han cometido en México son provocados por las armas de fuego que surten nuestros vecinos.

—Lo sé —respondió Pereda condescendiente.

—Por ello, no me gustaría mover a la embajadora. Ahí está desempeñando un papel decoroso, pero cualquier otro destino que usted elija está a su disposición, doctor.

Aquella oferta contrastaba con la invitación que la presidenta le había hecho cuando también lo citó en Palacio Nacional para ofrecerle el cargo de fiscal general para aportar sus conocimientos y su prestigio "para recuperar la grandeza de México".

—¿Me está usted despidiendo? —preguntó Pereda sin que se alterara un solo músculo de su cara.

—De ninguna manera, doctor. Usted fue designado para ocupar el cargo durante nueve años y nada me gustaría más que un hombre de su temple, de su formación académica, de su honestidad, encabece el Ministerio Público de la Federación. Pero si las voces que señalan que usted está abrumado, que *la está sufriendo*, tuvieran razón, sería inhumano pedirle que permaneciera ahí un minuto más. No es mi estilo, no…

—Señora presidenta —cortó Pereda—, agradezco su consideración, pero si usted me propuso para ocupar la Fiscalía General de la República ante el Senado sería un ingrato con usted y con la Cámara Alta si abandono el buque. Más que un ingrato, un desleal. Es cierto que he tenido contratiempos —quién no los tiene—, pero ninguno que me impida continuar al frente del Ministerio Público.

—No sabe usted cuánto lo celebro —respondió Yatzi-ri Sabanero sin disimular su sorpresa.

—De hecho, desde hace algún tiempo solicité una cita con usted —continuó Pereda— para referirle uno de estos contratiempos. Se trata de don Cecilio Barbachano, quien no deja de entrometerse en mi labor. Parece que no se ha enterado de que la Fiscalía que yo encabezo es un órgano autónomo. Usted me pidió que me coordinara con él, pero coordinarme con él no significa que me plie-gue a sus instrucciones, que, además, hay que decirlo, sue-len estar al margen de la ley.

No supo si debió decir aquello frente a la canciller, pero, dado lo difícil que resultaba hablar con la presi-denta, resolvió que si no lo decía entonces no podría de-círselo después.

—Si esto ha sido así, le ofrezco una disculpa, doctor. Hoy mismo daré instrucciones a don Cecilio para que no vuelva a inmiscuirse.

—Me pidió que diera posesión a un subprocurador que llevaría asuntos de mi competencia. Yo no me siento cómodo con él.

—Despídalo.

—Agradezco su respaldo. Y agradezco que esté usted al tanto.

—Sólo quiero que usted esté a gusto, doctor. Que desempeñe su encargo con patriotismo —suspiró po-niéndose de pie.

Pereda y la secretaria de Relaciones Exteriores tam-bién se incorporaron.

—¿Está usted enterado de las denuncias que inicié contra algunos litigantes a los que acusé de extorsión, seño-ra presidenta?

—Por supuesto. —La mandataria le extendió la mano—. Le deseo éxito en su cruzada. Nos ayudará a re-cuperar la grandeza de México.

En el automóvil, Pereda repasó cada palabra, cada oración de las que se acababan de pronunciar. Recreó cada gesto, cada pregunta, cada respuesta. ¿Cómo debía interpretar aquel encuentro? Una alerta de WhatsApp lo distrajó: su secretario le informaba que una de las mujeres buscadoras con las que se había reunido acababa de ser ultimada a balazos en Sinaloa. El delegado de la Fiscalía en esa entidad federativa había iniciado la investigación. "Qué horror", pensó Pereda, sin dejar de cuestionarse quién podía estar detrás de aquel asesinato: ¿la delincuencia organizada?, ¿el Ejército?, ¿los propios colectivos de buscadores que no querían que se encontraran las fosas para seguir buscándolas y mantener los subsidios? Al pensarlo, no estuvo seguro de qué era lo que más le horrorizaba. Si el hecho o su propia impotencia. Pero ¿qué podía hacer él con las herramientas de las que disponía? ¿Declaraciones que retumbaran y se citaran en los medios de comunicación, aunque no ayudaran en nada? ¿En eso consistía la política?

Volvió a cavilar sobre su encuentro con Yatziri Sabanero y con la secretaria de Relaciones Exteriores que asentía de modo permanente. ¿Había algo que habían querido comunicarle y que él no estaba comprendiendo? ¿Se trataba de un ultimátum? ¿Qué debía hacer él? "O te sumas al grupo político y sigues el juego o renuncias", escuchó la voz del ministro Arriola.

Abrió su agenda para revisar los pendientes de la semana. No acostumbrado a las agendas electrónicas, seguía utilizando una de papel, donde había dibujado un círculo rojo alrededor de un compromiso al que tenía particular interés por asistir: una conferencia en un evento organizado en el Club de Industriales por la revista *El mundo del Derecho*. Eran tertulias donde él se encontraba con jueces, magistrados y académicos de los lugares más impensados.

Encuentros como aquellos, no le cabía duda, eran imprescindibles para que él mantuviera su salud mental. La convivencia con sus colegas, ya fueran litigantes, juzgadores o académicos, le proporcionaban perspectiva. A veces, bastaba advertir el tono en que lo saludaban o en que le deseaba suerte para ubicarse mejor. La perspectiva era fundamental para mantener el equilibrio emocional. Aquella reunión, por ejemplo, le serviría para confirmar si la comunidad jurídica del país le seguía teniendo las mismas atenciones que cuando era magistrado o si, incluso, ahora le tenían más como fiscal general, a partir del anuncio que había hecho para perseguir a quienes extorsionaban a los empresarios.

12

Ser guapo, como te conté, me causó satisfacciones. La principal, que tú te fijaras en mí. En la cárcel, sin embargo, me provocó un problema tras otro.

Desde el primer día, fui objeto de acoso. No podía ir a ningún sitio sin que me dijeran toda suerte de obscenidades. Me pellizcaban las nalgas. Me ponían la mano en los genitales. La primera vez, reaccioné dándole un puñetazo al que lo hizo. A mí me respetas, hijo de puta. No debí hacerlo. Menos aun cuando no tenía mi cuchillo de montaña. Al día siguiente recibí una paliza. Me rompieron dos costillas. El sujeto y sus compinches se jactaban de hombrecitos. No lo eran. Actuaban como hienas. Acabé en la clínica.

Uno de los custodios me sugirió que solicitara mi traslado a la zona de gays. Me pareció una afrenta. Yo no era gay. A quienes tenían que trasladar ahí era a quienes me hostigaban.

Pensé que había tenido suerte cuando uno de los presos, el Buches, declaró que iba a cuidarme. Que, a partir de ese momento, nadie se metería conmigo. Era un cuate fornido. Empedrado de cicatrices. Tenía una pandilla que lo seguía. Le brindaban protección noche y día. Ahora, también me la daría a mí. Pero no gratis. El Buches condicionó su apoyo a que le hiciera una mamada. Para empezar. Nunca había hecho una porquería así. Regresé a mi celda a vomitar. Durante días, tuve la sensación de tener la boca llena de un gusano enorme, viscoso. Me asfixiaba. Con el tiempo, me acostumbré. Hasta acabé tragándome sus mocos.

Las penetraciones tampoco fueron dolorosas. Astrid Loredo me había hecho ver, con su *pegging*, que podía soportarlas con lubricante. A lo que no me acostumbré fue a adoptar la sumisión como estrategia para sobrevivir. A que todo mundo supiera que era el putito del Buches. Era bochornoso. Ignominioso. Ya llegaría mi oportunidad y mi revancha, pensaba.

No tardé en advertir que yo era un privilegiado. Ser protegido de uno de los tipos más cabrones del reclusorio no era asunto menor. Por supuesto, no tardó en compartirme con sus amigos. Yo era un premio para quien le hacía otros trabajos. Me acordé de ti. De cuando me contabas lo que hacía tu padrote contigo. Al menos, a ti te enviaban flores. A mí no.

Pero en mi caso, no me compartían con uno sino hasta con cuatro. Al mismo tiempo. Hubo una noche en que me sentí mal. Muy mal. Llegué a pensar en ahorcarme. Tenía la cuerda, el lugar, el momento. Pero no me atreví. No tuve esa fuerza interior que deben tener los suicidas.

Cuando el Buches fue trasladado a otro reclusorio supe que iba a necesitar otro protector. Ni siquiera había pensado en quién. Su salida ocurrió de forma intempestiva. Los primeros días sentí que me había librado de mi dueño, pero pronto empezó una disputa por mí. Ya sabes. Como si fuera un objeto. Un valioso objeto de placer. Era gacho. Después de las riñas que se habían generado por mi causa, tuve miedo.

Procuraba no alejarme de mi celda. Me quedaba el mayor tiempo posible en las áreas comunes. Intenté hacerme amigo de los custodios. Pero hasta ellos querían meterme mano. Nunca imaginé que el sexo entre hombres fuera tan competido. Era urgente hacerme de otro protector si quería sobrevivir.

Yo también tenía necesidades y apremios. Un compañero me ofreció un catálogo de primas. Podían ir a hacerme visita conyugal. Pero yo prefería masturbarme pensando en ti. Tenía confianza en que tú pudieras ayudarme a salir.

Me lo habías prometido. En que nos fuéramos a vivir juntos en cuanto saliera. Treinta años no los iba a soportar. Además, enterarme de todos los reos que estaban ahí, sin juicio, era un presagio. Las cosas no iban a ser tan sencillas. Yo había matado a una mujer. Se explicaba. Pero muchos de ellos eran inocentes. Chivos expiatorios. Uno escuchaba cada historia que se le ponían los pelos de punta.

Por eso comencé a participar con unos compañeros en hackear WhatsApps. Para hacer una lana. Registrábamos un WhatsApp al azar en otro equipo y solicitábamos un código de verificación. La empresa lo mandaba al correo de voz de ese teléfono. Por ahí sacábamos los dígitos secretos. Yo no hacía eso, pero veía cómo se hacía. Lo que a mí me tocaba era hacerme pasar por el dueño del teléfono. Mandar mensajes amistosos a los contactos del hackeado. Les contaba que había tenido un percance. Que me prestaran una lana. Luego se las pagaría. Ellos creían que era el hackeado quien la pedía. En muchos casos mandaban dinero a cuentas de banco desconocidas. Uno no puede creer lo pendeja que es la gente. Por pendeja merecía perder su lana.

El jueguito empezaba a gustarme. En ésas el director de la cárcel se prendó de mí. Me citó en su oficina. Dizque para hablar del mercado de drogas en Guerrero. Una semana después, ya estábamos dándonos pericazos los dos. Al mes, ya me la había metido. Me trasladó a otra zona de la cárcel donde había pocos presos. Parecían retrasados mentales. Ahí tenía una celda para mí solo. Con frecuencia comía en la oficina del director. Fue mi mejor época en la cárcel.

Pero el gusto me duró poco. Alguien denunció al director por algún delito vinculado con la pasta. Fue sustituido por una directora. Ella me devolvió a una celda colectiva. En la misma zona donde me hallaba antes.

Esos días conocí a un paisano de Guerrero. Lo habían detenido después de un chingo de asaltos en los que participó. Quiso apantallarme con lo que él llamaba el arte de atracar. Pero sus métodos, comparados con los del Bagre, me parecieron burdos. Groseros. Era un montonero. Nada más. Me contó cómo, en la Autopista del Sol, entre la Ciudad de México y Acapulco, a la altura de Tierra Colorada, él y su banda atravesaban un automóvil para que los turistas se detuvieran. Apenas lo hacían, les bajaban sus pertenencias. En pleno mediodía. Eso, la verdad, no requería mucho arte. Ni mucho ni poco.

También me presumió sus proezas en Coyuca de Catalán. Primero, como parte de un comando de casi ochenta miembros. Fueron a liberar a uno de sus líderes, preso en la cárcel del municipio. Luego, a sacar de sus casas a un puñado de personas. Las formaron en el patio de una escuela y las acribillaron. Le pregunté si era miembro de un cártel y por qué estaba en la Ciudad de México y no en Guerrero. La próxima vez voy a contarte todo, prometió. Pero mi paisano desapareció de repente. Alguien me dijo que se lo habían llevado a otro reclusorio. Un custodio me contó que lo habían estrangulado en su celda.

Una noche se me acercó un tipo. Tenía una cicatriz en la cara. ¿Qué onda con tu deuda?, preguntó. ¿Deuda? ¿Cuál deuda, cabrón? ¿Deuda con quién? Jamás lo había visto. ¿Te acuerdas de que entraste a robar una casa y degollaste a su dueña? No respondí. Por eso estoy aquí, dijo él. Me miró con inquina. El problema es que eso no le gustó a su esposo. Fue él quien gestionó que se llevaran al Buches de aquí. Cuando ya estabas a punto de pagar tu deuda te llevaron a otro pabellón. Pero, bueno, ya estás de regreso. Hora de pagar, hijo de tu reputa madre.

Eran las diez de la noche. Hasta ese momento advertí que estaba lejos de mi celda. De mi celda y de los custodios. Vi que al tipo lo acompañaban otros tres. Con aspecto mal vibroso. Uno de ellos tenía una manopla de acero en la mano. Miré a un lado, al otro. Calculé mis posibilidades de salir corriendo. No había. Entonces sentí dos, tres, seis manos sobre mis hombros y mis brazos. Busqué instintivamente mi cuchillo de montaña. Nunca lo eché tanto de menos.

La buena noticia es que el marido de la mujer que asesinaste no quiere que te matemos, dijo. No cree en eso de ojo por ojo y diente por diente. ¿Qué quiere entonces?, pregunté. Que te acuerdes de él y de su mujer el resto de tu vida, Bollo. No entendí por qué usaba el apodo que me había puesto el Bagre. ¿Quién se lo había dicho?

Comencé a temblar. Haré lo que me pidan, prometí. No es hora de pedir. Ya no. Primero vamos a divertirnos un rato. Luego vendrá lo bueno. Comenzaremos a saltar. Sentí un golpe en la cara. Los dientes que se partían. Vi el escupitajo de sangre.

Cuando abrí los ojos, descubrí que no estaba en la enfermería del reclusorio. Aquella debía ser una clínica. Un hospital. El efecto de la anestesia perduraba. Podía mover el cuello, pero no sentía mi cuerpo. Pude vislumbrar que la ventana del cuarto daba a la calle. Había otras camas. Otros pacientes.

Tenía agujas clavadas en cada brazo. Había tubos de plástico y, a mi lado, tripies con botellas. Sueros o calmantes, imaginé. Tenía que arrancarme aquellos tubos. Salir de ahí. Era la oportunidad que había estado esperando. Cuando intenté incorporarme advertí que no sentía el cuerpo, pero, además, no podía moverlo. Anestesia canija. ¿Así creerían esos ojetes que iban a detenerme? No me conocían. En cuanto pasara el efecto me les pelaría. Pero ahí no olía a anestesia sino a mierda.

13

Seguí encontrándome con Rusalka en el mismo lugar de siempre. En los mismos lugares, quiero decir, como si Rodrigo no le hubiera dado el anillo. Ella seguía pagando el hotel y yo, esmerándome en complacerla. Pero algo cambió durante esa época. Ella no volvió a interesarse por los casos de Isidro Jiménez y el doctor Apodaca, quien proseguía lanzando proclamas incendiarias cada vez que le ponían el micrófono enfrente. Tampoco por el trabajo de Rodrigo.

Sólo hablaba de los planes de la boda, del vestido que se había mandado hacer, de cómo iba a decorar el jardín de "mi casa de Cuernavaca", del precioso departamento que "me va a regalar el papá de Rodrigo" y de las invitaciones a la ceremonia. Iba a ser una boda por todo lo alto, declaró. El padre de Rodrigo pretendía invitar a ministros de la Suprema Corte, a abogados de los despachos más connotados del país y algunos filántropos de los que era amigo. Ella sólo le había hecho una petición a su futuro suegro: ningún político por favor. Los detestaba.

Nada de lo anterior impedía que Rusalka y yo siguiéramos divirtiéndonos, como si su boda no tuviera importancia. Probábamos artilugios nuevos, practicábamos posturas distintas y sólo de cuando en cuando, como si ella adivinara mis temores, me recordaba que yo era el amor de su vida, que el matrimonio no iba a obstaculizar nuestra relación.

Nos divertíamos imaginando el trío que tendríamos con nuestro cerdito, al que nos referíamos como Oink-oink, y ambas nos esmerábamos en imitarlo. Rusalka fantaseaba con que mezclaríamos GHB en su bebida para convertirlo en un guiñapo y tenerlo a nuestra merced, y me detallaba lo que haríamos con él cuando estuviera bajo los efectos del jabón. A mí me espantaba todo lo que tenía que ver con drogas, pero veía a Rusalka tan segura de lo que decía que estaba dispuesta a probarlo con Rodrigo o con quien fuera.

—El matrimonio es antinatural —repetía Rusalka—. Tiene fines claramente económicos. Nadie que tenga dos dedos de frente puede creer que sea algo serio.

De lo que no decía una palabra era de la colérica oposición que seguía presentándole Jezibaba. Llegué a suponer que quizá ni siquiera lo sabía. Y no era mi papel informárselo. Fue el mismo Rodrigo quien un día me llamó a su cubículo, primero para quejarse de que Francisco Arroyo lo hubiera sacado del caso de Isidro Jiménez —un asunto en el que los jueces propinaban al despacho palo tras palo—, y, luego, para desahogarse de sus problemas familiares. Se descosió contra su madre.

—No sólo no la quiere —observó con un quiebre en la voz—: la aborrece. Asegura que es una advenediza, una trepadora que va a hacerme infeliz. No deja de hablarme de las tantas jóvenes que se casarían conmigo si yo no estuviera tan obcecado con "esa zorra". Me parece injusto. Pero así es mi madre: intolerante con todo aquello que no cuadra con lo que ella cree que debe ser. Siempre anheló que yo me casara con una joven que se hubiera educado como ella, que se condujera como ella, que pensara como ella, que sintiera como ella...¿Por qué mi madre no logra entender que lo que más me gusta de Rusalka es su autenticidad, su rechazo a esas rigideces sociales que me han asfixiado desde niño? Amo la belleza de Rusalka. Amo que sea tan desinhibida, como no lo son las niñas monjiles con las que mi madre quisiera que me casara...

Ayer determinó que no irá a la boda. ¿Y sabes qué, Daniela? Me importa un carajo. Ella ya vivió su vida. Ya tomó sus decisiones. Buenas o malas, pero suyas. No tiene derecho a regir mi existencia. No voy a ceder. Afortunadamente, mi padre me apoya.

No comenté una palabra de esto con mi amiga. En el fondo, me habría gustado que Jezibaba se saliera con la suya. Confieso, no obstante, que me dolía ver a Rodrigo atribulado. A esta preocupación, y al vacío que le habían hecho algunos en el despacho después de negarse a participar en lo de la ley de la eutanasia, pronto se sumó otra.

Por aquellos días, el fiscal general de la República denunció a algunos postulantes que, aprovechando sus vínculos con el Poder Judicial de la Federación, se dedicaban a extorsionar empresarios. En los desayunos y comidas del despacho, en las redes sociales, todos nos preguntábamos quiénes conformarían aquel catálogo. Llegó a decirse que ahí figuraban el antiguo fiscal general de la República y el secretario de Justicia, el señor Barbachano. Había incluso, un juez de apellido Obeso, que más que un juez parecía un empleado del señor Barbachano. También se mencionó el nombre de algunos abogados postulantes que, en alguna época, habían trabajado para el secretario de Justicia. Entre ellos, el de Efraín Hinojosa. Rodrigo me dijo algo así como: "Estos periodistas ya no saben qué inventar. Comprometer al abogado más honesto de México en este escándalo sólo es un artilugio para vender". La noticia nos distrajo momentáneamente.

Pero lo que definitivamente me hizo olvidar los contratiempos de Rusalka y las conjeturas sobre los extorsionadores fue la llamada de Hinojosa. Él mismo marcó el teléfono y me preguntó si podía verlo al día siguiente ¿Qué podría ofrecérsele a mi antiguo profesor? Dado que Rodrigo atravesaba un momento difícil —Hinojosa estaba al tanto del pleito con su madre—, me rogó que no le comentara una palabra. Podía inquietarlo. Una vez más, no dije nada. Acudí a la cita sin tener idea de a qué iba.

Me recibió en la oficina más fastuosa que había visto en mi vida, forrada de nogal, con un par de alfombras que debían ser persas. Había también un par de tibores decorados con un dragón. Chinos, supuse. Ni la del socio principal de Warren & Lorca era tan elegante. Atrás del escritorio lucía un crucifijo con un cristo de mármol. Al lado, el ventanal con vista al bosque de Chapultepec del que me había platicado Rodrigo. El edificio parecía flotar en un mar de árboles. En las otras paredes había cuadros con figuras abstractas. Lo que no hizo fue ofrecerme el café aromático que tanto alababa mi jefe.

Hinojosa, como siempre, transmitía sosiego. A eso ayudaba el corte de sus trajes —siempre azules, siempre recién salidos de la tintorería—, la blancura inmaculada de sus camisas y sus zapatos que, desde que nos daba clases, parecían acabados de lustrar. Nunca se los vi sucios o raspados. No me gustaba que fuera tan bajo de estatura pero cuando empezaba a hablar con aquella voz tan bien modulada, hasta llegaba a parecer alto. Preguntó por mí y por mi trabajo. Me contó, como de paso, que esa mañana había estado con el grupo de filantropía al que pertenecía —la pasión de su vida, recordó— y sin más preámbulo abordó el tema que le interesaba: mi hermana.

¿Cómo estaba Melissa? ¿A qué se dedicaba? ¿Cómo le iba en el trabajo que tenía, si es que ya lo tenía? ¿Aceptaría un encargo que él pretendía encomendarle? ¿Qué tan ambiciosa era? No me gustó el tono de interrogatorio policíaco pero, si pensaba que unos meses antes yo misma había mandado a mi hermana con Hinojosa para lo del trabajo, aquellas preguntas tenían sentido. Me entusiasmó la posibilidad de que él pudiera ofrecerle algo que la sacara de su depresión y sus apuros financieros. Le conté que Melissa seguía sin trabajo, más allá del que tenía como edecán en eventos a los que la convocaban de cuando en cuando.

Hinojosa quiso saber si tenía novio, si de veras pretendía dedicarse a la arqueología y si yo podría proporcionarle su teléfono. Su intención era proponerle un trabajo bien remunerado que, eso sí, exigiría enorme discreción. ¿Ella era discreta? Le di los datos que solicitaba y él tomó nota. Cuando terminamos de hablar me acompañó hasta el elevador.

—Que Dios te bendiga.

Esa noche, apenas llegué a casa, le conté de la entrevista a mi hermana. Me dijo que, de hecho, Hinojosa ya la había convocado.

—Si te ofrece algo debes aceptarlo —concluí.

Melissa acudió a su cita al día siguiente. Me contó que empezaría a trabajar con él en dos meses. No entendí por qué, si la oferta se iba a concretar en ese lapso de tiempo, Hinojosa había tenido tanta prisa. Pero ser previsor era su estilo. En todo caso, no volví a tocar el tema. Aunque Melissa y yo nos contábamos muchas cosas, ella también pareció olvidarlo.

Sin embargo, cuando una semana después la cara de mi hermana apareció en la primera plana de todos los periódicos y se volvió viral en las redes, mi cabeza comenzó a dar de vueltas. Tuve la sensación de que me iba a desmayar: "Pereda, acusado de violación". "Edecán denuncia al titular de la Fiscalía General de la República de haber abusado de ella". "Pereda: un depredador sexual". En las notas se decía que Hinojosa la iba a representar, actuando *pro bono*, "lo cual era un deber de todo abogado bien nacido".

Ese día, asistí y no asistí al trabajo. Estaba como zombi. "¿No dormiste bien?", oí que alguien se dirigía a mí. "¿Estás enamorada?". Apenas volví a casa, quise saber qué había ocurrido. Melissa ya se había puesto la piyama y estaba en el sillón de la sala, abrazando a mi madre. Me contó entonces, entre lágrimas y sollozos, una historia que yo desconocía: el fiscal general de la República la había intentado violar en una recepción en la que ella había participado como edecán. La esperó a la salida del baño, la arrinconó contra la pared y la manoseó descaradamente.

—¿Arturo Pereda? —pregunté atónita—. ¿El fiscal?

—Sí.

Había llegado al extremo de introducir sus dedos en su vagina, refirió con un tono que no correspondía al hecho. Parecía más un eco de lo que habían divulgado los medios. Ella, atolondrada después de aquello, se había puesto en contacto con un amigo, quien le recomendó buscar a Hinojosa. Humillada y llena de vergüenza, no se había atrevido a hacerlo. Pero Hinojosa, enterado por aquel amigo en común, me había buscado a mí y, sin darme explicaciones, me pidió los datos de Melissa con el pretexto de querer ofrecerle un trabajo. Ahora pretendía demandar a Pereda y hacerle justicia a mi hermana. Mientras ella hablaba, yo sentía que mis ojos se iban abriendo más y más. Creía lo que escuchaba sólo porque era mi hermana quien lo contaba, pero tenía sensaciones mezcladas. Había piezas en aquella historia que no cuadraban. ¿Cómo había podido estar tan tranquila después de aquello?

—¿Por qué nunca me dijiste nada? —interrumpí—. ¿No me tienes confianza? ¿Por qué preferiste contárselo a un amigo antes que a mí, sabiendo que trabajo en un despacho tan importante como Warren & Lorca?

Ella balbuceó algo que no entendí y se cubrió la cara con las manos. Pereda me parecía un hombre respetable; gozaba de esa fama en universidades y en despachos jurídicos de México. Sus artículos, sus libros, eran consulta obligada en unas y otras. "Caras vemos", suspiraba mi madre: "corazones, no sabemos". Quedé atónita. Al día siguiente, los periódicos volvieron con sus notas incendiarias contra el fiscal. Las redes sociales se llenaron de insultos. Un grupo de feministas radicales fue a romper vidrios y a cubrir de grafiti el edificio de la Fiscalía: "Nosotras te creemos". "Muera el patriarcado". "Qué Pereda se funda en el tambo".

Al mediodía, se dio a conocer otra noticia importante: el nombre de los abogados que habían sido acusados de extorsión por la Fiscalía. El primer lugar de la lista lo ocupaba Efraín Hinojosa. Apenas se enteró, Rodrigo se puso frenético. Pateó, manoteó, acusó a Pereda no sólo de ser un violador, sino, también, un calumniador, un loco, un demente que debía terminar sus días en la cárcel ¿Cómo se le ocurría acusar al más noble de los abogados de México? Nunca lo había visto tan alterado. Hinojosa iba a defender a aquella niña del fiscal y por eso sus enemigos intentaban desprestigiarlo, acorralarlo…

—¿Es algo tuyo? —reparó de pronto en el apellido Amuchategui.

El suelo se abrió bajo mis pies.

—Mi hermana —admití.

—¿Tu hermana? —se desencajó—. Tenemos que hablar con ella, Daniela. Quiero oírla, quiero que me lo cuente todo. Tenemos que ayudar al licenciado Hinojosa a desmentir a Pereda.

Me sentí chapoteando en la oscuridad. No lograba descifrar lo que ocurría a mi alrededor. Pero no eran Pereda ni Hinojosa los que me importaban. Tampoco Rodrigo. Era Melissa: aquello podía arruinarle la vida. ¿Por qué Hinojosa no me contó nada el día que me citó? Pudimos haberlo manejado de una manera menos ruidosa. ¿Por qué Melissa no me había dicho ni una palabra? ¿Por qué yo no había tenido la sensibilidad de advertir que algo andaba mal en la vida de mi hermana cuando la envié con Hinojosa? Mis sentimientos se arremolinaban y algo se atoraba en mi cabeza que me impedía pensar con claridad. Ella y yo nos queríamos entrañablemente. Pese a ello, me había dejado fuera.

—Si quieres —me escuché sugerir a Rodrigo—, podríamos ir a verla ahora mismo. Vivimos en la colonia Doctores, no tan lejos de aquí. Hablar contigo podría ayudarla. A mí no me ha querido decir nada más de lo que declaró a los medios.

Rodrigo accedió. Salimos sin avisarle a Arroyo siquiera. Apenas llegamos a la entrada del departamento donde vivía con mi madre y mi hermana, hallamos un enjambre de periodistas. Estacionamos el coche al lado de un expendio de autopartes y bajamos. En medio de los periodistas, Hinojosa disertaba, impertérrito. ¿Qué hacía frente a mi casa? ¿Por qué estaba ahí? Advertía a su audiencia que nadie podría interrogar a Melissa, dado que ella ya había ofrecido su versión de los hechos el día anterior en su propio despacho. Había desahogado las dudas que tenían los representantes de los medios. Someterla a nuevos interrogatorios supondría una doble victimización. Les rogó que se marcharan.

Percatándose de que no iban a conseguir más por ese flanco, los periodistas arremetieron por otro: ¿era cierto que él había extorsionado a algunos empresarios? Tres o cuatro de ellos habían dado su nombre y, aunque éste se había mantenido en secreto, la Fiscalía los había dado a conocer hacía un par de horas. ¿Se trataba de una *vendetta* por la defensa que él iba a hacer de la joven acosada?

—Más que una *vendetta* —respondió Hinojosa serenamente—, es una estrategia para distraer la atención. En mi despacho, como ustedes lo saben, se llevan asuntos delicados. Defendemos a empresarios acusados de lavar dinero y diseñar esquemas de delincuencia organizada, desde luego. Pero yo me dedico a defender a las personas: no a encerrarlas.

Rodrigo escuchaba absorto, paralizado. No fue sino hasta que Hinojosa dio fin a aquel encuentro con un "Dios los bendiga" que yo logré tomar su mano y conducirlo al interior del departamento. Finalmente, no era al abogado y a los periodistas a los que íbamos a ver. Además, me daba horror que Rodrigo viera los montones de basura que se acumulaban en la banqueta. Había bolsas de plástico acumuladas y hasta el tambor de una cama casi obstaculizando el paso a mi departamento. Pero Rodrigo ni se percató.

Adentro, mi madre abrazaba a Melissa, quien no dejaba de temblar. Era extraño encontrar a mi madre en casa a esas horas. Ella sólo faltaba a su oficina en casos excepcionales.

—Diles que se vayan —rogó Melissa.

Rodrigo pareció despertar de su letargo.

—Ya se van —aseguró.

Lo presenté con mi madre y con mi hermana. Me apenó que conociera el estrecho y apretujado departamento en el que vivíamos, que viera la alfombra raída que estaba ahí desde que yo gateaba, la cual confirmaba la precariedad en la que vivíamos, que tuviera que soportar la pestilencia que emanaba del caño. Pero no lo había llevado ahí para presumirle una mansión sino para que conversara con Melissa, tal y como él lo había solicitado. La pregunta con la que él inició el diálogo no fue la más afortunada:

—¿Es cierto lo que dijiste ayer sobre Pereda?

Melissa se cubrió la cara. Sin dejar de tiritar, reprimió su llanto. Mi madre le suplicó a Rodrigo que se fuera también: aquel no era momento para remover heridas, susurró con toda la diplomacia de la que pudo echar mano.

—Sólo quiero que sepas —le dijo Rodrigo a Melissa— que estoy en la mejor disposición de apoyarte. No voy a permitir que nadie, ni Pereda, se sobrepase con la hermana de una colaboradora… de una amiga. Tampoco que intente culpar a un abogado impoluto por el solo hecho de que te esté defendiendo. Si necesitas cualquier cosa, por favor búscame. Sabes dónde encontrarme.

Si mi hermana ya contaba con el respaldo de Hinojosa, le pregunté a Rodrigo durante el trayecto de vuelta, ¿por qué querría buscarlo a él?

—No lo sé —contestó—. Tenía que expresárselo. Quizá, como te dije, sólo quería escuchar de labios de Melissa que era cierto lo que afirmaban los periódicos.

No era tanto su solidaridad con ella, entendí, como su indignación por ver a Hinojosa señalado como extorsionador.

14

Se miró en el espejo del baño de su casa, pero apenas se reconoció. Las bolsas debajo de sus ojos estaban más hinchadas que nunca, su rostro lucía abotagado y había perdido pelo. ¿O acaso eran sus desvaríos?

Su mujer le había expresado plena confianza —"Sabíamos que el cargo podría acarrear cosas como éstas"—, pero Arturo Pereda se sentía descoyuntado; su apetito había mermado hasta los límites de la anorexia y si comía algo sólo era porque sabía que tenía que hacerlo. No distinguía sabor ni textura en los alimentos. Hasta el café le resultaba insípido. Lo seguía bebiendo sólo porque éste impedía que se derrumbara.

La sensación de que todo mundo lo observaba con desprecio era inevitable. Las exigencias para que dejara el cargo recrudecían hora tras hora. El senador José Manuel Trejo, presidente de la Comisión de Justicia del Senado, ya lo había buscado para sugerirle, con falso tono de camaradería, que pidiera una licencia "en tanto se aclaraban las cosas". No podría seguir fungiendo como fiscal general mientras se dudara de su integridad. Peor: mientras medio mundo lo considerara un delincuente. "Trejo es un canalla", concluyó Pereda.

En su cabeza había trazado su desmañanada defensa. La había discutido con el ministro Arriola y otros amigos que lo habían buscado para expresarle su respaldo, para manifestarle que ellos lo sabían incapaz de aquel infundio. El temple de un hombre se conocía en los momentos de crisis, le recordó más de uno. Otros se interesaron por averiguar qué había detrás de aquella mezquindad ¿Qué quería aquella mujerzuela? ¿Dinero? ¿Cuánto? Hubo hasta quien se ofreció a pagar el monto del chantaje. Además, debía haber testigos de que él jamás había actuado así, le dijo un antiguo colaborador que ahora fungía como fiscal en Puebla. ¿Por qué no armar una defensa en forma? Pero él lo tenía claro: la calumnia no tenía cariz jurídico sino político. Lo único que le quedaba era negarlo. Negarlo una y otra vez, hasta el cansancio. Pero eso no iba a ser suficiente. Era la declaración de la edecán contra la suya y él llevaba las de perder.

Repasó los hechos, las circunstancias, el nombre de los abogados a los que había estrechado la mano en el evento convocado por la revista *El mundo del Derecho* donde aquella joven juraba que la había violentado. ¿Cómo iba, entonces, ya no a probar su inocencia sino a armar una defensa verosímil? ¿A quién iba a pedirle que declarara a su favor si el testimonio resultaba incompleto? ¿Habría cámaras? Seguro que sí, pero no podrían cubrir cada minuto de cada lugar. ¿O sí? La edecán habría cambiado de sitio… La historia era falsa de principio a fin, desde luego, pero, de nuevo, era la declaración de esa mujer contra la suya.

Después de la conferencia que impartió, había ido al sanitario. Ahí, un par de jóvenes desconocidos lo saludaron con reverencia. A la salida, un abogado ya mayor le dijo que había leído sus artículos y sus libros; le pidió tomarse una *selfie* con él, a lo que Pereda accedió. A la que nunca vio fue a la dichosa edecán, quien, con mirada lánguida y voz arcillosa, había declarado ante los medios de comunicación que el fiscal la había acorralado contra la pared y le había introducido los dedos en la vagina. Qué historia tan ruin. Qué despropósito. Él jamás habría hecho algo tan bajo, pero ¿cómo convencer a las organizaciones feministas de que era ella quien mentía? "Nosotras te creemos", se escribía y volvía a escribirse en las redes sociales ¿Cómo salvar una reputación que, quizá, a esa hora, ya no existía?

Renunciaría, muy bien, pero ante todo tenía que proclamar su inocencia ¿Valdría la pena revelar sus diferencias con Barbachano? No: se le echaría en cara no haberlo hecho antes. Por otra parte ¿cuándo debía renunciar?, ¿en qué términos? Ahora fue Arriola quien le sugirió que no lo hiciera. No en ese momento. Ello equivaldría a admitir su culpa. Entonces, lo primero que haría el subprocurador encargado, el hombre que le había sembrado el secretario de Justicia y al que él aún no removía, el tal Camargo, sería imputarle violación. Ese mismo día lo pondrían tras las rejas.

El senador Trejo le había recomendado, primero, que pidiera una licencia; un día después le aconsejó que renunciara. Lo más pronto posible, para que la opinión pública constatara su determinación de aclararlo todo y disipar cualquier sombra que pudiera ensuciar su prestigio. "Ensuciar su prestigio…", repitió Pereda para sí. "Miserable". Pero, más allá de las palabras del presidente de la Comisión de Justicia del Senado de la República, Pereda sabía que, de no renunciar, todo iría complicándose. Incluso entrar a su oficina. "Renunciar en este momento", insistió Arriola, "sería poco menos que admitir la patraña".

El día anterior, un grupo de mujeres embozadas con paliacates había arrojado objetos contra su camioneta y la había rociado con espray morado. Si el cuerpo de seguridad no hubiera intervenido, las manifestantes habrían impedido la entrada de su automóvil al edificio. Lo mismo ocurrió a la salida, ya en la noche. Dionisio Orozco le sugirió utilizar otro vehículo —quizá resguardándose en la cajuela—, pero eso habría sido indigno. Él no tenía nada que ocultar. Nada de qué avergonzarse. Daba igual que pudiera mantenerse en el cargo o no.

A lo largo de su carrera profesional más de una vez había pensado que podía ser un buen ministro de la Suprema Corte o un competente fiscal general. Ahora, mientras se rasuraba —¿o sólo fingía que se pasaba el rastrillo por las mejillas cubiertas de espuma?—, recordó la frase "Cuando los dioses quieren burlarse de nosotros, nos conceden lo que les pedimos". No acertaba a precisar si era de Voltaire o de Wilde, pero se volvía una lapidaria ironía. Había conseguido su propósito y, apenas lo había hecho, resbalaba, caía... y de qué manera. Los dioses estarían carcajeándose.

Cuando Pereda era joven, un magistrado había cometido un desliz, quizá el único en su vida: se había enredado con una mesera y había procreado a unos trillizos a los que se había negado a mantener, aduciendo que eran autistas. El caso lo retomó una aguerrida periodista y lo convirtió en escándalo nacional. El juez con el que entonces trabajaba Pereda le hizo ver que aquello había sido lamentable. No por el hecho en sí, sino por el momento en que había ocurrido en la vida de aquel magistrado ejemplar: "Es como si una bailarina, que ha mantenido un ritmo impecable a lo largo del *ballet*, tropieza y cae en la última escena... El público se queda con esa caída: con su fracaso".

Y sí, eso era lo que le estaba ocurriendo a él. Se le recordaría no por sus libros y sus clases; no por sus sentencias de vanguardia sino por la violación que se le achacaba. Pero lo suyo no había sido un desliz sino un armadijo, urdido por sus enemigos para despeñarlo. ¿De de dónde habría salido aquella mujer? Nunca previó que don Cecilio iba a reaccionar de aquel modo. "Qué imbécil fui". Cuando el secretario de Justicia le advirtió que se atuviera a las consecuencias, él calculó que éstas no podrían ir más allá de lo jurídico. Su mente cuadriculada, donde las coordenadas eran disposiciones legales y jurisprudencias, no estaba adiestrada para aquel juego despiadado. Tal vez la invitación que le había formulado la presidenta de la República para aceptar una embajada había sido una advertencia. Una advertencia, por supuesto, tenía que serlo…

Por su cabeza empezaron a amontonarse recuerdos de juventud: el del presidente de la República a quien alguien había fotografiado bebiendo un mezcal y le habían colgado la etiqueta de borracho —algo que no era y nunca sería— y el del gobernador del Banco de México, a quien habían retratado con los párpados entornados en un soporífero evento de la Cámara de Diputados y le habían endosado el sambenito de dormilón. "Así es la vida política", suspiró Pereda. Pero ser alcohólico o negligente no era un delito. La bajeza que le achacaban a él, en cambio, podía provocar que terminara sus días tras los barrotes.

Para empeorar las cosas, después de su acuerdo con la presidenta Sabanero, él debía haber llegado a remover al "joven talentoso" que le había impuesto Barbachano ¿Por qué no lo hizo? Ante las declaraciones que había formulado la noche anterior la Doctora IQ —"Como mujer, me siento agraviada por la conducta de ese hombre que traicionó la confianza de los mexicanos"—, Camargo estaba obligado a actuar con todo el rigor de la ley, así fuera contra quien, hasta ese momento, era su jefe. Que Barbachano hubiera mandado a la presidenta de la Corte a desprestigiarlo de ese modo era para ofenderla a ella, a la Corte y a la judicatura entera. Pero ellos saldrían indemnes. Él no.

"¿Y todo por qué?", se dolió Pereda: "¿por haber intentado hacer bien las cosas?" Aquella pandilla de truhanes quedaría libre para seguir delinquiendo a sus anchas, extorsionado, utilizando a los jueces para enriquecerse y, desde luego, para enriquecer a Barbachano, su patrón.

Escuchó unos golpes dados con los nudillos en la puerta del baño. Era su mujer. Pereda entreabrió la puerta sin siquiera limpiarse la espuma de la cara.

—Una de cal por las que van de arena —dijo ella, extendiéndole un teléfono celular.

Pereda leyó una vez, dos veces, sin estar seguro de comprender la noticia: "Las ministras y ministros de la Suprema Corte de Justicia se reunieron a las siete de la mañana del día de hoy, en una sesión extraordinaria, convocada de emergencia. En ella resolvieron deponer a la doctora Imelda Quiroga, quien, hasta el día de hoy, fungía como presidenta de la Suprema Corte de Justicia de la Nación. Los ministros nombraron a Juan Federico Arriola nuevo presidente del Máximo Tribunal".

Las ministras y ministros de la Suprema Corte habían depuesto a su presidenta… Aquello era inédito. Si en el pasado había ocurrido algo semejante, Pereda no lo tenía registrado. Era algo que él nunca había atestiguado durante su vida. No acababa de leer la noticia, cuando vio que su WhatsApp se llenaba de mensajes que comunicaban lo mismo, desde su secretario particular hasta un viejo colega de Guerrero. Su directora de comunicación social escribió venturosa: "Esta noticia hará que el chisme que le inventaron a usted pase a segundo plano, maestro".

Pereda se limpió la cara, se vistió apresuradamente y se precipito hacía su camioneta blindada. No, no iba a renunciar, por lo pronto. Si la presidenta solicitaba su remoción al Senado, la cual conseguiría sin dificultad, la Constitución le concedía diez días para maniobrar. Diez días para perseguir a aquella banda de extorsionadores. Y Arriola podría auxiliarlo. "Es mejor que usted pida una licencia, antes de que la opinión pública sepa que fue cesado", le había dicho el senador Trejo. Pero, a estas alturas, ¿qué más daba cómo lo viera la opinión pública? Siguiendo el camino que siguiera, su imagen ya estaba por los suelos. Pero, si así era, ¿por qué no intentar salvar lo que quedaba de ella? La noticia sobre la Corte lo reanimó. Tenía aún diez días en los que podía aminorar los daños. Diez días no eran desdeñables. Ahora que habían echado a la Doctora IQ, tendría mayor margen de maniobra con los jueces a los que ella y el Licenciado tenían entre la espada y la pared. Había que aprovechar dicho intervalo. Diez días.

—A la oficina —ordenó.

Sus guardaespaldas ocuparon sus asientos y el automóvil escolta se puso en marcha. Ya en la camioneta marcó el teléfono de Arriola. Antes de que el fiscal lo saludara, el ministro le adelantó que no podría tomar la llamada en ese momento, pero que lo que ocurría en la Corte eran buenas noticias para él en lo personal. Arriola le rogó que le permitiera reportarse más tarde. Antes de colgar, le dio un consejo: "Despide de inmediato al subprocurador que te impusieron".

Al aproximarse al edificio de la Fiscalía, le sorprendió que las mujeres embozadas del día anterior, armadas con varillas y latas de aerosol, aún no se presentaran a cumplir su cometido. El que se había adelantado era Orozco, su secretario particular. Lo esperaba con otra noticia: el juez ante quien Pereda había acusado a los extorsionadores acababa de dictar orden de aprehensión contra Efraín Hinojosa y otros dos abogados. El juez había actuado con rapidez y aplomo. "Con los que me faltaron a mí", recapacitó Pereda.

Entonces marcó a la presidenta por la red. No la hallaría en su despacho tan temprano, pero dejaría constancia de su llamada con el personal de guardia que le contestara. Contra lo que esperaba, fue la misma Yatziri Sabanero quien respondió, solícita y atenta, como de costumbre. Pereda le expresó que él era inocente de los cargos que le achacaban y, sin dejarla hablar siquiera, le informó que había hablado con el presidente de la Comisión de Justicia del Senado. No iba a aferrarse al cargo, anticipó. Si la presidenta de la República solicitaba su remoción, lo cual él entendería, acataría la decisión, pero le reiteraban su inocencia. Quería cerrar su ciclo de manera digna. Yatziri Sabanero le anticipó que no haría ninguna solicitud de remoción si no lo platicaba antes con él. Le deseó buena suerte antes de colgar. "Así es como debe conducirse un político", decidió Pereda, sorprendido ante la maleabilidad con la que ésta se plegaba y replegaba. "Así es como yo debería comportarme en estas ligas".

Envalentonado, tomó la red interna y marcó al subprocurador Camargo. Nadie respondió. Entonces llamó a su secretaria para dictarle una carta dirigida al funcionario: "En ejercicio de las facultades que me confieren tal y cual artículos de tal ley, y en virtud de haberle perdido la confianza, por este conducto le notifico que, a partir de este momento, he tenido a bien removerle del cargo de subprocurador".

Seguía siendo el fiscal general y ejercería sus facultades hasta el último instante. La política estaba llena de artimañas, pensó desmadejándose en su sillón. Uno nunca sabía quién era amigo y quién enemigo. Quien podía favorecerlo hoy, podía perjudicarlo mañana... y viceversa. En los recuerdos, que seguían apelotonándose en su memoria, dio con aquel abogado amigo suyo que, apenas lo designaron juez de distrito, lo había buscado para anunciarle que pensaba denunciar a una compañía transnacional por daño moral en la vía civil. Si él le concedía una sentencia condenatoria, prometió, podría quedarse con el cincuenta por ciento de las compensaciones.

Pereda lo echó del juzgado. Nunca volvió a verlo, pero cuando se enteró de la denuncia civil, que al fin se produjo, telefoneó al juez que la estaba estudiando. Le advirtió que si su sentencia no era pulcra él mismo se encargaría de ventilar el caso ante la Judicatura Federal y la Fiscalía, puesto que el abogado que la había tramitado era un sujeto con el que había que ir con cuidado. La demanda no prosperó. Después de aquello, nadie volvió a ofrecerle a Pereda nada parecido. Ahí comenzó su fama de incorruptible. Descubrir a lo que se dedicaba su amigo, sin embargo —el amigo al que había considerado un hombre probo—, lo marcó.

En las ligas en las que ahora él jugaba la política era aún más sutil. Ahí se atravesaba por un campo minado, donde afectar intereses se castigaba con ostracismo, cárcel y muerte: "Destierro, encierro o entierro", se resumía en el argot del siglo XX. Y él ya estaba metido en aquel juego hasta el cuello. Quizá le quedaban sólo diez días para jugarlo, pero serían diez días en los que no se iba a arredrar. Con la orden contra los extorsionadores y la caída de la Doctora IQ, el panorama se antojaba menos huracanado. Lo que ahora necesitaba era un subprocurador que aceptara estar ahí diez días. Timbró a su secretario particular, quien se presentó de inmediato.

—¿Cuántos años tiene usted, Orozco? —preguntó mientras encendía un cigarro.

—Acabo de cumplir treinta y cinco, señor.

—Justo lo que necesitaba —sonrió Pereda—, un subprocurador más talentoso y más joven que Camargo. ¿Aceptaría usted el cargo?

—¿El cargo de subprocurador, señor? Yo no sé si…

—Usted hará lo que yo le indique. ¿Cuento con su lealtad?

El nuevo subprocurador asintió sin estar seguro de lo que aquello significaba.

El fiscal mandó llamar a la directora de comunicación social para instruirle que difundiera ampliamente un boletín donde se anunciara tanto el cese de Camargo como la designación de Orozco. Le pidió que, una vez cumplidas sus instrucciones, regresara para presentarle algunos escenarios de lo que, en su opinión, podría ocurrir ante la salida de la Doctora IQ. Apenas salió la mujer, Pereda le rogó a Orozco que ordenará al comedor unos *hot cakes* con mantequilla y miel.

15

Me pediste que hablara de mí, pero ahora voy a hablar de ti. Llega un momento en que mi vida no se explica sin la tuya. Aquella noche que nos encontramos en un bar tuvo que ser una cita fraguada por el destino. Fue después de haber roto con mi esposa.

Yo nunca iba a bares. Casi nunca. Pero aquel día me sentía solo. Buscaba algo nuevo. Éramos jóvenes. Llenos de vida ¿Qué necesidad teníamos de estar yo con mi mujer y tú con aquel amante monstruoso? Una y otro nos utilizaban, nos explotaban. Se burlaban de nosotros. Pero el destino quiso que esa noche tú estuvieras sola. Sentada en una barra. Entre luces mortecinas y olores mezclados. Podían distinguirse alcohol, tabaco y mota. Quién sabe qué más había. Yo llegué a ese mismo sitio. Como si lo hubiéramos acordado.

Nos gustamos de inmediato. Aquella noche me reí como nunca. Tú también te reíste a rabiar. Me sorprendió tu seguridad. Al final sacaste un par de billetes y pagaste los tragos.

La segunda vez que nos vimos acabamos en tu departamento. En Santa Fe. Estaba lleno de libros y flores. Me las mandan mis admiradores, dijiste. Odio las flores. Más adelante me explicaste quiénes eran los pinches admiradores.

Me gustó tu desinhibición al hacer el amor. La espontaneidad con la que te abriste conmigo. Como si fuéramos amigos de años. Me confiaste que estabas hastiada de ser la concubina de un sujeto que casi te triplicaba la edad.

Sentías asco. Luego corregiste. Repulsión. Me revelaste que si seguías con él era por aquel departamento y por los fajos de billetes que te entregaba.

Te diré algo que entonces no me atreví a decirte. Eras la mujer más hermosa con la que había hecho el amor en mi vida. Acostumbrado a estar con otras que, aunque tenían dinero, eran feísimas, tú me dejaste petrificado.

La tercera vez que nos vimos, me hiciste una confesión. Que yo era el único hombre con el que habías experimentado un orgasmo. El senador, como te referías a tu protector, jamás te había hecho el amor. Ni siquiera podía hacerlo. Te tenía como una posesión valiosa. Nada más. El noviecito que tenías, por otra parte, era un imbécil.

Tuve el deseo de rogarte que mandaras a la chingada a uno y otro. Que te fueras a vivir conmigo. Pero, para eso, tú tendrías que deshacerte del senador y necesitaríamos dinero.

Salí decidido a conseguirlo. Al precio que fuera. No era justo que dos personas como tú y como yo, hechas para estar juntas, estuvieran separadas. Separados por parejas que sólo nos utilizaban. Eras una princesa enclaustrada en una torre. Yo sería tu caballero, prometí. Te rescataría del dragón que te custodiaba para llevarte a mi reino. Sí, te lo suplico, dijiste. Pero yo sólo tenía el cuartucho que me había conseguido el Bagre. Y ni siquiera era mío. Yo no tenía reino.

Con lo que me contaste en las siguientes ocasiones, fui reconstruyendo tu vida. Tu madre te había engendrado en una noche de juerga. Con un tipo escocés al que nunca volvió a ver. Ella y él debieron ser guapísimos. Enardecidos ante la afrenta, tus abuelos echaron a tu madre de casa.

Así, tu vida fue complicada desde el principio. Como la mía. Pero la tuya se volvió un infierno. Tu madre halló a un antiguo novio con el que se fue a vivir. Un tipo inmundo. No sólo arrastró a tu madre al alcohol. Acabó abusando de ti sin que ella se atreviera a defenderte.

Por eso, apenas terminaste la preparatoria, conseguiste que tu abuela, viuda y arrepentida, te diera asilo. Un par de años. Pero eso no te libró de tu rencor. De tu afán de vengarte del mundo. Era un resentimiento que compartíamos. Me contaste que ninguna de las personas que conocías era más bonita o más inteligente que tú. ¿Por qué, entonces, ellas tenían derecho a la felicidad y tú no?

Pronto encontraste un trabajo de recepcionista. En el Senado de la República. José Manuel Trejo, el antiguo gobernador de Guanajuato, se prendó de ti. Presidía varias asociaciones culturales y participaba activamente en el Festival Cervantino cada año.

Además, tenía negocios. Como la importadora de vinos argentinos a la que tanto tiempo dedicaba. También viajaba a Nueva York, a donde te llevó algunas veces. Para que lo acompañaras al teatro y a la ópera. Eran sus aficiones. Acabaron siendo las tuyas.

Te resignaste a pasar los siguientes años con él. Detestabas su bigote de alambre, sus manos ásperas y su aliento fétido. Aun así, podrías soportarlo a cambio de lo que te daba. Que te pidiera que te desnudaras frente a él. O que bailaras mientras él se acariciaba.

Más tarde, te empezó a llevar a las cenas con algunos de sus amigos. Entre ellos, el secretario de Justicia. Y con políticos de Guanajuato. Te cacareaba como una mercancía. Y lo eras. En algún momento, llegaste a escuchar información delicada. El secretario de Justicia se jactaba de que la presidenta de la República nunca podría correrlo porque él le tenía guardados secretos mayores.

Un día, después del *striptease* que le hiciste a Trejo cuando volvían de ver *Salomé*, en la Metropolitan Opera House, te ofreció que te fueras a vivir a un departamento que tenía desocupado. Con el tiempo, sería tuyo, juró. No podría verte sino los sábados en la noche. Los sábados en la noche y los días que tuvieras que acompañarlo a cenar con sus amigos. Te avisaría con oportunidad. Esperaba que estuvieras lista para él esas ocasiones. En eso no hubo concesión.

Aceptaste. Aunque solicitaste algo más. Primero, que te pagara una ortodoncia. Te avergonzaba tener los dientes chuecos. Accedió. Luego, otro nombre. Una vida nueva requería un nombre nuevo. Te gustaba Lakmé. Él se negó. Así se llamaba su hija. Escogiste el actual. El habló al día siguiente con la directora del Registro Civil de Guanajuato. En menos de quince días, salió tu nueva acta de nacimiento. La estrenaste cuando el senador insistió en que te inscribieras a la universidad y estudiaras una carrera. Derecho.

Lo que resultó superior a tus fuerzas fue que, un día, el senador te pidiera que salieras con uno de sus socios. Quería un precio preferente para cierto vino y necesitaba la buena disposición de aquel sujeto. Te pidió que fueras complaciente con él. Lo hiciste ¿Qué te quedaba? Pero aquella noche hiciste algo que no acostumbrabas hacer. Lloraste. No lo acostumbrabas porque, al igual que yo, tenías tus emociones atrofiadas. Eso no me lo dijiste tú. Lo descubrí yo.

Tu padrote volvió a pedirte lo mismo la siguiente semana. Ahora con otro tipo. Luego con un tercero. Más de una vez te pusieron GHB en tu copa y te convirtieron en una piltrafa. "Odio el jabón", me dijiste. Resolviste que no podrías seguir así. Como *sugar daddy* era generoso y complaciente. Te hacía parecer una mujer de mundo. Culta y sofisticada. Bastaba que tú leyeras someramente argumentos de algunas óperas. Que soltaras nombres de personajes y compositores. Listo. Eso encajaba con tus pretensiones…

Pero él era ante todo un hombre de negocios. Por más promotor de las artes que fuera, primero era un *businessman*.

Un *bussinessman* y un político. Convenenciero y voraz. Y tú eras una ficha en su ajedrez.

Pero para escapar de aquel calabozo, de aquel celador, necesitabas alternativas. Casarte con un compañero de la universidad, por ejemplo. Ninguno de ellos estaba interesado en el matrimonio por el momento. Ninguno, además, podría mantener el ritmo de vida que llevabas. Detestabas a Trejo. Pero no estabas dispuesta a renunciar a tu departamento. Ni a tu coche. Ni a tu dinero en efectivo. Ni a tus viajes a Nueva York.

Le pediste a tu protector que te ayudara a conseguir trabajo. Como pasante. Debía conocer muchos despachos. Él preguntó si te faltaba algo. Le encantó tu respuesta. Una oportunidad para poner en práctica lo que estoy aprendiendo gracias a ti, papito. Tu respuesta lo convenció para pedirle el favor a un notario de la Ciudad de México, amigo suyo, que te incorporó de inmediato a su notaría. Cotejar protocolos te aburrió el primer día. ¿Cómo podían existir personas que dedicaran su vida a una actividad tan monótona?

Fue entonces cuando conociste a Rodrigo. Aunque no era tu compañero de clases sino tu profesor. Decidiste que te ibas a casar con él. Era hijo de un abogado opulento. Sólo un hombre como él podría mantener tu nivel de vida. La vida a la que aspirabas. Ya no tendrías que seguir fingiendo. Serías la esposa de Rodrigo.

Él, por su parte, quedó impresionado por tu belleza. Quién no. Pero también por tus conocimientos sobre vino, teatro y ópera. Muchos menos de los que cree el pobre idiota, me revelaste. El problema no era ése sino que insistía en conocer a tu familia.

Entonces, para hacerlo todo más complicado, aparecí yo. Tú y yo sabíamos que queríamos pasar con el otro el resto de nuestras vidas. Lo supimos ese sábado que el senador te avisó que no podría ir a verte. Luego las cosas cambiaron, pero la certeza era mutua. Trejo tenía una sesión en el Congreso. Era para discutir una ley que la presidenta de la República estaba empeñada en aprobar.

Por lo que se dijo en periódicos y redes sociales, los grupos de choque del gobierno habían rodeado el palacio legislativo para que no pudieran entrar los legisladores de la oposición. Éstos, no obstante, se habían quedado a dormir desde la noche anterior. La presidenta necesitaba a todos sus legisladores ese día. En busca de algo que te entretuviera, te fuiste a la Zona Rosa. A tu encuentro con el destino. Al menos, a lo que pudo ser tu encuentro con el destino si las cosas no hubieran salido como salieron.

Nos contábamos todo con franqueza. Eres la única persona en el mundo con la que no tengo nada que fingir. Con la que puedo ser yo misma, repetías. Cuando me hablaste de Rodrigo me confiaste que no lo querías. Era fofo y bobalicón, dijiste. Sólo un puente para salir de la torre en la que estabas prisionera. Te casarías con él y luego te divorciarías. Con lo que él te diera por el divorcio te irías conmigo. La vida ha sido injusta con nosotros y merecemos abundancia, dijiste muchas veces. Tu problema era que Rodrigo no te había embarazado. Necesitabas un hijo para amarrarlo. Llegaste a pensar que era estéril.

Supe que hablabas en serio el día que me convocaste con urgencia. Tenías algo importante que decirme. Llegué a tu departamento y te hallé con una sonrisa arrasadora. Llevabas un *negligé* que dejaba entrever tu cuerpo de diablesa. Mira, dijiste presumiendo tu anillo de compromiso. Hoy me lo dio Rodrigo. Quiero festejarlo. Tenías dos copas y una botella de champagne esperando. Tu propuesta bastó para encenderme. Comencé a besarte. Casi te arranqué el *negligé*.

Quiero algo más, dijiste. Un hijo tuyo. Si no tengo un hijo, Rodrigo se podría echar para atrás. Su madre me aborrece. Me diste tu pulsera en señal del compromiso.

Me la obsequió Rodrigo, para recordarme que yo era suya, contaste. Ahora yo quiero ser tuya, susurraste al tiempo que me la ponías en la muñeca. Era una pulsera de cuentas de madera.

Cuando yo iba a colocarme el condón, como lo hacía desde que nos veíamos, me lo arrebataste. ¿No he sido clara? Y si hoy no quedo embarazada, quiero que vuelvas mañana. Y pasado. Hasta que me embaraces. Eres el único hombre con el que podría tener un hijo. Ha llegado el momento de tenerlo. No sé por qué sentí que no tendría que volver ni mañana. Ni pasado. Que ese día habías quedado encinta. Al final te pregunté qué ibas a hacer si nuestro hijo salía tan prieto como yo.

16

Cuando desayunábamos, Rusalka solía ordenar fruta y un té de manzanilla. "Una infusión", habría precisado Rodrigo, que no perdía oportunidad de explicar que el té era una planta —*Camellia sinensis*— y que no debía llamarse té a las infusiones de tila, jengibre o hierbabuena. En esta ocasión, sin embargo, ella pidió chocolate, dos *croissants* con mermelada de naranja y un helado de fresa. Acabó chupándose los dedos, como si no quisiera dejar nada en el plato; al final me explicó por qué: estaba embarazada. Yo palidecí. No esperaba aquello. Tampoco que Rusalka lo declarara con tal desfachatez.

—No pongas esa cara, Gatita. Es una gran noticia. Hasta parece que no te da gusto. A lo mejor esto retrasa el trío que íbamos a hacer con Rodrigo, pero será sólo eso: un retraso. Te prometo que tendremos tiempo para nosotras. Mucho tiempo. Por lo pronto, esta semana anunciaré que dejo mi trabajo de mierda en la notaria. Le pregunté a mi amiga si se había resignado a criar un bebé. No, sé rió burlona: le pediré a Rodrigo una niñera. No pretendo dedicar horas y horas a amamantar, arrullar y cuidar a un niño que grita y llora a todas horas.

Llegué al despacho con la sensación de haber recibido un mazazo. Apenas me instalé en mi escritorio y descubrí la flor que me había enviado ese día Jaime Athié, Rodrigo me llamó. Tenía una expresión de sorpresa que no podía con ella. ¿Tendría que ver con el embarazo de Rusalka? Sin saludarme siquiera, me contó que la noche anterior su novia lo había invitado a cenar "por fin" a su departamento en Santa Fe. ¿Lo conocía? Le dije la verdad. No. Yo no tenía ni idea de dónde vivía mi amiga. Nunca me lo había dicho. Era un *penthouse* con una bonita vista a la ciudad, contó Rodrigo. Había esculturas, cuadros, retratos de compositores y cantantes de ópera, libros y discos, lo cual revelaba la sofisticación de su novia.

Pero lo que más había llamado su atención fue el padre de Rusalka, me espetó atragantándose las palabras. ¿A él sí lo conocía? Tampoco, admití. Era muy diferente a ella, afirmó arrugando la nariz. Moreno, muy moreno, rudo, curtido. Desencajaba en aquel departamento tan *nice*. Se había ostentado como guerrerense, "a mucha honra", y celebraba que su estado fuera cuna de la transformación en México.

—¿Te imaginas?

El tipo había monopolizado la conversación. Empezó hablando de cómo el narco se había infiltrado entre los productores de aguacate, obligándolos a ser socios. También controlaba la pesca y la distribución de productos del mar en la región. Ahora iba por el limón y hasta por los taxis. La gente prefería trabajar con ellos que con los explotadores de siempre: "Así es como se estabiliza el comercio y se hace inclusivo", se frotó sus manos callosas. ¿O acaso creía Rodrigo que esos empresarios a los que él defendía en el despacho habían llegado a donde estaban sin pisotear la ley y sin recurrir a prácticas mañosas? Los empresarios eran peores que los políticos. Antes de que Rodrigo pudiera responder, el padre de Rusalka se puso a divagar sobre la historia.

Cuando el papa Alejandro VI decidió, por sus huevos, que la mitad del mundo era de España y la otra mitad de Portugal, Inglaterra protestó. Como el pérfido pontífice declaró que así lo había decidido él y que no había nada que hacer, Inglaterra envió piratas autorizados a asaltar naos y carabelas. Los corsarios robaban el oro que, a su vez, esos cabrones habían robado a los nativos de las tierras recién descubiertas. Ladrones que robaban a ladrones. Luego, los piratas echaron a los españoles de las islas y se institucionalizaron. El pirata Barbanegra fue gobernador de Barbados. Al poco tiempo, la isla estaba administrada por ladrones adecentados.

"¿Y quiere que le diga algo, Rodrigo? Un día los narcotraficantes romperán las barreras que usted y los otros leguleyos se han esmerado en interponer en su camino. Acabarán convirtiéndose en empresarios y políticos. De hecho, ya tenemos alcaldes que colocó en sus cargos el narco: en Guerrero, Michoacán, Tamaulipas, Sinaloa… y vamos por Chiapas. Tambien ya tenemos un buen número de gobernadores. Algún día tendremos un presidente. Pero no se me alebreste. Será lo mejor que pueda pasarle a este país, siempre mal gobernado por señoritos y fifís, que sólo velan por sus intereses. Como usted se dará cuenta, soy un idealista que anhela y lucha para que México no les pertenezca a unos cuantos. Para que podamos hacer una transición y reine la igualdad sin que Estados Unidos se entrometa".

Cuando sirvieron el café, aclaró por qué le había puesto Rusalka a su hija. Evocaba inconformismo, lucha, revolución. Después, saltó a lo de su madre, una escocesa bellísima que un día se había ido al Tíbet, abandonándolos. Al terminar la cena, Rusalka acompañó a Rodrigo hasta el estacionamiento. Le hizo ver por qué no le gustaba que sus amigos trataran con su padre. Era un hombre con múltiples virtudes, pero hosco, sin tacto.

Rodrigo se disponía a contarme otros pormenores, cuando Francisco Arroyo entró al cubículo. Efraín Hinojosa había sido vinculado a proceso, resopló. Eso podía tener repercusiones para el despacho, dados los asuntos que llevabamos con Hinojosa. Rodrigo no parpadeó. Mientras yo me quedaba cavilando sobre el embarazo de Rusalka, del que Rodrigo no me había dicho ni una palabra, él tomó su sacó, subió a su automóvil y manejó hasta el despacho de su maestro. Quería refrendarle su apoyo, me refirió después. Le ofrecería ayuda si la necesitaba. Pero Hinojosa ya no estaba ahí. La secretaria le contó que había salido del país. Una emergencia. No tenía para cuándo volver.

Con la satisfacción de haber cumplido con su deber, Rodrigo regresó a Warren & Lorca. Sosegado, se volcó en sus propios problemas. Como supe después, Rusalka había insistido en que la boda se llevara a cabo lo más pronto posible —era entendible— y él, siempre dispuesto a complacerla, había hablado con su padre, quien accedió a regañadientes a que la fastuosa ceremonia que había proyectado se redujera a una comida en la casa de Cuernavaca. Treinta invitados; yo entre ellos. "No entiendo por qué este cambio y por qué la prisa", suspiró su padre. "Yo tampoco", había dicho él. Quien lo adivinó fue su madre: "Seguro la zorra está preñada".

Poco después, Francisco Arroyo lo llamó para pedirle que revisara dos recursos que iban a presentarse al día siguiente. Antes de que dejara la oficina, le preguntó, como si nada, si estaba enterado de lo último: Hinojosa y "otros de sus cómplices" habían tejido una red de extorsiones monstruosa. Todo apuntaba a que el jefe era Cecilio Barbachano. Distintos empresarios habían señalado a Hinojosa y a otros litigantes como los hombres que les habían exigido ingentes cantidades de dinero a cambio de no abrirles un proceso penal.

—¿Me estás diciendo que Efraín Hinojosa es un extorsionador?

—No soy yo quien lo dice, Rodrigo.

—No puedes dar crédito a las mentiras de un violador como Pereda.

—Sea como fuere —suspiró Arroyo—, tengo la instrucción de retirarle a Hinojosa los asuntos que habíamos remitido a su despacho.

Rodrigo lo miró sin creer lo que estaba escuchando, pero tampoco dijo nada en esta ocasión. Volvió a su cubículo al borde del llanto. Conmigo reventó:

—Voy a renunciar, Daniela.

—¿Vas a renunciar cuando estás a punto de casarte? —lo increpé.

—¿Qué quieres que haga? Todo aquí apesta. Estamos sumergidos en la inmundicia; la tenemos hasta el cuello. Estamos a punto de ahogarnos. Nadie se ha dado cuenta de que Pereda quiere destruir a Hinojosa sólo porque éste intentó defender a tu hermana.

Salí del cubículo de Rodrigo preguntándome qué iba a ocurrir conmigo si él renunciaba. Fue entonces cuando miré a mi hermana frente a mí. Al principio, pensé que se trataba de una alucinación. ¿Qué tenía que hacer Melissa en el despacho? Luego ya no me quedó duda: era ella. Pero ¿qué hacía ahí?, ¿cómo había entrado? Esa mañana la había dejado echa un ovillo en su cama. Ahora lucía ojerosa y desgreñada; ni siquiera se había maquillado, algo rarísimo en ella.

—¿Qué haces aquí? —Palidecí—. ¿Quién te dejó entrar? No puedes subir sin autorización.

—Vengo a hablar con tu jefe.

—¿Con Rodrigo?

—Él me ofreció su apoyo si llegaba a necesitarlo.

—Él no puede ayudarte.

Cuando pienso en lo que ocurrió, me pregunto cómo pude haber sido tan ciega para no unir los cabos.

—Quiero verlo.

—No tienes nada que decirle, Melissa. Te ruego que te vayas de aquí de una vez. No debieron permitirte el acceso.

—Si no me dejas verlo, comenzaré a gritar.

—Estás poniendo en peligro mi trabajo, Melissa.

—Quiero verlo.

—No, no, ¡no!

Debí alzar demasiado la voz, pues varias miradas se clavaron en mí. Rodrigo abrió la puerta de su cubículo. Vio a mi hermana y le pidió que pasara, casi como si hubiera estado esperándola.

—Quiero que Daniela escuché lo que voy a decirle.

Rodrigo hizo un ademán para que los acompañara. Nos invitó a tomar asiento y cerró la puerta antes de sentarse él mismo. Yo seguía lívida.

—A tus órdenes —dijo mi jefe, adoptando un aire solemne.

—Necesito su ayuda, licenciado. Ya está usted enterado de los acontecimientos que…

—De todo. Y reitero que no descansaré hasta que se te haga justicia y Pereda vaya a la cárcel.

Melissa se mordió el labio inferior. Comenzó a mover la cabeza, como lo hacía cuando estaba nerviosa.

—Quizá quien deba estar ahí soy yo, licenciado. Por eso necesito su ayuda. No quiero ir a prisión, licenciado. Por favor no.

—No entiendo.

—Sé que cometí un error, licenciado. El mayor de mi vida… Pero he aprendido la lección. No volveré a hacerlo, licenciado. Ofreceré disculpas a quien tenga que ofrecerlas y devolveré el dinero, licenciado.

—Sigo sin entender.

Melissa apretó los puños. Lo hacía siempre que buscaba las palabras adecuadas para expresarse. Requería, al menos, un punto de apoyo para decir lo que iba a decir. Al no encontrarlo, abrió su bolsa y colocó sobre el escritorio de Rodrigo una bolsa de papel de estraza.

—El licenciado Hinojosa me pagó ciento cincuenta mil pesos por decir lo que dije.

—Eso no es cierto.

Melissa sacó de la bolsa de estraza uno, dos, tres, cuatro, cinco fajos de billetes de quinientos pesos, cada uno con sesenta.

—Son trescientos billetes, licenciado. Quiero que usted me diga qué debo hacer con ellos para no ir a la cárcel. Busqué al licenciado Hinojosa para devolvérselos, pero acabo de enterarme de que la justicia lo persigue y que él está prófugo.

—No está prófugo —la atajó Rodrigo, a quien había comenzado a temblarle el labio inferior—. Salió de viaje.

Ya no hablaba ni con Melissa ni conmigo: hablaba para sí mismo.

—Ayúdeme por favor, licenciado. Dígame qué tengo que hacer. No he gastado un solo billete así que, si lo devuelvo, no tengo por qué ir a la cárcel, ¿verdad, licenciado?

—¿Lo que estás diciendo —preguntó Rodrigo después de un bochornoso silencio— es que Pereda no te violentó?

—La única vez que vi a ese señor fue en el acto en que dicen que me agredió, licenciado. Pero la verdad es que él estaba en el presídium y yo, en la puerta de la entrada. Muy lejos de él. Si dije lo que dije fue porque así me lo pidió el licenciado Hinojosa. Nunca debí hacerlo. Fue un error. El peor que he cometido en mi vida, licenciado. Y no quiero que vayan a encerrarme. Por lo que usted más quiera, licenciado. Usted prometió ayudarme...

¿Qué pensaba Rodrigo en ese momento? Quizá ni él mismo lo sabía. Pero, de pronto, dejó caer la cabeza y tuvo que sostenerse la frente con la mano del brazo que tenía apoyado en el escritorio. Se frotó los ojos y se mesó los cabellos mientras respiraba pesadamente.

—¿Qué opinas? —preguntó de pronto, mirándome a mí.

Yo estaba tan aturdida como él.

—No sé qué pensar...

—¿Es verdad lo que estás diciendo, Melissa? ¿Te das cuenta de lo grave que es tu acusación?

—Mi hermana me pidió que fuera a ver al licenciado Hinojosa. Él me encargó que hiciera lo que hice.

Rodrigo me dirigió una mirada fulminante. Algo se desquebrajó dentro de mí.

—¿Tú mandaste a tu hermana con Efraín y no me contaste nada?

De pronto me convertí en la acusada.

—El licenciado Hinojosa me rogó que no te dijera una palabra, Rodrigo. Si yo le pedí a mi hermana que acudiera con él fue porque me aseguró que le ofrecería un trabajo. Nunca imaginé que Hinojosa pudiera ofrecerle esto. Menos aún, que mi hermana fuera a aceptarlo.

Melissa y yo comenzamos a llorar al mismo tiempo. Tomé a mi hermana de la mano. La abracé.

—Júrame por lo más sagrado que tengas que me estás diciendo la verdad, Melissa.

—No tendría ningún motivo para venir a decirle una mentira, licenciado.

Rodrigo hizo un esfuerzo y se levantó temblequeante. Salió sin dar explicación. Luego supe que había atravesado la oficina hasta el cubículo de uno de los abogados que mejor conocía de derecho penal en el despacho para corroborar lo que él pensaba sobre el asunto. Le confirmó que no había delito; a lo más, se trataba de un asunto de carácter civil. Regresó con nosotras.

—Acompáñenme.

—¿A dónde? —pregunté mientras me limpiaba la cara.

—Acompáñenme —repitió autoritario—. Y tú, trae eso.

Melissa recogió los billetes, los volvió a colocar en la bolsa de papel de estraza y me miró asustada. Yo le hice una señal de que no debía preocuparse. Mientras bajábamos por el elevador al estacionamiento, Rodrigo nos advirtió que íbamos a tener que apostar. Lo que había hecho mi hermana no constituía un delito. No habría consecuencias penales; pero tenía que desdecirse públicamente para resarcir, en algo, el daño que había provocado. Me pidió que me sentara a su lado en el coche y casi empujó a mi hermana al asiento de atrás.

—¿A dónde vamos? —me atreví a preguntar cuando Rodrigo tomó Reforma.

—¿Estás dispuesta a decir en público lo que acabas de decirme? —Quiso saber, mirando a Melissa por el espejo retrovisor.

Ella asintió.

—¿A dónde vamos? —insistí.

—A la Fiscalía General de la República.

—¿Tú crees que Pereda nos va a recibir?

—No vamos a ver a Pereda, sino a la subdirectora de comunicación social. Fue mi compañera en la universidad y, sin duda, podrá aconsejarnos sobre lo que hay que hacer.

Ni siquiera tuvo que poner el Waze para llegar. Se estacionó en un local que parecía conocer desde siempre, al lado de unos puestos de fritangas, sitiado por adolescentes con uniforme azul y cuello de plástico blanco y rojo. Luego caminamos al edificio de la Fiscalía, hasta la recepción. Ahí pidió que avisaran a su amiga que estábamos abajo. Melissa y yo lo seguíamos sin chistar. Al cabo de diez minutos, apareció un ayudante que, con un pase electrónico, nos franqueó el paso a través de un torniquete giratorio. Sin decir palabra, nos condujo hasta la oficina de comunicación social.

17

Arturo Pereda solía usar corbatas grises, pero ese día se había puesto una negra. La directora de comunicación social sugirió que la cambiara por una de un color más vivo, pero Pereda se negó. Soy periodista, se consoló la mujer a sí misma, no directora de escena. Ante su fracaso con la corbata, le recomendó a su jefe que no fuera a abrir la boca.

Pero cómo no abrirla, reflexionó Pereda por su parte: en unos minutos, tendría frente a él a decenas de periodistas y representantes de los medios de comunicación, ávidos de conocer hasta el último detalle. ¿Cómo guardar silencio? Su colaboradora le recomendó que se limitara a escuchar a la edecán, mientras ésta deshilvanaba la historia. Las preguntas que surgieran tendría que responderlas ella misma. "Ella es la protagonista, maestro. No usted".

Pereda, a quien la hernia había obligado a sentarse unos minutos esa mañana, temió que, en el último momento, la joven se echara para atrás. Que se arrepintiera o que, amedrentada por los representantes de los medios, optara por no pronunciar palabra alguna. Pero, bueno, a esas alturas, él ya no tenía nada que perder. Tampoco estaba tan seguro de la conveniencia de quedarse callado. El fiscal general quizá no podía darse ese lujo. Si la edecán hablaba, como había prometido, aquella era su oportunidad para anunciar que iría tras el abogado de la presidenta. Tenía todos los hilos en la mano para jalar de ellos y poner a Barbachano tras las rejas. Ocupar una oficina para calentar el asiento sin atreverse a perseguir los delitos federales, como era su obligación, constituía una inmoralidad.

Una transgresión a la Carta Magna, que él había jurado cumplir y hacer cumplir.

Echó un ojo al cuadro de Ortega y Gasset. Si hasta hacía veinticuatro horas las circunstancias le habían sido adversas, ahora el viento cambiaba de rumbo. "Es Bóreas", resolvió. Soplaba frío, como de costumbre, pero ahora a su favor. Debía aprovecharlo. Si la presidenta de la República pretendía someter su renuncia al Senado, le costaría más trabajo hacerlo después de que el fiscal consignara a don Cecilio. Y si solicitaba su remoción de cualquier modo, qué más daba: su nombre ya no figuraría en los anales de la procuración de justicia como el de un violador. Antes de bajar a la sala de prensa fumó un cigarro y se atragantó una taza de café.

Mientras el elevador descendía, Pereda seguía dándoles vueltas a sus ideas. Se sentó en el pódium, al lado de la directora de comunicación social, con expresión severa. Los corresponsales adscritos al sector justicia estaban seguros de que iba a anunciar su dimisión. Era lo mejor que podía hacer antes de que se iniciara el procedimiento para destituirle. Algunos ya tenían listo el artículo. Hasta los titulares. Todo dependería de los términos en que él renunciara. ¿Ofrecería una disculpa por su comportamiento? ¿Arremetería contra la edecán, acusándola de haberle provocado un daño moral? ¿Diría que aquello era un tinglado que habían armado los abogados a los que él perseguía?

Entonces, la directora de comunicación social aclaró que quien hablaría no sería el fiscal general sino la señorita Melissa Amuchategui, quien apareció en ese momento por una de las puertas laterales del salón y se sentó al lado de Pereda. Iba vestida con una falda, una blusa *beige* y unos zapatos planos del mismo color.

No lucía tan nerviosa como había llegado a la Fiscalía y, en un principio, hasta habría pasado por serena. Para no variar, el escándalo estalló. Por todas partes surgieron exclamaciones de sorpresa. Preguntas, gritos, imprecaciones. Los fotógrafos se precipitaron hacia el pódium y dispararon sus cámaras con frenesí. La directora de comunicación pidió calma. La exigió. Al fin, volvió el silencio. La joven ya no estaba tan serena cuando se acercó al micrófono y ahogo un sollozo. "Esto ya hizo aguas", pensó Pereda. Pero la edecán se recobró. Bóreas seguía siendo benéfico.

El licenciado Efraín Hinojosa, afirmó al cabo de la pausa, le había pagado ciento cincuenta mil pesos para declarar contra el fiscal general de la República. Ciento cincuenta mil pesos, repitió. Al decirlo, colocó la bolsa de papel de estraza con el dinero sobre la mesa. Ciento cincuenta mil pesos. Aquella conducta era indebida, añadió, pero nunca en su vida había tenido tanto dinero en sus manos y pensó que, con él, podría darse algunos lujos con los que siempre había soñado.

Estaba arrepentida y agradecía al fiscal general que la hubiera perdonado, añadió después de una pausa. También quería ofrecer una disculpa a todos aquellos a los que había ofendido con su declaración anterior. "Me han informado", finalizó, "que lo que hice no constituye un delito en la legislación mexicana. Pero, delito o no, fue una falta de ética; dañé la reputación de una persona honorable y eso no es correcto ni en México ni en ningún otro país. Por eso ofrezco disculpas".

La expresión adusta de Pereda se desbarató en una sonrisa. Imaginó la expresión de la presidenta Sabanero, de Cecilio Barbachano y de Efraín Hinojosa, al que ni siquiera conocía. Pero, aun sin conocerlo, sentía animadversión hacia él. Ahora debía anunciar que, tras aquellas declaraciones, la Fiscalía iba a perseguir al secretario de Justicia. Tenía que hacerlo, se repitió. O aprovechaba su circunstancia en ese momento o ya no podría hacerlo después.

Al menos no con la contundencia que le ofrecía esa ocasión. El que pega primero, rezaba el refrán, pega dos veces.

Cuando se disponía a tomar el micrófono, descubrió que era tarde. Los reporteros que cubrían la fuente habían comenzado a lanzar preguntas, una tras otra, en ráfaga. Muchas iban dirigidas a la edecán: ¿Dónde había conocido a Hinojosa? ¿Por qué Hinojosa había pensado en ella? ¿Anteriormente había hecho algo similar? Pero la mayoría de las preguntas iban dirigidas a él: ¿Hinojosa había hecho aquello para evitar que él lo denunciara por extorsión? ¿A qué atribuía, si no, la conducta de Hinojosa? ¿Aquello suponía nuevos delitos para el litigante y sus cómplices?

Una de las corresponsales quiso saber si el secretario Barbachano estaba involucrado y si el fiscal pensaba denunciarlo. Pereda comprendió, de súbito, que no podría arriesgarse a anunciar algo así. Pero ¿por qué no? Ahí estaba el Rubicón, *su* Rubicón. ¿Por qué vacilaba? ¿Porque las evidencias de las que disponía resultaban insuficientes? Sí, era eso: no tenía todos los hilos en la mano y, si el juez desestimaba aquellas pruebas, él volvería a tropezar… No, no era eso. Era su miedo a incomodar a Barbachano y a la presidenta. Si ya se había reinvidicado su imagen, ¿para qué volverse a sumergir en el cenegal político? Por ello, recurrió a su sonsonete de profesor. Si llegara a tener elementos, aseguró, no vacilaría en proceder contra quien resultara responsable.

Antes de que Melissa pudiera abrir la boca o comenzara a llorar de nuevo, él se levantó para indicar que el acto había concluido. Estrechó la mano de la edecán con una sonrisa y se mantuvo en esa posición mientras los fotógrafos disparaban sus cámaras con furor paranoico. Al volver a su oficina, su secretario le informó que acababa de llamarlo por la red federal la presidenta de la República. Había visto el acto por televisión y quería felicitar al fiscal por haber limpiado su nombre con tanto donaire.

—Nunca dudé de su honorabilidad —le aseguró a Pereda cuando éste se reportó—. Le llamo también para suplicarle que por ningún motivo vaya usted a involucrar en esto a don Cecilio. Es un hombre que goza de mi absoluta confianza y no tiene nada que ver con las infames extorsiones de esos abogadetes que usted persigue. Si usted decidiera ir contra don Cecilio, su acusación provocaría un daño irreparable a mi gobierno, doctor.

Pereda se alegró de no haber cedido a la tentación, de haberse negado a cruzar su Rubicón y se escuchó a sí mismo prometiendo algo que quizá no debía haber prometido:

—Descuide usted, señora presidenta. Nunca haré tal cosa. Lo que afirmé sobre perseguir a quien resultara responsable fue para calmar a algunos reporteros ávidos de sangre.

—Así lo entendí —suspiró la presidenta del otro lado de la red—. En un par de horas saldré a una gira por Campeche, para visitar a las víctimas del reciente huracán, pero a mi regreso lo buscaré para que don Cecilio, usted y yo veamos lo que sigue en materia de procuración de justicia federal en México. Necesito que me ayude a plantear una reforma integral de justicia. No una reforma que consista en parches, como se ha venido haciendo. Tenemos que revertir la locura que acaban de cometer los ministros de la Suprema Corte. Su apoyo será primordial.

Al colgar la red, no fue la pretendida reforma integral lo que inquietó a Pereda, sino la docilidad con la que él había aceptado la solicitud de Yatziri Sabanero. Pero ¿cómo no ser aquiescente con quien tanto apoyo le había dispensado, aun a sabiendas de que se volvía a traicionar a sí mismo? Lo quisiera o no, él ya era parte de una maquinaria cuyos engranajes y resortes funcionaban independientemente de su voluntad. "Poder organizado del Estado", decían los dogmáticos penales de los que él desconfiaba. Pero así era. Si quería seguir siendo fiscal, si quería que el sistema de justicia se modernizara, tenía que moverse al ritmo de aquellas válvulas y pivotes inexorables.

La pregunta era si de veras quería seguir siendo fiscal y si de veras quería que el sistema de justicia se modernizara. Quizá sólo quería seguir siendo parte del grupo que lo había acogido, cuando otros lo habían olvidado y hasta menospreciado. Cecilio Barbachano era un pillo. Si era de la confianza de la presidenta o no daba igual. Tenía que responder ante la justicia. ¿Por qué, entonces, le había temblado el pulso para consignarlo?

Marcó por su celular a Arriola. Nadie respondió. "Urge vernos", le escribió por WhatsApp. Su secretario se asomó para recordarle que afuera lo esperaba el abogado que había llevado a la edecán y con quien el fiscal había dicho que quería conversar.

—Que pase —ordenó.

Rodrigo Téllez entró con paso cansino. La expresión de tristeza era insoslayable. Ante el efusivo agradecimiento de Pereda, forzó una sonrisa.

—Quiero hacerle una pregunta —se animó el joven al fin.

—La que usted quiera —repuso Pereda.

Téllez no se fue por las ramas: ¿Efraín Hinojosa era, en efecto, un extorsionador? Pereda empleó un tono distinto del que había echado mano en la conferencia. El del magistrado imparcial. Le refirió que, en su papel de fiscal, él había actuado de acuerdo con las declaraciones de algunos empresarios a los que Hinojosa había amenazado con privar de su libertad si no accedían a entregarle ciertas cantidades de dinero. Los testimonios eran tan diáfanos, encajaban con tanta precisión frente a los hechos, que no había sido difícil armar el caso. Era extraño que éste hubiera podido armarse con tal facilidad —no era lo habitual—, pero las piezas del rompecabezas casi se habían ensamblado solas. Algunos abogados, dijo, eran como perros muertos de hambre, se dedicaban a buscar dónde había dinero para hacerse de él a través de demandas y juicios inmisericordes. De eso vivían.

En el caso que ahora les ocupaba, se seleccionaba a una víctima —un empresario con liquidez— y la fiscalía la remitía al despacho de Hinojosa o a otros similares para que éstos llevaran el asunto ante tribunales. Se les advertía que, por elevados que pudieran parecer los honorarios, había que pagarlos. Ningún otro despacho podría salvarlos de la prisión. Así era como solían enriquecerse muchos abogados: metiendo en problemas a alguien que podía pagarles o prolongando el problema que alguien ya tenía. Muchos abogados, sin ser extorsionadores, creaban problemas y prolongaban los juicios para obtener más dinero.

—Si esto se hace con buenas intenciones es deplorable. Ahora imagínese usted si se hace con las peores…

Rodrigo se revolvió incómodo. El crimen organizado, habló para sí mismo, operaba así en gasolineras y hoteles, en tiendas y restaurantes… pero ¿también en el ámbito judicial? Hinojosa había sido su maestro y no, no podía estar de acuerdo con el fiscal cuando éste afirmaba que los abogados creaban o prolongaban problemas. El papel del abogado era resolverlos. Quien actuaba de otro modo estaba traicionando la profesión.

—Pero para resolver un problema, licenciado, a veces hay que crearlo. Vea usted cómo, a cada instante, se inventan nuevos derechos y se convierte en agravio lo que antes no lo era. Es el *modus vivendi* de algunos litigantes.

Pereda advirtió la perturbación del abogado y procuró ser menos rudo. Quizá él tenía razón. Había buenos y malos abogados. En cuanto a la extorsión, ésta operaba en todos los niveles y cuando un hombre como Hinojosa se sentía respaldado por un político encumbrado —se guardó de mencionar el nombre del secretario de Justicia— se despachaba con la cuchara grande. Por desgracia, era una práctica frecuente. Un asaltante callejero podía ponernos la pistola en la sien y amenazarnos con disparar si no le entregábamos la cartera. Un abogado de postín podía interponer una denuncia contra nosotros y amagar con echar a andar el aparato de justicia si no poníamos a su disposición nuestras cuentas bancarias.

Téllez apretó los labios como para contener su frustración. Pereda volvió a agradecerle su apoyo y le dijo que, si algún día llegaba a necesitarlo, podría contar con él. Tenía un amigo en la fiscalía que le debía un favor. No acababa de hacer aquella afirmación, cuando se preguntó si, como magistrado, se habría expresado así. "El Doctor Jekyll se está convirtiendo en Mr. Hyde".

Lo único que Téllez se atrevió a solicitar fue que no abandonara a Melissa. Después de lo que ella había dicho habría algunas personas que estarían deseosas de causarle un daño. Pereda lo tranquilizó. Aunque Hinojosa tenía problemas infinitamente más importantes que ajustar cuentas con la edecán, ella tendría protección las veinticuatro horas del día.

—Si usted cree que esto no es suficiente, por favor indíquemelo para adoptar otras medidas.

Fue más allá. No podría ofrecerle a Melissa un trabajo dentro de la Fiscalía, pues eso despertaría suspicacias, pero se encargaría de que, si ella así lo deseaba, pudiera comenzar a trabajar en alguna otra parte. Téllez agradeció el gesto, lo cual no evitó que saliera de ahí cariacontecido.

Al día siguiente, el fiscal llegó a su oficina más temprano que de costumbre para revisar redes y periódicos. Una vez más era el héroe del día. Esto lo envalentonó. A tal grado que, cuando el diputado Larrazábal llegó a su cita y le preguntó si había efectuado "los cambios solicitados por la señora presidenta", Pereda respondió que, como la señora presidenta no le había dicho nada en sus acuerdos recientes, imaginó que la petición había quedado sin efecto. Larrazábal meneó la cabeza. No, no era así y le rogaba que no olvidara aquella lista. Si podía hacer los cambios ese mismo día, mejor. Pereda le comentó al diputado que los delegados de Guerrero y Michoacán habían logrado decomisos considerables de fentanilo ¿Cómo iba a removerlos después de eso?

—Se lo encargo —repitió Larrazábal, pronunciando algunas palabras en un grito—. La presidenta *Sabanero* lo considera un tema *de* seguridad nacional.

Al acompañar a Larrazábal a la recepción, Pereda se preguntó cómo era posible que la presidenta creyera que un tema de seguridad nacional pudiera depender de lo que a ella se le antojara. La seguridad nacional estaba definida en la ley. Si prosperaba la reforma que Larrazábal estaba impulsando para que no procediera el amparo en casos de seguridad nacional y la seguridad nacional se reducía a una ocurrencia de la presidenta, aquello iba a acabar mal.

Su encuentro en la antesala con los militares que habían anunciado su visita desde el día anterior, "para coordinar esfuerzos" en la pifia que acababa de tener la Secretaría de la Defensa, lo devolvió al trajín cotidiano. Los líderes de un cártel a los que iba a detener el Ejército habían sido identificados por los soldados y se habían enfrentado a tiros. Aunque alguien les había dado el pitazo y los líderes no estuvieron presentes en la balacera, las consecuencias de aquella intentona no se habían hecho esperar. Tanto en Jalisco como en Guanajuato volvió a haber quemas de vehículos. Hasta el momento había tres soldados heridos y ningún delincuente arrestado. Pereda los escuchó con atención, presintiendo que aquella visita presagiaba una solicitud del general secretario.

Antes de salir rumbo a su comida con el presidente de la Suprema Corte, el fiscal atendió también a un grupo de activistas que iban a denunciar la tala ilegal de árboles en Campeche; a los representantes de la Comisión Interamericana de Derechos Humanos, que solicitaban que se diera cumplimiento a una resolución del organismo y se ofrecieran disculpas a las víctimas de unas maquiladoras en Ciudad Juárez; a un grupo de activistas que exigían que se esclareciera el feminicidio de la mujer buscadora a la que acababan de ultimar en Sinaloa; a unos empresarios que iban a ofrecerle un nuevo equipo de identificación de cadáveres, y a la coordinadora de investigación territorial de la Fiscalía.

Esta última le explicó que un juez acababa de ordenar la inmediata liberación de dos polleros, pues éstos habían sido aprehendidos y trasladados ante el Ministerio Público en un automóvil sin placas. Su abogado había admitido que sus clientes eran unos criminales, pero la detención había implicado errores que hacían imposible continuar con el proceso. Pereda se sintió ultrajado: ¿el juez había liberado a un criminal sólo porque el automóvil en que se le trasladó a las oficinas del Ministerio Público no tenía placas? Pero el ultraje duró apenas unos segundos.

—El juez se basó en un precedente que usted mismo estableció cuando era magistrado —explicó la mujer.

Pereda llegó a su cita con la boca amarga. Ese batiburrillo de normas y abstracciones, como lo había denunciado Barbachano, era diferente al mundo real. Hasta entonces, la justicia había sido para él un ejercicio rutinario donde se verificaba que los hechos se hubieran ceñido al artículo constitucional, a la ley, al reglamento, al requisito procesal, sin que a nadie le importara si aquel artículo constitucional, si aquella ley, si aquel reglamento o aquel requisito procesal correspondía o no a la realidad. ¿Qué justicia era la que él pretendía modernizar?

Si ésta se reducía a que se cumplieran condiciones inverosímiles, ideadas por un puñado de profesores que desconocían la realidad, Pereda chapoteaba en las abstracciones. ¿No tendría razón Barbachano, después de todo? La gobernabilidad de un país se alcanzaba con resultados, con maniobras útiles. Esto exigía premiar a quien contribuía a dicha gobernabilidad y castigar a quien no lo hacía. Los armatostes teoréticos, como aquel precedente que él mismo había trenzado, llegaban a estorbar…

El encuentro con Arriola no fue ahora en el Club de Banqueros sino en la casa del ministro, en Coyoacán, la cual destacaba por su sencillez. Entre tres o cuatro gatos que se paseaban emperezados, muebles desvencijados y libros viejos, que despedían un olor que extasiaba a su dueño —"perfume de lignina", decía él—, el único lujo parecía ser el descuidado jardín. Una pequeña selva con fuente incluida, sobre cuyo brocal había unas cuantas macetas con geranios. Aunque Arriola se esmeró en mostrar un rostro amable, Pereda lo encontró tenso. Tenía más caspa que de costumbre y cojeaba de manera más notable que la última vez. En su pantalón se advertían pelos de gato.

—Los astros se alinearon a tu favor —masculló el ministro mientras lo conducía a la mesa que había colocado bajo una sombrilla.

—El golpe de Estado que diste en la Corte me allanó el camino —reconoció el fiscal.

Al lado de una jacaranda, que en otra época del año anegaba el jardín con flores violetas, el rostro de Arriola lucía crepuscular. Así se mantuvo el resto de la comida, mientras refería a Pereda que, tras el golpe, la presidenta de la República le había llamado para felicitarlo y refrendarle su apoyo. También le pidió que fuera a verla ese mismo día a Palacio Nacional, pero el ministro, como cabeza de otro poder, le sugirió a Yatziri Sabanero que, para evitar malas interpretaciones, mejor ella lo acompañara a desayunar al comedor de la Suprema Corte.

Acostumbrado a que la Doctora IQ cruzara a Palacio Nacional cuando don Cecilio tronaba los dedos, Yatziri Sabanero no lo tomó a bien. A quien envió a la Corte fue a Cecilio Barbachano, quien llegó con un inventario de "atentas súplicas". Unas, para hacer; otras, para no hacer. Como Arriola había tomado la precaución de no recibir al secretario de Justicia sin dos testigos, se sintió con la confianza de negarle una cosa tras otra.

Algunos asuntos, explicó, tendrían que estudiarse, dado que no podrían zanjarse tan de prisa. Otros —los que Barbachano pretendía que siguieran congelados— iban a empezar a listarse esa semana, pues la anterior presidenta los tenía atorados, mientras difundía sus opiniones a favor de perros y gatos, escribía artículos en los periódicos y se promocionaba en las redes sociales, sugiriendo que se abrieran más albergues para mascotas abandonadas.

—Eso va a implicar que decenas de pillos salgan de la cárcel —bufó Barbachano—. ¿Quiere usted inundar de criminales el país?

—Va a implicar que policías y agentes del Ministerio Público se pongan a trabajar en serio para que a quienes no se les haya probado un delito puedan salir —aclaró Arriola—. También, que las prisiones no estén atestadas de personas inocentes.

Tampoco movería a un solo juez de su sitio por el hecho de que sus sentencias no le agradaran al secretario. Arriola y sus colegas coincidieron en señalar, más tarde, la desazón que agrietó la expresión de Barbachano. Pero un tribunal constitucional cómodo no era confiable en ninguna democracia. Pereda envidió las agallas de Arriola. Apenas lo dejó hablar éste, compartió sus dudas respecto al sentido de la justicia, la cual quedaba a veces reducida a un instructivo. Ni como magistrado ni como fiscal general podía abrigar una duda semejante, protestó Arriola. Hacerlo sería sacrilegio.

Una trabajadora doméstica sirvió la sopa de flor de calabaza y, cuando los platos estuvieron vacíos, los retiró y colocó una cazuela con tacos de pollo y otra con guacamole para que los comensales se despacharan a gusto. Pereda se sirvió tres tacos, al tiempo que refería a su amigo que la presidenta quería reunirse con él para examinar la locura que acababan de cometer los ministros de la Suprema Corte y plantear "una reforma integral de la justicia". Era importante que Arriola lo supiera. También, la solicitud que le había hecho para no tocar a Barbachano.

Arriola aceptó que el aparato de justicia no era perfecto y que le urgían reformas, pero ninguna que dañara su independencia. El fiscal general debía saber, añadió, que los jueces que habían librado órdenes de aprehensión, a petición de la antigua presidenta de la Corte, podrían actuar con libertad en cuanto se suspendieran aquellas órdenes. El Consejo de la Judicatura ya había tomado cartas en el asunto. Eso significaba que algunos empresarios saldrían pronto de la cárcel. En cuanto a los que estaban fuera del país, podrían regresar.

—¿No es eso algo audaz? —preguntó Pereda.

—¿Te parece audaz dejar que los jueces fallen con libertad? Parecería que tú nunca fuiste uno de ellos.

Tampoco sería audaz que se consignara a Barbachano, añadió el ministro. México nunca sería un país moderno mientras se permitiera que criminales como él se cagaran en la Constitución. El verbo y la referencia a la libertad de los juzgadores mortificaron al fiscal. Nadie habría imaginado, en efecto, que él hubiera tenido a su cargo una responsabilidad judicial. La revelación que le acababa de hacer su coordinadora de investigación territorial sobre la liberación de unos polleros por el hecho de que un automóvil no tuviera placas lo había indispuesto, confesó.

No es que la política indispusiera: era la indisposición misma, lo animó Arriola, mientras devolvía a su plato

215

una porción de guacamole que se le había caído a la mesa. La lucha por el poder, la dominación de unos sobre otros, poco tenía que ver con la justicia. ¿Estaba Pereda con el grupo que lo había encumbrado? Si la respuesta era no, debía renunciar al cargo o renunciar a sus valores en el caso contrario. Eso sería lo auténticamente audaz.

Pero ¿renunciar ahora?, preguntó Pereda, al tiempo que echaba mano de un palillo para zafar una hebra de pollo que había quedado atrapada entre sus dientes. ¿Ahora que había librado la andanada que se fraguó en su contra? No era mérito suyo, lo sabía: habían sido las circunstancias. Pero ahora no podía renunciar. Tampoco proceder contra Barbachano. No en ese momento.

—Si no lo haces —advirtió Arriola— te harás cómplice del grupo en el poder y habrás traicionado el juramento que hiciste al tomar posesión como fiscal general.

Pereda, que había llegado pletórico a su encuentro con Arriola, salió con la sensación de que su amigo le había echado una lápida a la espalda. La presidenta de la República le había pedido, como favor personal, no proceder contra su secretario de Justicia. Si lo hacía, la presidenta y don Cecilio no tardarían en contratar a nuevas edecanes o en inventarle cualquier otra cosa para eliminarlo. En esta ocasión se cerciorarían de no errar. Una vez leyó que quien ingresaba a la mafia ya no podía salir nunca de ahí. Tal vez a él le ocurría algo similar.

Si arrojaba la toalla, si claudicaba, su destino lucía desolador. Sus hijos lo habían felicitado cuando lo nombraron fiscal, algo que no hacían desde que eran adolescentes. Sus amigos lo admiraban; recibía elogios por todas partes… Volver a la rutina de su hogar para despertar lástima no era una opción. Regresaría como fracasado. No estaba dispuesto a pagar aquel precio. Si la respuesta era que no quería pertenecer a aquel grupo, Arriola tenía razón: debía renunciar. Pero ¿y si la respuesta era que sí, que sí deseaba pertenecer a aquel grupo que lo había rescatado de su depresión y le había dado un nuevo aliento?

En su oficina lo esperaban dos abogados que se anunciaron como representantes de los desaparecidos. Sin decirlo con todas sus letras, le insinuaron que si no se les pagaba una cuota denunciarían la negligencia de la presidenta Sabanero y del gobierno en su conjunto por todos los medios a su alcance. La denuncia llegaría a Estados Unidos y a Europa.

—Eso no le conviene a nadie —concluyó uno de ellos con gesto acibarado.

Una hora después, recibió a los integrantes de las ONG que pretendían que la Fiscalía adoptara un papel más protagónico con relación a los migrantes. Se habían hecho acompañar por el único sobreviviente del grupo que viajaba en el tráiler que había cruzado el Río Bravo por Piedras Negras, Coahuila, y había sido abandonado por los polleros en Eagle Pass. Eran los mismos polleros a los que la falta de una placa había dejado en libertad.

Desamparar a aquellos pobres en medio del desierto era un *modus operandi*. Tenía que cesar. Los migrantes habían muerto cocidos dentro del tráiler, sin que el Estado pudiera hacer nada para castigar a los culpables. El sobreviviente, un guatemalteco de veintitantos años, contó con lágrimas en los ojos que había tenido que abandonar en aquel tráiler a su hija recién nacida.

En ese momento, una de las activistas se levantó para mostrarle unas fotografías al fiscal, pero dio un traspié; su tacón se enredó en la alfombra, tropezó y cayó ruidosamente. Pereda se incorporó mecánicamente para ayudarla a levantarse. En el momento en que la sujetó del brazo e hizo un esfuerzo para incorporarla, sintió en su ingle un aguijonazo. Pasadas las consideraciones de rigor —"¿Está usted bien?" "¿No se lastimó?" "Mil gracias por su gentileza"—, los integrantes de la ONG siguieron pormenorizando agravios, pero Pereda no puso atención.

Su cabeza iba de un lado a otro: si quería pertenecer a aquel grupo, debía atender las peticiones del diputado Larrazábal y olvidarse de consignar a Barbachano. Ahora bien, si decididamente no quería pertenecer, debía renunciar, renunciar de inmediato. Pero hacerlo implicaría dejar un hueco descomunal. Ya no podría ser útil a su país. Apenas renunciara, Barbachano colocaría ahí a un fiscal incondicional y, entonces sí, sobrevendría la catástrofe. Con sus defectos y titubeos, con su inexperiencia y cobardía, Arturo Pereda representaba una esperanza de que las cosas podían hacerse bien, aunque él no hubiera hecho ninguna cosa bien desde que había llegado al cargo. Pero, si resistía los próximos embates, como acababa de hacerlo, si hacía pequeñas concesiones, como también lo había hecho, a la larga podría imponerse. Era cosa de dar tiempo al tiempo.

Habría seguido pensando en ello si, en ese momento, una nueva punzada en la ingle, más afilada que cualquier otra de las que hubiera experimentado hasta entonces, no lo hubiera obligado a encogerse. La sucedió un dolor contumaz. Pereda se dobló en el sillón hasta quedar convertido en un ovillo, mientras su frente y su cara se perlaban de sudor. Sus dientes entrechocaron. Las activistas se incorporaron al unísono. "¡Un médico, un médico!", se escuchó. Una de ellas salió despavorida a pedir auxilio. Dionisio Orozco, que aún no se trasladaba a su nueva oficina, entró raudo, vio a su jefe retorciéndose y salió para solicitar una ambulancia.

18

Seguiré hablando de ti. De ti y de mí. El día que me pediste que llevara a mi padre a tu departamento me sacaste de onda. Luego entendí todo. Fui entendiéndolo poco a poco. Qué condenadamente astuta resultaste, pensé. Querías que mi padre se hiciera pasar por el tuyo cuando Rodrigo fuera a cenar a tu departamento.

Te expliqué que mi padre no tenía nada que ver conmigo. Era un sujeto típico de Tierra Caliente. Tenía aspecto de campesino. Trato arisco. Justo lo que necesito, exclamaste. Querías curarte en salud por si se necesitaba.

Fui a Iguala. No logré convencer a mi padre, pero uno de mis antiguos maestros de la Normal accedió. A cambio de una cooperación, claro. Me decía Antínoo, no sé por qué. Pero me quería bien. Tenía la misma edad de mi padre. Y el mismo aspecto. Pero era un hombre leído. En una emergencia, podría responder por qué le gustaba la ópera.

Me ofrecí a fungir como mesero. Pero no. En eso fuiste terminante. No. Qué bueno que no aceptaste. Ese mismo sábado trabajé una casa en el equipo del Bagre.

Tú no tenías ni idea de a qué me dedicaba. No te lo pensaba contar. No por el momento. O quizá no te lo contaría nunca. Pretendía reunir dinero. Luego, hallar un modo de vida menos peligroso. No me disgustaba la idea de vivir a expensas de Rodrigo, pues tanto él como su padre eran unos explotadores. Merecían ser explotados. Ésa sería apenas una parte insignificante de lo que le debían a la sociedad. Pero, por lo pronto, no podía desligarme del

Bagre. Se habría visto como traición. En el mundo en el que me movía las traiciones se cobraban caras.

Yo iba más lento que tú. Por eso me desconcertaste la noche en que, después de hacer el amor, lanzaste una petición desmesurada. Me incorporé de la cama como resorte. Pensé que no había escuchado bien. Pero sí. Acababas de pedirme que matara al senador Trejo. ¿Que mate al senador? Sí. Estabas hasta la madre de ese proxeneta, rechinaste los dientes.

Si en algún momento él había resuelto tu vida, ahora te estorbaba. No podrías casarte ni con Rodrigo ni con nadie mientras él viviera. Era un hijo de puta. Te había utilizado para sus negocios. Según tú, era más lo que él había ganado contigo, o lo que se proponía ganar, que lo que había invertido en ti. La cuenta regresiva había iniciado para el infeliz.

Me alarmó no tanto tu petición sino la posibilidad de que supieras de dónde venía yo y qué había hecho. Conocías mi filiación marxista. Mis ideas sobre la revolución. Mi odio hacia los ricos. Mi convicción de que la sociedad tenía que cambiar para ponerlos en su lugar. Para sacar de su letargo y su miseria a los desfavorecidos. Pero ¿sabías algo más? ¿Sabías que yo había asesinado antes y que podía volver a hacerlo? No, no tenías forma de saberlo.

Sin advertir lo sacado de onda que estaba, me contaste que Trejo había accedido a poner el departamento a tu nombre. Había que matarlo después del día 15. Hasta entonces se firmaría la donación ante notario. Antes, no.

Habías pensado envenenarlo. El problema sería la autopsia. Era un político bien relacionado. Sus amigos y cómplices no tardarían en confirmar el envenenamiento. Como en las novelas, la investigación policial comenzaría con las mujeres del muerto. Darían con la putita que el senador presumía en sus cenas privadas. Incluso si no te encontraran pruebas te inventarían algo. Te fundirían en la cárcel para que la opinión pública quedara satisfecha de la eficiencia policial.

La muerte de Trejo no debía conducir hasta ti en ningún caso. Aun si no te encerraran, dijiste, el hecho de que saliera a la luz tu existencia daría al traste con nuestros planes. Con nuestros planes y con nuestra vida.

Seguiste hablando sobre lo mucho que ya te habías arriesgado en tu relación con Rodrigo. Eso de los talleres de teatro era cada día más endeble. Los riesgos te atraían. Pero todo tenía límite. El padre de Rodrigo y él mismo eran abogados. Aunque difícil, no era imposible que algún día tuvieran que ver algo con Trejo. O hasta con su amigo, el secretario de Justicia. Todos los abogados estaban vinculados entre sí. Si tú salías a colación, las cosas podían complicarse.

Una vez, me contaste, le habías preguntado al senador qué haría si tú te fueras con otro hombre. Él, sin inmutarse siquiera, te preguntó si querías convertirlo en Otelo. Eso no sería justo de tu parte, sentenció. Lo odio, repetiste.

Pero el que tenía que hacerse a un lado para que tú reemprendieras tu vida era él. La pregunta era cómo. Viajaba en coche blindado con un chofer. Se le podría disparar desde una motocicleta cuando saliera del auto. Pero la idea de que la Fiscalía General de la República ordenara una investigación exhaustiva era alta. Aunque no detuvieran a los sicarios, tú eras una persona atractiva para echarte la culpa. Aunque la libraras, tu nombre podría salir a la luz, repetiste. Eso arruinaría tu proyecto con Rodrigo. A la larga, nuestro propio proyecto.

Otra posibilidad era que un sábado que él te subiera a visitar yo estuviera esperándolo. Le rebanaría el cuello para no hacer ruido. Cuando su chofer subiera a ver por qué no salía, haría lo mismo con el chofer. Posteriormente, yo sacaría los cuerpos con sigilo. El problema era, otra vez, que se iniciarían las investigaciones. Darían contigo. Tu vulnerabilidad te acongojaba.

Lo mejor, cavilaste, sería un accidente en carretera. El senador solía ir a la ciudad de Guanajuato por avión, vía León. Pero al menos una vez al mes lo hacía por carretera. Nadie sospecharía de ti si un tráiler se le cerraba en una curva. Si el automóvil se despeñaba. Pero conseguir un tráiler estaba de la chingada.

También consideraste que durante un mitin en Guanajuato alguien arrojara una granada. O que consiguiera uno de esos narcodrones que se fabricaban en La Huacana, Michoacán, y dejaramos caer una bomba casera por donde él anduviera. Sería otra de las víctimas. Seguramente se lo atribuirían a un cártel de la delincuencia organizada. No era tan fácil. Matar a alguien así era complicado. Claro que no, objetaste. Todos los días matan gente en México. Nadie se entera de quién lo hace. Además, podrías pagar el trabajo con el mismo dinero del senador. ¿Cuánto podía costar eliminarlo? Pero después del 15. No antes. Tu boda con Rodrigo era inminente.

Te escuché exponer argumentos y refutarlos. Volver sobre ellos. Analizar ventajas y desventajas. En un momento dado ya no hablabas para mí sino para ti. Si al principio me sobresalté, a medida que te escuchaba fui calmándome. Luego me empecé a animar. Trejo representaba lo más gacho de la sociedad. El legislador en manos de los capitalistas. Hacía y deshacía leyes para mantener al pueblo sojuzgado. Unos cuantos se daban la gran vida mientras la mayoría estaba jodida. Me platicaste que te había dicho que su trabajo era mantener el *statu quo*, mientras fingía que trabajaba para el pueblo. Declaraba que nada le importaba más que el bien común. Pero mentía. Y lo sabía. Era un ojete.

Trejo había estado detrás de algunas iniciativas, como la de poner en prisión a cualquiera que se acusara de cualquier cosa. Prisión preventiva oficiosa. Matarlo a él sería matar lo que yo más detestaba. Su muerte nos allanaría el camino a una vida mejor. Desde luego, habría que esperar a que firmara la escritura de aquel departamento. Mientras tú vivirías con Rodrigo en una nueva casa, yo mismo podría vivir aquí. Aquí y no en el cuchitril que me había encontrado el Bagre.

¿Qué piensas?, preguntaste. Yo me había perdido en mi soliloquio. Por un momento había dejado de escuchar. Que tienes razón, respondí. Me levanté de la cama, salí desnudo hasta la sala y volví con uno de los retratos que ya había visto en una mesita. ¿Es éste?, quise saber. Tú soltaste una carcajada. ¿De qué te ríes?, bufé ¿Es Trejo o no? Ése es Leoš Janáček, respondiste sin dejar de reírte. Uno de los compositores favoritos del senador. Él mismo había colocado el retrato ahí.

Irritado, arrojé el cuadro al piso. Marco y cristal se hicieron añicos. Yo era el alumno más destacado de la Normal. Había leído más que cualquiera de mis compañeros y maestros. Sabía más que todos ellos juntos. Me humilló equivocarme. Apenas perdí la compostura, reaccioné y ofrecí disculpas. Recogí los vidrios. Uno por uno. Para no cortarme ni pies ni manos. Los eché al basurero con precaución. Como si no hubiera ocurrido nada.

Te pedí que me enseñaras una foto del senador en Google. Que me hablaras de él: ¿dónde vivía?, ¿con quién?, ¿qué le gustaba hacer dentro de su casa?, ¿cómo?, ¿cuándo? Lo que tenía que ocurrirle era un accidente casero. O que entraran a robar a su departamento y lo mataran. Eso sería fantástico, exclamaste.

19

La boda de Rusalka se llevó a cabo tal y como ella la había concebido. Una discreta recepción en la casa de Cuernavaca, a la que asistieron el padre y algunos amigos del novio. Por parte de la novia, solo yo. Su madre, contó ella, había fallecido. Su padre, "un republicano a carta cabal", prefirió no asistir. Le incomodaban aquellas ceremonias donde se dilapidaba la riqueza del pueblo en beneficio de unos cuantos. Algunos rumorearon que, más que republicano, debía ser comunista.

Entre los amigos de Rodrigo, asistieron Francisco Arroyo, quien despachó dos puros mientras contemplaba a Rusalka con lascivia, tres o cuatro socios de Warren & Lorca y otros compañeros de trabajo. El socio director se disculpó, pues ese sábado tenía asamblea de una de las asociaciones de filantropía más importantes de América Latina. "Seguro va a conseguir jugosas deducciones fiscales, para ir a una reunión en sábado", murmuró uno de los socios.

Jaime Athié llegó puntual. Aunque iba acompañado de su esposa, una mujer apergaminada, con la cara blanqueada por cosméticos, no dejó de dirigirme una mirada tras otra. Todos formulaban la misma pregunta: ¿por qué una ceremonia tan modesta?

Si bien la mayoría de los invitados ya conocían a Rusalka, a quien habían visto cuando iba a visitar a Rodrigo al despacho, no hubo uno solo que no se mostrara sorprendido por su belleza y personalidad. Lucía un vestido blanco, con escote amplísimo y hombros descubiertos que la hacía aparecer como a ella le gustaba: de otro mundo. Llevaba unas sandalias abiertas, rosa mexicano, que combinaban con la pintura de las uñas de sus manos y pies. Lo que nadie advirtió es que también llevaba una faja para ocultar su embarazo.

Ese día no vi zanates, pero los avispones pululaban. El sol los convertía en minúsculas centellas de las que los invitados se apartaban incómodos. En algún momento, Rusalka me pidió que la acompañara al baño para que le ayudara a arreglar su vestido. Ahí, me arrinconó contra la pared y comenzó a besuquearme. A repetirme que yo era el amor de su vida. Intenté apartarla con terror. Alguien podría descubrirnos. Ella no se inmutó. Se chupó el dedo y lo metió hasta mi vagina. Comenzó a acariciarme. Le rogué que no lo hiciera. No en ese lugar ni en ese momento...

—No olvides que eres mía, Gatita. Si un día me abandonas, me cortaré las venas.

Salimos las dos al mismo tiempo. Yo, temblando; ella, dueña de la situación, como siempre. Admiraba su audacia. El peligro, lejos de excitarme, me inhibía. Como si nada hubiera ocurrido, ella se sentó entre los invitados y les recitó el itinerario de la luna de miel. París y Venecia. El viaje duraría sólo dos semanas, lamentó, pues su marido estaba involucrado en algunos casos del despacho que no quería descuidar. La conversación giró, de modo inevitable, hacía la reivindicación del fiscal Pereda

—Es un hombre honorable. Nadie creyó en la patraña que le inventaron —sostuvo Jaime Athié.

También especularon sobre la operación quirúrgica que acababan de practicarle y sobre la dificilísima gestión del nuevo presidente de la Corte. Era un ministro valiente y bien intencionado, pero su ascenso había sido producto de un cisma. ¿Lograría mantenerse en la cresta de la ola? ¿Cuánto tiempo? De ahí saltaron a las bravuconadas del doctor Apodaca y del antiguo fiscal general, que la presidenta Sabanero había ordenado detener bajo el pretexto de tortura y desaparición forzada.

—Es una canallada —aseguró Francisco Arroyo—. ¿A quién torturó ese hombre? ¿A quién desapareció? Lo que hizo fue no ceder ante la Marina y ahora, para congraciarse con ésta, la presidenta echó a andar a Barbachano para encerrarlo. El pobre tipo tiene casi ochenta años. Es infame.

Jaime Athié preguntó por la muerte del senador Trejo, presidente de la Comisión de Justicia del Senado: ¿De veras se habían tragado aquello del accidente? A él le costaba admitir que se hubiera electrocutado. Tenía tantos enemigos que no debía descartarse un homicidio, como lo había hecho de manera categórica el fiscal general. Siendo gobernador, recordó Athié, el senador había otorgado terrenos a muchos políticos de manera ilegal. Otros comensales evocaron la muerte por electrocución de Rosario Castellanos en Israel y la conversación transitó a la poesía y a los riesgos que enfrentaba México, según diversos expertos, como la fragilidad del Estado y la recesión.

Apenas volví a quedar a solas con Rusalka, me pidió que la acompañara al baño de nuevo. Ahí se quitó su tanga, también rosa mexicano, de un diseño tan *kinky* que casi me quita el aliento. Me pidió que se la guardara. Prueba de nuestro compromiso. Yo le dije que no, que no tenía dónde ponerla, que mejor… Volvió a besarme y a dedearme, con lo cual acabaron mis protestas. Guardé su tanga entre el resorte de la mía.

—Te voy a extrañar, Gatita.

Me prometió que, a su regreso de la luna de miel, me haría el amor con más furor que nunca. Debía estar preparada. Yo sonreí escéptica, mientras deslizaba mis dedos sobre su vientre.

—Tendremos que esperar a que nazca, Ru.

La comida fue servida por una de las casas más famosas de banquetes y, aunque la concurrencia era reducida, el padre de Rodrigo no reparó en gastos: caviar y vinos caros. No hubo orquesta, pero la música sonó como si la hubiera, en los aparatos que el padre de Rodrigo mandó instalar alrededor de una pista de fibra de vidrio. Con orquesta o sin ella, el baile me pareció desangelado. Rodrigo y Rusalka se retiraron antes que la mayoría de los invitados pues, adujeron, el avión saldría en unas horas.

En los días que siguieron recibí mensajes por WhatsApp desde París. Mi amiga me contó que había ido al restaurante Jules Verne, en la Torre Eiffel, y al Palacio Garnier, para ver una extravagante puesta de *El castillo de Barbazul*. "Mi esposo se durmió", añadió. Más tarde, envió otros de Venecia, donde asistió a La Fenice. Ahí vio *El elíxir de amor*: "Algo ligero para que Rodrigo no volviera a dormirse".

Los días que estuvo fuera, tuve ocasión de cavilar sobre nuestra relación. Mientras su vida apuntaba hacía un futuro refulgente, lleno de satisfacciones, la mía estaba a punto de irse al garete. ¿Cuál iba a ser mi porvenir? ¿Ser su Gatita y guardarle sus tangas hasta que ella se aburriera de mí? Ella me volvía loca, pero también tenía que pensar en mí. ¿Debía buscarme una novia y mantener mi relación con Rusalka? ¿Debía encontrar un novio o un esposo y llevar mi otra vida de manera oculta? El panorama se vislumbraba inquietante. Hasta ese momento, el destino había sido generoso, pero ignoraba lo que me iba a deparar.

Si cuando partió a su luna de miel Rusalka pudo disimular su embarazo, no consiguió hacerlo cuando volvió. O no quiso... Lo cierto es que su cuerpo ayudó. Apenas llegó de Europa, me pidió que le ayudara a desempacar y a acomodar sus cosas en el departamento que el padre de Rodrigo le había regalado a su hijo. Más que novia, por esa época fui poco menos que su asistente. Era mi imaginación o la inminente maternidad la estaba transformando. Ahora era la esposa de un prometedor abogado, mientras yo era solamente la empleada de su marido y, por ende, la suya.

Nuestra relación comenzó a cambiar. Cada vez más distante, cada vez más fría, Rusalka ya no me trataba ni siquiera como amiga sino como una colaboradora de confianza. No parecía acordarse de lo que me había dicho en el baño el día de la boda. ¿Habría ocurrido algo durante su luna de miel? Quizá, pensé, había llegado el momento de volar sola. De buscar nuevos horizontes. Quizá, nuestra relación había concluido. Se cerraba el círculo. La actitud de mi amiga coincidía con las inquietudes que yo había estado cultivando y con una nueva que me asaltó entonces: los afectos de Rusalka eran fingidos. Hacia Rodrigo, por supuesto, pero también hacia mí. Me angustió llegar a esa conclusión, pero su actitud no dejaba alternativa. Era una mujer insensible.

Aun así, le envié varios WhatsApp para ver qué día podría pasar a saludarla. Al principio respondía con "Pronto, yo te aviso, te busco mañana", luego siguieron meros emoticones. Finalmente, silencio. Ante mi insistencia, escribió que estaba ocupada, que por favor no le quitara el tiempo y me dedicara, mejor, a desahogar las tareas que tenía en el bufete.

Aquello me entristeció, pero confirmó mi propósito. Había que buscar un nuevo rumbo. Pero ¿hacia dónde? Las cosas no dependían de mí. Yo no podía sino dejarme llevar, como lo había hecho siempre. No podía someter mi vida a los caprichos de Rusalka, pero ¿cuál era la alternativa? Después de todo, a Rusalka y a Rodrigo les debía mi trabajo en Warren & Lorca, así como el hecho de que mi hermana hubiera conseguido uno en el área de relaciones públicas en la Suprema Corte. Francisco Arroyo nos había vuelto a involucrar en el equipo que buscaba la libertad de Isidro Jiménez y, aunque Rodrigo y yo teníamos claro que no la recuperaría mientras Yatziri Sabanero fuera presidenta de México, teníamos la sensación de volver a ser parte importante del despacho.

Esto me hacía olvidar por momentos la indiferencia de Rusalka y el modo en que me sobajaba. La idea de que pudiera haberle dicho algo a Rodrigo de nuestra relación llegó a provocarme palpitaciones, pero, si así hubiera sido, Rodrigo me habría despedido inmediatamente y su trato hacia mí seguía siendo comedido, como siempre. No. Mi conclusión fue que Rusalka se había hartado de mí y, fiel a su costumbre, desechaba a las personas que ya no le resultaban útiles.

Quizá por ello acepté, finalmente, la invitación que me hizo Jaime Athié para ir a cenar. Era una forma de enfrentar la soledad a la que me había confinado Rusalka y mi urgencia de empezar una vida sin ella. Jaime pasó a mi casa en su Mercedes y me llevó a un restaurante japonés de Santa Fe. El sitio no era ostentoso, pero la comida sí. Nos sentamos en la barra y vimos al mesero cortar el pescado en lajas, sazonar los sushis y seleccionar los bocados más deliciosos de sashimi. Jaime declaró que yo le parecía una joven inteligente y hermosa, que le gustaría tener una relación más íntima conmigo. Ni él ni yo mencionamos el hecho de que estuviera casado. Era obvio que sólo buscaba una aventura conmigo, pero yo no pude evitar fantasear con la idea de que él era mi padre, mi verdadero padre, interesado y preocupado por mí. Puso su mano sobre la mía y yo no la aparté.

Las semanas posteriores fueron de frenesí. El hecho de que no avanzaran los asuntos de Isidro Jiménez ni del doctor Apodaca no significaba que el área penal de Warren & Lorca no tuviera otros asuntos que la ahogaban en trabajo. Todos recibimos bonos por los éxitos que fuimos obteniendo y con los míos pude pagar la renta de un pequeñísimo *loft* a unas cuadras del despacho. Eso me permitió salir de casa. Era un espacio luminoso de planta y media. Arriba, la recamara; abajo, sala-comedor, cocineta y baño. Compré una cama, una mesa y cuatro sillas. También algunos trastes. La primera visita que recibí fue la de Jaime Athié, quien me llevó un cuadro precioso que debía ser de un autor surrealista, pues el cielo y las nubes ocupaban la mayor superficie del lienzo, pero estaban pintados en la parte inferior. "Combina contigo", dijo. Supongo que debió ser un elogio. Antes de despedirse, me atrajo hacia él cariñoso y me plantó un beso en los labios. Yo lo correspondí.

Mi cabeza era un caos. No, no amaba a Jaime. No sentía por él ni la décima parte de lo que sentía por Rusalka. Pero ¿y si lograba que se divorciara y se casara conmigo? ¿Por qué no? La diferencia de edades me importaba cada día menos y, quizá, si lograba convertirlo en mi esposo, podría reanudar mi relación con Rusalka desde otro plano. No. Qué ocurrencias… Jaime jamás renunciaría a su mundo, jamás se casaría con una mujer tan insignificante como yo.

Sus visitas se repitieron. Siempre llegaba con un regalo: unos aretes, una botella de *whiskey*, un perfume, un libro de poesía… Yo no podía creer que de veras le resultara atractiva a aquel hombre de mundo tan capaz, tan preparado. "Es el mejor fiscalista de México", solía pregonar el socio principal del despacho. En la Barra Mexicana le habían otorgado un par de premios, lo mismo que en la Unión Iberoamericana de Abogados. Me hubiera gustado tener un padre así. Si le hubiera preguntado a Rusalka su opinión, ella no habría vacilado en recomendarme que explotara a Athié hasta donde pudiera. Pero yo me encariñaba cada día más con él, aun adivinando sus intenciones.

Un día pasó lo que tenía que ocurrir. Me hablo de mí, de mi sonrisa, del entusiasmo que yo contagiaba al bufete y de que, a veces, él sólo iba ahí para poder saludarme. La verdad es que me sentía tan triste, tan sola que, cuando me abrazó y comenzó a desnudarme, no opuse resistencia. Me hizo el amor con tal ternura que sentí que mi abandono terminaba. El destino volvía a ser generoso. Pero ¿hasta cuándo lo sería?, ¿hasta dónde? ¿Permitiría que su mujer tuviera un accidente, que se enfermara, que desapareciera de su vida? Un día él reparó en el tatuaje de mi nalga y mostró curiosidad. Mi primera reacción fue decirle que eso no le importaba, pero con él no podía actuar así.

—Un antiguo novio —mentí—. Se llamaba Rubén. Él se hizo otro igual y nos juramos amor eterno, pero la historia concluyó.

De Efraín Hinojosa no volvió a escucharse nada —salvo que seguía viva la orden de aprehensión— y Rodrigo pareció olvidarse de él. "Nos traicionó a todos", me soltó un día. Él se mostraba cada vez más devoto de su esposa. En su cubículo, al lado de un retrato donde él y Rusalka sonreían con la Torre Eiffel de fondo, colocó un calendario donde marcaba los días que faltaban para que naciera su hijo. Se le veía pleno. Hacía bromas y nos consultaba qué nombre debería ponerle si era niño y qué nombre si era niña. Al final se enteró de que sería niño. Rusalka había sugerido Sigfrido o Radamés, pero a él no acababa de gustarle ninguno de los dos: "Van a hacerle *bullying* desde el kínder", repetía contrariado.

Por otra parte, la disolución de la Suprema Corte de Justicia de la Nación, que había aprobado el Congreso en un malabarismo sin precedentes, tomó por sorpresa a todos los abogados de México. No era la primera vez que la Corte se destripaba, como lo mencionaron opinólogos y comentaristas, quienes citaron "el golpe" de Ernesto Zedillo de 1994. Pero las circunstancias eran otras. Nadie pensó que Yatziri Sabanero fuera a animarse a dar aquel salto descomunal. La oposición la acusó de no entender lo que significaba el Estado constitucional de derecho ni la división de poderes. Y, seguro, ni ella ni su secretario de

Justicia lo entendían. Pero que el fiscal Pereda se hubiera prestado a legitimar aquel atropello, declarando que había sido lo más sano para el país, tenía indignados y preocupados a los integrantes del despacho.

Al interior del gobierno se adujo que la corrupción desbordaba. Que eso no podían tolerarlo ni el Senado ni la presidenta de la República. Si queríamos recuperar la grandeza de México, declaró Sabanero en un discurso lleno de improperios que pronunció ante el Senado, debía empezarse por tener una Corte íntegra. "¿Qué ha hecho la Corte por el pueblo?", acusó: "Velar por los intereses de los potentados no es nada para enorgullecerse". La presidenta era una política populista e ignorante. En el despacho se decía que estaba controlada por seis o siete malandrines que la mangoneaban a su antojo. Entre ellos, el secretario de Justicia.

En pocos días se propuso una nueva integración de la Corte. Aunque se criticó que la mayoría de los ministros no tenían los tamaños para ocupar un sitial en ese alto tribunal —sus méritos tenían que ver más con la lealtad que con su capacidad—, no había nada que hacer al respecto. Tampoco ante la cercanía que tenía el nuevo presidente de la Corte con Barbachano, un tal Zaplana, a quien los periodistas no tardaron en apodar Toga Sucia.

La Barra Mexicana y otros colegios recordaron que el nuevo presidente había sido acusado de prevaricación, lo que en su tiempo suscitó un escándalo, pero Toga Sucia se amparó contra cualquier investigación que pudiera iniciarse y nadie atendió la denuncia. Como en los tiempos de Imelda Quiroga, quien fue designada embajadora en Tailandia, pronto se vio al ministro presidente cruzando la calle para ir a acordar a Palacio Nacional.

Un aluvión de jueces fueron enviados a la periferia del país. En las entidades federativas hacían falta juzgadores federales con experiencia, se argumentó. El socio director de Warren & Lorca nos convocó para sermonearnos. ante el cambio, sólo había una opción: apechugar. No éramos quiénes para opinar sobre aquello. Si deseábamos mantener nuestras ganancias, había que trabajar con quien llegara. Algún socio susurró por lo bajo que aquellas eran magníficas noticias: las tropelías del gobierno y la ineptitud de los juzgadores iban a acarrear chamba para los litigantes, harta chamba.

Jaime Athié, en cambio, estaba fuera de sí. Nunca antes lo había visto tan ofuscado. Sumó su nombre al de otros miembros de la Barra Mexicana que habían firmado un manifiesto de protesta. Exigían a la presidenta de la República y a los legisladores que dieran marcha atrás a aquel acto delirante. Su postura le ocasionó un roce con el *managing partner*, a quien él tachó de veleta.

—¿Hasta cuándo vamos a ser unos acomodaticios? —me preguntó enfurecido la siguiente vez que me visitó.

20

En el Hospital Militar colocaron el intestino de Arturo Pereda en su sitio, cosieron el desgarrón del músculo y desplegaron una malla en su abdomen. El médico, un coronel de ademanes bruscos y corte a cepillo, celebró que la hernia sólo estuviera incarcerada y no se hubiera estrangulado. De otro modo, habrían tenido que abrir la cavidad abdominal. Para fortuna del paciente, se había podido efectuar una cirugía laparoscópica, menos invasiva. Eso sí, el paciente no podría cargar ningún peso mayor a los cinco kilogramos ni hacer esfuerzos durante una temporada. Dieta blanda y reposo de diez días.

No acababa de reponerse de la anestesia cuando su esposa le avisó que la presidenta de la República estaba en el hospital y quería saludarlo. Pereda ni siquiera tuvo tiempo de entender lo que ocurría; alguien enderezó la cama y, cuando se dio cuenta, ya estaba a su lado Yatziri Sabanero, con una mano sobre su hombro. Llevaba un huipil con colibríes y unos adornos que Pereda no acertó a identificar: ¿enredaderas o tentáculos de calamar? La mujer le dijo que se alegraba de que la operación quirúrgica hubiera resultado exitosa, pero que ahora tendría que descansar.

—No sabe cuánto agradezco sus atenciones, señora presidenta.

Se sintió conmovido por aquella visita, aunque *conmovido* no era el adjetivo exacto. Sintió que él *pertenecía* a ese grupo. Yatziri Sabanero le había brindado una oportunidad única en su vida; una oportunidad que nadie más le había dado y que jamás le proporcionarían ni sus veleidades académicas ni su prurito por hacer las cosas como debían hacerse, según rezaban los manuales de derecho que él tanto gustaba citar. Al volver a casa, encontró una prolija canasta de frutas, "Con los saludos de Yatziri Sabanero". Ya no tuvo dudas: él formaba parte de ese equipo. Debía esmerarse en hacer los méritos necesarios para continuar ahí. Nada iba a ganar oponiéndose, con el pretexto de que un código o una circular indicaba otra cosa. Que eso lo hicieran los jueces. Él era el fiscal general.

En eso seguía pensando cuando, a los nueve días de su convalecencia, le informaron que acababan de hallar muerto al senador Trejo. Contra las disposiciones del médico y las súplicas de su mujer, que apenas había conseguido administrar a su marido los analgésicos en el orden prescrito, Pereda se rasuró, se vistió y se presentó en el lugar de los hechos. Creyó que aquel gesto le ganaría aplausos. No fue así. Lo que suscitó fue un abucheo unánime. ¿Cómo era posible que el fiscal general se apersonara en un departamento donde podía haberse cometido un homicidio? ¿En qué cabeza cabía? ¿No se daba cuenta de que podía alterar la escena del crimen?

Pero más que las críticas, le impresionó ver el cuerpo desnudo y sin vida del presidente de la Comisión de Justicia del Senado. Del hombre que había dictado leyes con arrogancia imperial y nombrado ministros de la Suprema Corte de la Nación. Del hombre que, hacía apenas unas semanas, le había llamado para aconsejarle que renunciara a su cargo. Ahora estaba ahí, inerte, blanquecino, sumergido en un jacuzzi donde, a su lado, flotaban unas bocinas y un teléfono celular, unas y otro, conectados a un enchufe eléctrico. Tenía una quemadura en el pecho. Aquel cuadro mantuvo a Pereda en un desasosiego que duró días. Él mismo habría podido ser ese cadáver si no se le hubiera atendido con la presteza con la que se le atendió. Observó la copa de vino, la botella recién abierta, cuya etiqueta anunciaba un malbec argentino: Salentein, del viñedo de los cerezos Gualtallary. Tuvo la tentación de darle un sorbo, de saborear lo que bebía el senador, pero lo distrajo el estuche del CD que éste escuchaba al momento de su muerte: Don Carlos.

La primera llamada que recibió después de su malaventurada inspección fue la de Cecilio Barbachano. Lo saludó como si nada y le preguntó por su salud. Había estado al pendiente. A continuación, reclamó su apoyo para no investigar la muerte de José Manuel Trejo.

—Para investigar, querrá usted decir…

Para *no* investigar, repitió el Secretario de Justicia. Él estaba seguro de que se había tratado de un accidente. Si se iniciaban pesquisas podrían salir a la luz aspectos de la vida privada del senador que no abonarían nada al caso y sí, en cambio, mortificarían a su esposa e hijos.

El fiscal general no había tenido tiempo de estudiar el asunto, pero le aseguró a don Cecilio que si las indagaciones de rigor no encendían ninguna luz roja él no refutaría la hipótesis del accidente. Ni el conserje ni el policía del edificio habían visto entrar a nadie. No había puertas forzadas y las ventanas abiertas habrían exigido que quien entrara y saliera por ahí escalara cinco pisos. Una vecina había dicho haber visto a un ninja, enfundado de negro, trepando "del cuarto al quinto piso", pero su testimonio era poco creíble. En otra ocasión, como Pereda constató cuando se puso al día sobre la carpeta de investigación, esa misma vecina había jurado ver humanoides descendiendo de un platillo volador en la azotea del edificio.

¿Para qué alentar rumores?, preguntó Barbachano. El senador era un promotor de las artes, un hombre cultísimo que, por añadidura, era aliado del régimen. Tenía malquerientes, sí, pero ninguno que hubiera querido asesinarlo. Una investigación podía involucrar a empresarios e incluso a políticos a los que no había por qué importunar. El secretario de Justicia y la propia presidenta de la República podían salir raspados. "No olvide que usted tiene que protegernos a todos nosotros, querido doctor".

Pereda sonrió complacido. Aquel gesto para proteger a sus promotores —a su familia— podía ser el relanzamiento de su carrera. El pasaporte para que no hubiera dudas de qué lado jugaba, de que apostaba por ellos. "Si uno no se compromete en política", concluyó, "no puede jactarse de participar en ella". Y él ya estaba ahí. Y ahí quería quedarse el mayor tiempo posible, con aquel grupo que tan bien lo había acogido. El escándalo en que lo habían involucrado debía haber sido una maniobra de Hinojosa. Por supuesto, ¿de quién más? La presidenta Sabanero siempre había sido solícita con él.

La autopsia, pese a todo, indicó que la muerte de Trejo no se debía a electrocución sino a un golpe en la cabeza. La contusión era notable y coincidía con el borde de la bañera. Si Pereda decidió cambiarla y pedir que se asentara la muerte por electrocución fue porque, como lo anticipó el secretario de Justicia, no tardó en descubrirse que el senador mantenía a dos jóvenes mujeres.

A una de ellas acababa de donarle un departamento en Santa Fe. Envió a dos agentes a interrogarla pero la joven, una pelirroja exuberante, sólo tenía palabras de gratitud para el senador. Había sido como un padre para ella, lloriqueó. Su relación nunca fue más allá del gusto por la ópera que compartían ambos. Les dijo, incluso, que pronto iba a casarse y que había le pedido a Trejo que la entregara en el altar. Les suplicó, por tanto, que no fueran a mencionar su nombre. "Echarían a perderme la vida", sollozó. "Ya bastante he tenido con su fallecimiento".

La otra era una cantante de ópera, una dominicana voluptuosa que, en medio de un llanto avasallador, confesó que, en efecto, había tenido una relación sentimental con el senador desde que él se ofreció a financiar su carrera. La muerte de Trejo, añadió, la tenía destrozada. Destrozada y presa de un miedo cerval, pues no faltaban algunas personas que, celosas de su voz en la ópera, pretendían deportarla. Dijo que ya había solicitado asesoría jurídica para explorar si podía quedarse con el departamento en el que vivía desde hacía años. No tenía nada más. Les juró, por lo más sagrado, que no había tenido nada que ver con aquel accidente. La única observación que llamó la atención del fiscal fue la declaración de la cantante: "Si yo hubiera estado esa noche con él, seguiría vivo. Pero esa noche, José Manuel quería estar solo, solo con su música…". El sentimiento de culpa era insoslayable.

Cuando Pereda llamó a don Cecilio para informárselo, éste confirmó su postura inicial. ¿Pretendía el fiscal que la familia de Trejo se enterara de la vida secreta del senador? Esto no sólo sería un acto de mal gusto sino una auténtica mezquindad. Además, inútil. Ninguna de aquellas mujerzuelas, añadió, había ganado nada con la muerte del senador. Al contrario. Habían perdido a su benefactor.

El jefe de la sección de homicidios de la Fiscalía le sugirió a Pereda que se averiguara si las jóvenes tenían alguna pareja que, por celos, hubiera querido matar al senador y aportó información sobre el prometido de la primera, un joven abogado bien posicionado, pero Pereda ni siquiera la revisó. ¿Era un magistrado que se debía a la ley y a la Constitución o un político que debía respaldar a su grupo? Quizá no podía ser ambas cosas… Por lo pronto, no sacaría a la luz aspectos que hirieran a la familia del difunto y que pudieran afectar a la presidenta Sabanero. Tampoco accedió a revisar los irregulares expedientes que le presentaron sobre los terrenos que cedió Trejo, a diestra y siniestra, durante su gestión como gobernador de Guanajuato. Uno de los beneficiarios, por cierto, le hizo ver Dionisio Orozco, era Barbachano.

El fiscal salió ante los medios para informar que el accidente estaba confirmado. La investigación había concluido. El senador era un amante de la ópera, como todo mundo sabía, y había cometido una imprudencia garrafal. Mantener un aparato eléctrico en el borde de la tina le había costado la vida. "Murió haciendo una de las cosas que más le gustaban: escuchar ópera", finalizó Pereda. Cuando una reportera insistió por tercera vez con la misma pregunta —"¿Entonces fue un accidente?"—, Pereda la miró sin poder disimular su hartazgo.

—Fue un accidente, sí. Electrocución.

Necesitaba hacer algo más para convencer a Sabanero y a Barbachano de que, en adelante, podrían confiar en él. Su impaciencia lo impulsó a acudir a su oficina para efectuar los cambios que le había sugerido el diputado Larrazábal, dado que don Cecilio confirmó que, en efecto, la presidenta tenía interés en ellos. En esas posiciones, le recordó el secretario de Justicia, no hacían falta juristas competentes sino interlocutores políticos que pudieran entender y atender las exigencias de cada región. Pereda pidió, eso sí, que las personas a las que él había designado pudieran ocupar otras posiciones dentro de la Fiscalía. El secretario de Justicia no tuvo inconveniente. En la Fiscalía hacen falta técnicos acuciosos, indicó. Apenas quedaron listos los cambios, Barbachano volvió a invitarlo a comer a su casa. El secretario se había suavizado. No intentó imponer ningún criterio y se limitó a reflexionar sobre el papel de un gobierno.

—Si usted es el CEO de una refresquera está obligado a afirmar que su producto es excelente. Si usted considera que el refresco provoca diabetes, hipertensión, obesidad y caries, no puede decirlo. Primero tendría que renunciar. Y si es el CEO de una cigarrera, lo mismo. Da igual si el papa cree o no en Dios. En tanto sea papa, debe promover la fe en la feligresía.

El secretario de Justicia le dijo, asimismo, que concluía la persecución de aquellos abogados que se habían dedicado a la extorsión y le refirió que ya no se perseguiría a ninguno desde la Fiscalía General de la República. Debía estar tranquilo. Había algunos, sin embargo, que se habían comportado con deshonestidad y él estaba enterado de que la Fiscalía de la Ciudad de México estaba armando carpetas contra ellos. El fiscal no sólo se lo agradeció: le indicó que si él podía apoyar la investigación de la fiscalía capitalina no vacilara en pedir su auxilio.

—Y también podremos contar con su apoyo para que Isidro Jiménez siga en prisión, ¿verdad, doctor?

—Desde luego, don Cecilio. He vuelto a analizar el caso y creo que me precipité al formular mis conclusiones iniciales.

—En cuanto a los tres casos que se abrieron ayer por cohecho, le ruego determinar el no ejercicio de la acción penal: se trata de personas que ayudaron a la presidenta en su campaña y no han hecho daño a nadie. Porque ¿cuál es la diferencia entre usted y yo cuando le damos una propina al cartero o al hombre del carrito de la basura para que nos sirva con eficacia y la que se da a quien autoriza una concesión? ¿El monto? En ambos casos se trata de sobresueldos, ¿no?

—Con mucho gusto revisaré el asunto, don Cecilio.

21

Entre el aluvión de contratiempos que sumergían al país estalló uno que me pareció más delicado que cualquier otro. Exigía mi atención inmediata. Y no era precisamente del país: me enteré de que ahora era yo quien estaba embarazada. Debí sentirme angustiada, pero no fue así. Por primera vez en mi vida tenía algo que era mío, completamente mío, y deseé con todo mi corazón dar a luz. Si ser madre era mi destino, debía asumirlo.

En otras circunstancias no habría descartado la posibilidad de un aborto. Pero no en aquellas. El inconveniente, lo que me intranquilizaba, era Jaime ¿Debía decírselo? ¿Cómo? ¿Cuándo? Aunque él era un caballero, me quedaba claro que ni se iba a divorciar ni iba a aceptar mantener a un hijo en esas condiciones. Las últimas veces había sido yo quien lo había animado a prescindir del condón, dado el dispositivo intrauterino que me había colocado desde que inició nuestra relación. Él había confiado en mí. Yo había confiado en aquel dispositivo, que resultó no ser tan eficaz como había prometido el ginecólogo.

Por ello me inquietaba la forma en que iba a planteárselo. Al hacerlo, tendría que ofrecerle una solución y no limitarme a esperar que él la sugiriera. Menos aún si yo no estaba dispuesta a interrumpir el embarazo. ¿O sería mejor no contarle nada y enfrentarme sola con la maternidad? Dos veces estuve a punto de revelárselo. No me atreví.

Ante la magnitud del problema, el nacimiento del hijo de Rusalka me dejó indiferente. Ella y su marido acordaron bautizarlo Ruslán. Era un niño grande, sano, sonriente… pero moreno. Muy moreno. No poseía ningún rasgo de mi jefe. Cuando fui a visitarla al hospital para llevarle una chambrita —más por Rodrigo que por ella—, Rusalka no mostró entusiasmo alguno por mi presencia. Colocó mi regalo en una mesita y, sin abrirlo siquiera, me explicó que su hijo era idéntico a su abuelo. Yo no le había preguntado nada al respecto, pero recordé que Rodrigo me había contado que Rusalka no se parecía a su padre. Al parecer, su nieto sí.

No habían pasado ni quince días cuando Rodrigo me rogó que me quedara a cuidar de Ruslán una noche. Él y Rusalka tenían un compromiso y la niñera no estaría con ellos. Accedí, naturalmente. Cuando llegué, Rusalka me trató como mucama. Me dio indicaciones sobre el alimento del niño y sobre las gotas que tenía que administrarle en una solución en caso de que llorara después de haber comido. Ahora tenía claro que había dejado de serle útil. Ya no tenía más preguntas al respecto ni me importaba. Celebré haber echado a la basura la tanga que había estado custodiado.

Cuando Rodrigo volvió a pedirme que me quedara con Ruslán la siguiente semana, le supliqué que me liberara de aquella tarea. Me sentía torpe al realizarla y habría sido catastrófico que cometiera un descuido. Le dije que ni sobrinos tenía. Él lo entendió. Mis dudas y temores estaban centrados en mí. El tiempo pasaba y cada día sentía que postergar la decisión —cualquiera que ésta fuera— haría más difícil mi existencia.

Aún no sabía qué iba a decir en casa y qué dirían en el despacho. A veces creía que lo mejor sería aceptar mi condición de madre soltera sin rendir cuentas de nada a nadie. Ya hallaría a alguien con quien compartir mi vida más adelante. Luego hablaría con Jaime; pero no me animaba. Mi rechazo a volver a encontrarme con él le pareció extraña, pero no le pasó por la cabeza lo que podía haber detrás.

Una tarde, con su habitual cortesía, me preguntó si estaba saliendo con otro. No acerté a decirle que sí, ni que no.

Luego vino la debacle. No con mi bebé sino con el de Rusalka. Su aspecto había alarmado a la madre de Rodrigo, quien le suplicó a su hijo que verificara si, en efecto, aquel niño era suyo. La relación de Rodrigo con su madre había ido de mal en peor, por lo que ésa podía ser una oportunidad para reconciliarla con su nuera y llevar la fiesta en paz. Él miró a su madre conteniendo su ira —así me lo contó—, pero prometió que lo averiguaría. A cambio, le exigió que si el niño era su hijo —y él sabía que lo era porque lo sentía suyo a pesar del color de la piel—, ella le pediría una disculpa a Rusalka por las groserías que le había hecho. Ella accedió.

Ya me había olvidado de aquel pleito familiar, cuando una tarde, cuando ya había apagado mi computadora y pensaba que mi jefe no regresaría de su comida, éste apareció con la mandíbula trabada y los ojos inyectados de rabia. Era rabia o tristeza. No alcancé a determinarlo en ese momento. Agitaba un sobre. "Es una puta... una maldita puta", repetía. Cuando me llamó, entré temblando a su privado, con la boca seca. Seguramente había descubierto el romance que yo había sostenido con su esposa. Si me confrontaba, resolví, admitiría mi relación con Rusalka pero le diría —y se lo juraría si era preciso— que esa relación estaba terminada. En ese mismo instante, le entregaría mi renuncia. Luego vería qué hacer.

—Mira —dijo poniendo el sobre frente a mí—. Mi madre tenía razón: no es mi hijo.

—¿De qué hablas? —balbuceé.

Las lágrimas comenzaron a escurrir por sus mejillas. Nunca lo había visto llorar y estuve a punto de ponerme a llorar con él. Me recordó el pacto con su madre y me contó que la semana anterior había llevado al niño a un laboratorio para hacerle la prueba de paternidad. Engañó a Rusalka diciéndole que sacaría a Ruslán a dar una vuelta por el parque. Ya en el laboratorio, le tomaron una muestra de saliva a él y otra al niño con un hisopo.

Con aquel gesto pretendía lograr la concordia entre las dos mujeres más importantes de su vida. Si bien llegó a tener alguna sospecha antes de conocer el resultado —"no debo dejar que estas pinches dudas me echen a perder la vida"—, confiaba tanto en su esposa que fue desechando uno por uno sus temores. Pero el resultado sobrepasó sus miedos y expectativas.

Esa tarde volvía del laboratorio, donde acababa de recoger el informe. En el último renglón se leía que no existía posibilidad alguna de un vínculo de parentesco entre las dos personas a las que se les había tomado la muestra. Rodrigo estaba devastado. No podía seguir hablando. Mientras más lo intentaba, la mandíbula menos le respondía. Era como si se hubiera atorado. Ni siquiera lograba respirar con naturalidad. Al paso del tiempo, pude conocer sus emociones: estupefacción y coraje, desolación e incertidumbre.

—No sé qué voy a hacer… —gimió.

En ese momento, lo único que se me ocurrió fue abrazarlo. Lo abracé fuerte, muy fuerte. Le sugerí que no se desanimara. Debía tratarse de una equivocación. Le pregunté si ya se lo había dicho a Rusalka. Él parecía debilitarse a cada instante. Temí que se fuera a desmayar. Él hizo un nuevo esfuerzo para decirme que no, que no podía haber error, por lo que le había explicado la doctora. Yo no entendí los detalles que entonces enumeró, dado que la narración estuvo interrumpida por sofocos.

—Ni siquiera sé cómo se lo voy a decir…

—Entonces no se lo digas. Debe haber un error.

—No puede haberlo, Daniela.

Comenzó a lloriquear otra vez. Me dijo que no quería ver a Rusalka. No mientras no supiera cómo abordar el

tema con ella, por lo que me rogaba que le hiciera una re-
servación en un hotel cercano. Ahí pasaría la noche y pro-
curaría serenarse. Yo le ofrecí entonces que la pasara en
mi *loft*. Podría dormir en el sillón de la sala.

—¿No voy a causarte un problema?

—Ninguno, Rodrigo. Es lo menos que puedo hacer
por ti.

A petición suya, envié entonces un mensaje por Whats-
App a Rusalka desde el teléfono de Rodrigo, haciéndome
pasar por él. Le informé que esa noche "me quedaría" a trabajar hasta tarde. No iría a dormir.

Mi jefe estaba tan abatido que me pidió que fuera yo
quien manejara su automóvil hasta mi *loft*. No eran más que
diez cuadras, pero se negó a caminarlas. Ya en el departamento, me pidió algo de tomar. Necesitaba alcohol, declaró al localizar las tres botellas que me había regalado
Jaime y que yo no había movido de la mesa. Agradecí que
fueran de *whiskey*, pues ni siquiera tenía en casa un saca-
corchos. Con trabajo: platos, vasos y cubiertos. Rodrigo
quitó el sello de seguridad, destapó una botella y bebió de
ella directamente.

Me dolió verlo en esas condiciones. Pero las mías no
eran mejores. Sobre mí, además, pesaba un agravante:
no podía decir palabra. Nada me hacía más falta entonces
que un amigo o una amiga a quien confiar mis tribulacio-
nes. En ese momento de mi vida, no obstante, carecía de
uno solo. Rodrigo me contagió su zozobra. Le quité
la botella. Di dos tragos, tres, cuatro… Uno tras otro. No
me importó que fuera jueves, ni que estuviera embarazada.
Aquel ritual nos consolaría a Rodrigo y a mí.

El fluir del *whiskey* por mi garganta, la rapidez con la
que se me metió por brazos y piernas, por uñas y cabello, me
sentó mejor que nunca. El cuadro que me había regalado
Jaime Athié pareció desprenderse de la pared y comenzar
a flotar frente a mí. Las nubes se salieron del cielo. Fue

como si se hubieran colado al departamento. Como si quisieran invitarme a bailar. Pero era una danza atípica, en la que no se valía tocar el suelo con los pies. El *whiskey* había llegado hasta mis ojos. Luego, el cuadro empezó a oler. Olía a nubes. No sé a qué huelen las nubes, pero olía a nubes. A cielo. El *whiskey* había llegado a mi nariz. Por ahí ascendió hasta el cerebro. Me quité los anteojos y me acaricié las sienes.

Entonces tuve una idea que me sobresaltó: el destino me había alcanzado. A partir de ese momento, era yo quien tenía que doblegarlo. Ya no seguiría a su merced. Y con esa decisión llegó la otra: el hijo que yo estaba esperando no era de Jaime Athié sino de Rodrigo. ¿Por qué no? Él tenía que abandonar a Rusalka. Ella no lo quería. Él tenía que rehacer su vida con una mujer que lo valorara. Y yo siempre lo había hecho. Las críticas que llegué a hacerle fueron más por dar gusto a Rusalka que porque yo creyera esas tonterías…

Sí, cavilé, Rodrigo necesitaba un hijo. Un hijo que fuera suyo… que pudiera ser suyo. Cuando me acerqué a mi jefe y lo abracé de nuevo, él correspondió a mi abrazo. Su aliento maltoso, lejos de repugnarme, me atrajo. Se separó un poco de mi para abrir la segunda botella.

—Estoy flotando —arrastró las palabras— y así me quiero quedar.

Yo también flotaba. Pero no era sólo el *whiskey* sino mi determinación lo que me hacía flotar. Por cursi que sonara, a partir de ese momento yo sería la dueña de mi destino. Resuelta a jugar mis cartas, lo abracé y estreché mi cuerpo contra el suyo. Él estuvo a la altura de mis expectativas. Apenas sintió que mis senos se pegaban a su pecho, comenzó a besarme en el cuello:

—Está mal… —susurró—. Esto está mal: tú eres mi colaboradora, mi… pero me entiendes; eres la única que me entiende… pero está mal.

No lo dejé seguir. Coloqué sus manos en mis senos y, aunque él movió la cabeza, desabrochó los botones de mi saco y de mi blusa con movimientos mecánicos. Comenzó a acariciarme. Acabó por quitarme el sostén. Sus dedos bajaron hasta la falda. Apenas la desabotonó, colocó cada una de sus manos en mis nalgas. Me quitó las bragas a jalones.

—Esto está mal —repitió.

Cuando menos lo esperaba, ya estaba en el suelo, con mi jefe encima. Su torpeza no tenía nada que ver con la sutileza y elegancia de Jaime Athié. Tampoco con la avidez de Rusalka. Le ayudé con mi mano a que hallara lo que buscaba.

Pensé en Rusalka. Iba a arrebatarle a su esposo. Por supuesto que iba a hacerlo. Se lo merecía. No sé de quién sería el hijo que ella esperaba, pero había engañado a su marido. Me había engañado a mí. ¿Quién era ese otro hombre con el que había tenido otro hijo, mientras nos juraba lealtad eterna a su esposo y a mí? Daba igual, pero me parecía justo que ahora fuera ella la engañada.

Que Rodrigo me estuviera penetrando sin condón me excitó. Sus torpes arremetidas y su respiración pesada lo convertirían en el padre de mi hijo. De nuestro hijo. Tenía que hacerlo mío. Convertirme en su mujer al precio que fuera. Ser su esposa iba a ser fácil. Él, a cambio, tendría en mí a una auténtica compañera que lo iba a mimar y a admirar. La gatita de Rusalka iba a convertirse en pantera. En una pantera que la iba a devorar. Era ahora o nunca.

—Rusalka no te merece.

—No me hables de esa ramera —imploró.

Cuando terminó y se quedó dormido a mi lado, comencé a divagar hasta donde el *whiskey* me lo permitió. Sabía lo que iba a decirle a Rodrigo, pero no lo que tendría que explicarle a Jaime Athié ¿O lo mejor sería no decir nada y aguardar a que él mismo urdiera su propia historia? El *whiskey* me impedía pensar con claridad, pero las ideas estaban ahí: tenía que terminar mi relación con Jaime, contándole que había hallado al hombre de mi vida; había que calcular bien el momento para anunciárselo a Rodrigo; había... la turbulencia me hacía confundirlo todo.

También me inquietó el tatuaje. Cuando Rodrigo me preguntara qué significaba, podría referirle que era mi más ardiente secreto: estaba enamorada de él desde que era mi profesor y me había marcado aquel corazón para llevarlo siempre conmigo, así fuera en un dibujo de mi piel. La reacción de Rusalka me tenía sin cuidado. Con aquel dictamen de laboratorio, su esposo le había perdido la confianza. Y con la confianza, el amor. Dijera lo que dijera, él no le creería. Al ver reposar a Rodrigo a mi lado tan indefenso, con tanta confianza, supe que a partir de ese momento mi misión sería hacerlo feliz. Ya no podría dejarle nada al destino.

22

La disolución de la Suprema Corte unió contra la presidenta de la República a colegios de abogados y a escuelas de derecho, a activistas y a medios de comunicación. La Academia Mexicana de Ciencias Penales publicó un manifiesto demoledor y revistas como *El mundo del Derecho* exigieron que se diera marcha atrás a aquella ignominia.

La decisión había sido antecedida por un par de pataletas de Yatziri Sabanero, quien acabó ordenando públicamente a los integrantes de su gabinete que si las ministras o los ministros de la Corte llegaran a llamarles por ningún motivo les tomaran la llamada. Advirtió, además, que no invitaría a ninguno de ellos a las celebraciones por las fiestas patrias ni a ninguna otra ceremonia oficial. "Están castigados", bramó.

Luego adelantó que enviaría al Congreso una iniciativa de ley para que los ministros y ministras de la Corte fueran elegidos por votación popular —"como ocurre en todas las democracias del mundo"— y que pediría al Congreso que les recortara el presupuesto anual. Esto último provocó que el sindicato del Poder Judicial saliera a bloquear calles y que se enfrentara a empujones con la policía antimotines que salió a replegar al gentío.

Para congraciarse con la presidenta, el gobernador de Puebla organizó una pantomima en el que una runfla de personas que no debían tener ni idea de lo que era la Suprema Corte desfiló por el Zócalo. Cargaban en hombros ataúdes con el nombre de cada uno de los ministros y ministras y entonaban canciones fúnebres. Ni la Doctora IQ se salvó del sainete. El ataúd que llevaba su nombre, eso sí, era el más estrafalario.

Periódicos y redes denunciaron la arbitrariedad. Algunos de los ministros defenestrados alzaron la voz —Juan Federico Arriola antes que ninguno— y calificaron a la presidenta de ser una dictadora en ciernes: "Confunde el gobierno con el Estado y cree que es dueña de las instituciones".

El Colegio de Abogados de Nueva York y la American Bar Association se sumaron a la andanada. Reprobaron la decisión del Senado Mexicano, muchos de cuyos integrantes difícilmente podían leer un texto sin tropezar con los acentos y sin desbarrancarse con las comas. Fustigaron el respaldo que la Cámara Alta había brindado a la presidenta Sabanero para disolver la Corte. Era una avanzadilla para implantar en México una presidencia omnímoda, acusaron. Ello no sólo atentaba contra la división de poderes, sino que provocaba que el país redujera su atractivo para aquellas empresas internacionales que querían invertir en México. "No sólo es un amago contra la independencia judicial", concluía el pronunciamiento, "sino contra la confianza que ofrece el país".

La presidenta lució descolocada por esos días. Confundía las fechas y más de una vez se quedó callada frente a los micrófonos, tras haberse desgañitado. Manifestó que no iba a permitir la injerencia de instituciones extranjeras, que sólo protegían "los intereses de los conservadores" en los asuntos domésticos. Agraviada, convocó a una manifestación en el Zócalo para defender la soberanía. Esto provocó que algunos editorialistas nacionales y extranjeros expresaran su inconformidad: si México pretendía formar parte del club de países democráticos debía ceñirse a las reglas.

El *New York Times* dedicó su primera plana a criticar a la presidenta mexicana. A las críticas de este diario se sumaron las de otros en España y Alemania, en Brasil y el Reino Unido. Sólo el dictador de Nicaragua concedió una entrevista a una televisora local apoyando a la presidenta Sabanero y agitando una banderita de México con mirada bovina.

Las declaraciones que entonces hizo Arturo Pereda apoyando la disolución de la Corte causaron estupor en la clase jurídica del país. Se fueron contra él. Al fiscal se le ocurrió entonces que, para hacer contrapeso a aquellas invectivas, podría desempolvarse el caso de las mujeres asesinadas en las maquiladoras de Ciudad Juárez. De acuerdo con la exigencia de la Corte Interamericana de Derechos Humanos, se podría ofrecer una disculpa pública a las víctimas. Yatziri Sabanero y Cecilio Barbachano coincidieron, sin entender bien a bien de qué se trataba. Aquello podría resultar útil, aventuró el secretario de Justicia.

Ni tardo ni perezoso, Pereda organizó el evento. Solicitó ayuda a la Secretaría de Relaciones Exteriores e incluso realizó un viaje a Washington D. C., donde se entrevistó con el presidente de la Comisión Interamericana de Derechos Humanos y con la presidenta de la OEA, a los que ofreció su apoyo "por parte del gobierno patriótico de la presidenta Sabanero". Le halagó sobremanera el recibimiento que le hicieron las autoridades de aquél organismo internacional. Así lo delató la sonrisa de la fotografía que se tomó con ellas al lado de la estatua de Isabel la Católica que se hallaba afuera del edificio de la organización.

A su regreso a México, durante tres semanas tuvo reuniones con la presidenta de la Barra Mexicana, con el del Ilustre y Nacional Colegio de Abogados y con rectores de distintas universidades y escuelas de derecho. Salvo algunas divergencias de poca monta —la de Human Rights Watch fue la más destacable—, todos aceptaron respaldar la disculpa pública. El evento en el que el fiscal general de la República la ofreció en nombre del Estado recibió aplausos por aquí y por allá. La clase jurídica del país, siempre de memoria corta, olvidó su respaldo a las arbitrariedades del gobierno y la pléyade de juristas y representantes de organizaciones de la sociedad civil que Pereda congregó al efecto confirió legitimidad al evento. "Eso es lo que la presidenta esperaba de mí al haberme propuesto", caviló. "No la he defraudado". El *Washington Post* resaltó en su primera plana la congruencia del gobierno de México, y otros medios y redes sociales no tardaron en hacer lo propio. Hasta el *New York Times* cedió.

Pasada aquella racha, cuya secuela siguió haciendo ruido largo tiempo, Pereda reanudó su agenda. Entre aquellos a quienes recibió estuvo el fiscal general de Aguascalientes, a quien la gobernadora entrante había exigido la renuncia. Envalentonado con el nombramiento que tenía por nueve años, declaró que permanecería en el cargo los tres que le restaban. La nueva gobernadora le solicitó al Congreso del estado su destitución.

—Me han inventado lo que usted no se imagina, maestro; si el proceso continúa acabaré en la cárcel.

Suplicó la solidaridad de Pereda, pero también su apoyo. ¿De que servía, si no, que los fiscales fueran independientes? El fiscal general le expresó su solidaridad, pero le hizo ver que la autonomía de las fiscalías era mera simulación; "retórica, si usted prefiere". Lo mejor que podía hacer era renunciar por cuenta propia. El Estado ni podía ni debía claudicar del *ius puniendi*, de su derecho a castigar.

Hablaron también del juez federal que había sido ultimado a tiros, junto a su esposa. El fiscal de Aguascalientes tenía datos para señalar al responsable, uno de quienes más dinero había aportado a la campaña por la gubernatura de Aguascalientes. Era por eso por lo que lo querían separar del cargo y poner ahí a un incondicional de la gobernadora.

—Un fiscal nunca puede ser autónomo del presidente o del gobernador —repitió Pereda—. No insista.

Apenas salió su visitante, Pereda se precipitó al baño y se miró en el espejo. Le aterró ver reflejada ahí la cara de Barbachano. No, no era Barbachano: era él mismo. Pero ¿de veras había dicho lo que acababa de decir? A fin de cuentas, era lo que había escrito años atrás. ¿Por qué se sorprendía? Como profesor universitario o como magistrado federal, habría ido a leer lo que decía la Constitución y las leyes. Como fiscal general, acababa de insinuar que no se atendiera ni la una ni las otras.

Salió y encendió un cigarro. Mientras le daba una calada, sintió que la independencia de oropel de la que gozaba un fiscal en un sistema presidencialista era como el humo de aquel cigarro. Si había un funcionario que no la tenía, que no podía tenerla, era él. Hacía unos minutos había dicho *simulación* y *retórica*, pero la palabra adecuada era *abyección*. Sin embargo, ¿a quién le importaba? ¿Quién iba a agradecer su valentía si actuaba de otra forma?

Al día siguiente, luego de hacer un escueto alegato sobre los huesos calcinados que se habían descubierto en Buenavista de los Hurtado, en Guerrero, y otra sobre las fosas clandestinas en El Choyudo, Sonora, a invitación del jefe de Gobierno de la Ciudad de México y de la fiscal capitalina, acudió a realizar una visita al Reclusorio Sur. Un comando había irrumpido en la cárcel de Ciudad Juárez y asesinando a custodios y a reos para liberar a un puñado de internos. ¿Podría ocurrir algo semejante en la Ciudad de México? Eso tenía inquieta a la población carcelaria. El jefe de Gobierno la quería tranquilizar.

Pereda aceptó retratarse con algunos reos que suplicaban justicia. Algunos estaban detenidos desde hacía más de diez años, le contaron, sin que hubiera mediado juicio alguno. Según lo había leído él recientemente, de cada diez presos, cuatro estaban en prisión sin haber sido sometidos a un debido proceso. Acabaron ahí sólo porque alguien había formulado una acusación contra ellos —casi siempre una venganza— y porque no habían tenido dinero para pagar un abogado que demostrara su inocencia.

Pero ¿no se suponía que esta inocencia se presumía y que lo que debía probar un fiscal era la culpa? Si bastaba un chisme para fundir a un sujeto en prisión, sin que se estudiaran siquiera las pruebas, la Constitución y la ley eran letra muerta. Aquello era escandaloso, sí, pero ¿qué podía hacer él? Había que encerrar a mucha gente en la cárcel para que los votantes creyeran que se estaba haciendo algo por la seguridad pública.

Un reo se le acercó para contarle que llevaba ahí seis años porque trabajaba de contador de un antro. Una madrugada llegó ahí la policía y acusó a todos los trabajadores de ser tratantes de personas. Una de aquellas cruzadas morales que impulsaban pretendidos benefactores sociales que veían con aflicción que aquellos antros les estuvieran quitando clientes a sus casinos.

—Mi error —dijo el contador— fue estar en el lugar equivocado, en el momento equivocado.

—Si de veras quiere —le echó en cara otro reo—, usted podría hacer mucho por nosotros y por quienes están encerrados en las cárceles federales.

Pereda prometió que estudiaría el caso, pero sabía que no iba a poder cumplir con tamaño compromiso. Crear una policía eficiente y un Ministerio Público capaz de probar los hechos frente a un tribunal exigía dinero. Mucho dinero. Y ese dinero tenía que utilizarse en campañas políticas y otras actividades, como ahora lo sabía, tras sus conversaciones con Barbachano. Los presos le regalaron tarjetas, papirolas de origami, tarjetas decoradas por ellos mismos y animalitos de alambre.

—¿Nos va a ayudar? —insistió el contador.

Para salir del paso, se aproximó a un reo que yacía paralítico en una silla de ruedas, al fondo de la estancia donde la directora del reclusorio había organizado el encuentro. Le llamaron la atención sus ojos verdes y sus labios carnosos. Le preguntó por qué estaba ahí.

—Cosas de la vida —deploró el muchacho con resignación.

—Me parece —dijo Pereda frente a los reporteros que lo seguían y fotografiaban— que este joven no debería permanecer aquí más tiempo. Es un asunto de humanidad. Ojalá que mi colega, la fiscal de la Ciudad de México, pueda promover un criterio de oportunidad para que el joven cumpla su sentencia fuera de estos muros. Su estado físico ya es suficiente castigo para cualquier delito que haya cometido.

Para corresponder a aquel gesto de solidaridad, el joven hemipléjico se quitó la pulsera de cuentas de madera que llevaba en la muñeca y se la obsequió. El fiscal se la colocó al lado del reloj.

Llegó a su oficina tardísimo. Recibió a cuantos tenían audiencia con él y, hacia las ocho de la noche, su secretaria le anunció que el abogado Rodrigo Téllez estaba en la recepción. No tenía cita con él, pero le rogaba que le concediera un minuto. Ante la inicial negativa de su jefe, la secretaria le recordó que se trataba del joven que hacía algún tiempo le había llevado a la edecán que se desdijo de las acusaciones de violación.

—Ah, claro —musitó el fiscal—, que pase.

Si la mañana que se conocieron el abogado lucía alicaído, en esta ocasión entró francamente abatido; arrastrando los pies. Ofreció una disculpa por presentarse sin cita, pero necesitaba su apoyo desesperadamente. Y, como el fiscal se lo había ofrecido en caso de necesitarlo, recurría a él. Su padre era abogado y él mismo trabajaba en el departamento penal de un prestigiado despacho jurídico, refirió, pero no quería que nadie se enterara del problema que lo aquejaba y que fuera a iniciarse un proceso tan interminable como estruendoso.

—Conozco bien ese despacho —admitió Pereda.

Su asunto ni siquiera tenía carácter federal, pero, repitió el joven, necesitaba el auxilio del fiscal. Había comprobado que el hijo que él creía suyo no lo era. Él le había pedido a su esposa —"a mi exesposa"— que se fuera de la casa con el niño en ese momento, pero ella se había rehusado. "Este departamento es de tu hijo y mío; no me moveré de aquí", le dijo. Quien se salió fue él. "¡No puedes hacerme esto!", le había gritado ella mientras él empacaba su maleta. "¡No puedes!".

La mujer había ido más allá. Había iniciado un procedimiento judicial y un juez de la Ciudad de México, con sospechosa celeridad, acababa de resolver que, como Rodrigo había reconocido y registrado como suyo al niño, estaba obligado a mantenerlo hasta su mayoría de edad. Daba igual lo que determinara un análisis genético. La Constitución privilegiaba el interés superior de los niños y no podía privarse a aquel de su manutención por un sujeto que primero lo reconocía y luego lo rechazaba. Aquello daría al traste con el desarrollo de la personalidad del infante, que ninguna culpa tenía de las inseguridades y complejos del padre. Su mujer se había agenciado a uno de esos coyotes que pululaban por los tribunales y exigía que Rodrigo la mantuviera a ella y a su hijo. Incluso había ofrecido entregarle el niño a Rodrigo y no volver a verlo a cambio de una pensión vitalicia. ¿Podría auxiliarlo Pereda? Aquel no era el camino ortodoxo, admitió el joven abogado, y, sinceramente, sabía que estaba mal, pero no tenía más alternativa que acudir a quien tiempo atrás le había ofrecido su amistad.

Pereda sonrió condescendiente. Ojalá que todos los problemas que enfrentaba fueran tan simples. Era poco probable que a esas horas estuviera aún en su oficina la presidenta del Tribunal Superior de Justicia de la Ciudad de México, pero, aun así, marcó por la red. Ahí seguía la presidenta, quien, como antigua alumna de Pereda, recibió la llamada con alborozo. Por supuesto que atendería personalmente el asunto que le planteaba su maestro. No faltaba más. El licenciado Téllez tendría que hacerse otro examen genético en el Tribunal y, salvado ese requisito, ella misma se encargaría de anular los efectos del registro. Acto seguido, ordenaría que echaran del departamento a la mujer —era un despojo, a todas luces— y que no procediera el juicio por alimentos. No tenía ninguna razón para proceder. El fiscal general podía contar con ella. Sólo le rogaba que el licenciado Téllez fuera a verla al día siguiente con su abogado para supervisar los trámites.

—Asunto arreglado —exclamó Pereda—. Vaya usted a ver a la presidenta del Tribunal mañana mismo y ninguno de sus colegas de Warren & Lorca tendrá que enterarse de nada. Ni de la anulación del acta de nacimiento ni del desalojo.

Tellez sintió que acababan de quitarle de encima el mayor peso de su vida. Experimentó tal euforia que tuvo una ocurrencia disparatada. Nada perdería intentándolo: refirió a quien ya debía considerar su nuevo amigo que iba a casarse pronto con la madre de su hijo —"de mi hijo auténtico"— y pretendía organizar una fiesta. Aún no tenía fecha, pero iba a ser una boda suntuosa, como querían sus padres. Para él sería un honor que el fiscal general fuera uno de sus invitados.

—Cuente usted conmigo —prometió Pereda—. Sólo avíseme con tiempo.

Cuando se disponía a salir, Téllez echo un vistazo al escritorio del fiscal. Entre figuritas de papel y bestias de alambre, descubrió una pulsera de cuentas de madera con las letras del alfabeto griego. La tomó y observó detenidamente.

—¿Es suya esta pulsera? —se atrevió.

—Me la dio un reo durante una visita que hice esta mañana al Reclusorio Sur —contó el fiscal.

Téllez la acarició un rato entre los dedos y volvió a dejarla donde estaba.

El fiscal estrechó la mano de su visitante y lo acompañó hasta la recepción. Ya le aguardaba ahí el director de consignaciones con el expediente de aquel general rijoso que estaba sembrado indisciplina en las filas del Ejército. Hizo pasar al funcionario, revisó el documento, formuló un par de preguntas y firmó la solicitud de orden de aprehensión. Aquello iba a caerle de perlas al secretario de la Defensa.

Como si lo hubiera evocado, en ese instante sonó la red: era el general secretario. Sin preguntar por sus otros asuntos, le comunicó que pretendía contratar al abogado Efraín Hinojosa para que defendiera a algunos militares que otros litigantes no habían podido sacar de prisión. Le rogaba que, en la primera oportunidad que tuviera, retirara los cargos contra él.

—Le prometo que revisaré el caso —respondió Pereda.

Si Hinojosa volvía a estar bajo control de Barbachano y Barbachano y él eran aliados, pensó mientras desanudaba su corbata, no habría problema. Firmó los no ejercicios de acción penal que le había solicitado el secretario de Justicia y buscó su cajetilla de cigarros. Sacó el último que le quedaba. Sería, también, el último del día. Lo encendió y le dio una bocanada. Dos. La secretaria volvió a timbrar. Había otra persona sin cita en la recepción. ¿Por qué las personas se presentaban sin cita?, clamó el fiscal, ¿creerán que no tengo nada que hacer?

—Diga que…

—Se trata de Juan Federico Arriola —dijo la secretaria, dando al aviso el tono de la fatalidad.

El exministro de la Suprema Corte tampoco llevaba corbata. Entró rengueando, apoyado en su bastón, pero con el desenfado de siempre. Antes de que Pereda le ofreciera asiento, se desplomó en uno de los sillones de piel. Echó una mirada a las cajas de cápsulas y pastillas con las que Pereda había tapizado su escritorio y observó el cuadro principal de la oficina: tres chapulines que intentaban engullir a un lagarto.

—Así que, finalmente, te has convertido en fiscal general.

En su comentario no había sorna. Tampoco reproche.

—En nada tuve que ver con la disolución de la Corte —aclaró Pereda— y sí, en cambio, con la negativa de que se instrumentara un juicio político contra las ministras y ministros, como pretendía don Cecilio.

—Nadie ha venido a pedirte cuentas, Arturo. Sólo he venido a saludarte. A decirte que creí en mis ideales y, a pesar de mi edad, de mi experiencia, no entendí que una cosa es el relato que justifica el poder —la democracia, la justicia, los derechos humanos, la división de poderes…— y otra, el ejercicio implacable y brutal de ese poder.

—Tenemos que ser menos idealistas para que funcione un país, Juan Federico.

Pero el antiguo ministro también había ido ahí con otro propósito: alertar a Pereda sobre el peligro que se cernía sobre él. ¿Conocía aquella película sobre el juicio a los jueces de Núremberg, que habían preferido obedecer al gobernante en turno que ceñirse a los precedentes legales? El fiscal admitió que no. El poder político era seductor, lo mismo para atraer a unos que para transformar a otros, anotó Arriola.

Le sugirió, asimismo, que no olvidara a Max Weber. Lo citó con el candor de los viejos tiempos. El poder tenía que ser medio y no fin. Si no existía una estrella polar que le diera sentido, el poder *per se* era una quimera. Y ni Yatziri Sabanero ni Cecilio Barbachano ni toda la pandilla que se había apoderado del gobierno actual tenía una estrella polar; sólo querían poder, poder, poder, aunque no supieran ni para qué. Quizá Barbachano era el que más claro lo tenía: para enriquecerse.

Arturo Pereda se había convertido en cómplice de esos gobernantes. Imponerse sobre una sociedad y esquilmarla a su antojo no parecía algo digno de un viejo defensor de la justicia y los derechos humanos. Pereda se disponía a refutarlo, pero Arriola no le dio oportunidad.

—Si olvidamos el orden, si nos saltamos la Constitución y las leyes, si cada quien hace lo que le viene en gana por los motivos que sean, la cohesión social se esfumará. La sociedad acabará por desgajarse.

—¿Aunque esas leyes sólo estén hechas para beneficiar *a unos cuantos*?

—Cambiémoslas entonces. Abrir la puerta a la arbitrariedad y a la corrupción, con el pretexto de que no hemos satisfecho los reclamos de la sociedad, no es una alternativa. Tampoco aprovechar las leyes mal hechas para que el grupo gobernante jale agua para su molino y así beneficie, exclusivamente, *a otros cuantos*.

Pereda apretó los dientes.

—Nadie agradece que te ajustes a la Constitución y a las leyes en este país, Juan Federico: nadie.

—Las cosas no se hacen para que te las agradezcan.

—Estoy situado en los umbrales de algo grande, Juan Federico. Desde este cargo lograré lo que no logré en el anterior: que se me recuerde como…

—Este cargo también pasará, Arturo. Y si en el anterior conseguiste dejar un recuerdo entrañable, en este quedarás como un traidor.

—¿A quién he traicionado?

—A ti, en primer lugar; pero, también, a la judicatura y a la profesión jurídica, de la que llegaste a ser un referente.

Con ostensible esfuerzo Arriola se apoyó en el bastón para incorporarse; miró a su colega con tristeza y salió con el mismo desenfado con el que había entrado.

23

Hoy te contaré de la última casa que trabajé con el Bagre. Una faena impecable. La mejor de mi vida. Estábamos a punto de salir cuando encontré una estancia cuyas paredes estaban tapizadas de espadas. Espadas, estiletes, mazos, martillos, estoques, picas y lanzas. Había sables, alfanjes, katanas y cimitarras. Había incluso una wakizashi, la espada que utilizaban los samuráis para el suicidio ritual.

Nunca había visto algo así. Tuve el deseo de llevarme aquella colección completa. Por lo menos, una daga. Oí la voz del Bagre. Vámonos. Mi impulso fue desobedecer. Decirle que se fuera él. Que yo me quedaría para llevarme de ahí lo que pudiera. No lo hice.

Durante las dos semanas siguientes, no dejé de pensar en aquellos tesoros. Si yo fuera rico, pensaba, tendría un salón adornado así. A la tercera, como se canceló la casa que íbamos a trabajar, dado que habían detenido a uno de la banda, busqué a otro de los compañeros. Le propuse que volviéramos por las armas. Al menos por dos o tres. Las que pudiéramos sacar. Aceptó. Es lo más chingón que he visto, dijo él. Y sin pensarlo dos veces, sin avisarle al Bagre, regresamos por aquellos tesoros.

Como la vez pasada, repetimos el protocolo. Hasta la armería. Así la denominó mi colega. Pero al intentar pasar, descubrimos que habían instalado una chapa de seguridad. En cuanto metí la ganzúa para abrirla, comenzó a sonar una alarma. Se encendieron las luces. Una mujer apareció armada de un sable. Con una destreza del diablo, le dio un tajo a mi compañero en la pierna. Luego, otro en el brazo. Éste cayo en medio de un grito.

No tuve alternativa. Antes de que la mujer embistiera contra mí, saqué mi cuchillo de montaña y le rebané el cuello. Por la forma en que sentí vibrar el arma en mi mano, supe que le había cortado una vena principal. La vi caer de espalda. La sangre salió a borbotones. Me salpicó. Me detuve un instante a contemplarla. A confirmar que algo había dentro de mí que me impedía sentir pena o remordimiento. Mi compañero, desde el suelo, me animó a salir. Córrele, güey.

Aquella era la tercera persona a la que mataba. Me habría gustado sentir algo. Pero no sentí nada. Nada. La vida de nosotros, de todos nosotros, iba a acabarse algún día. Yo sólo había acortado los tiempos de otras. También la mía acabaría en su momento.

Cuando emprendí la retirada me encontré con que la puerta por la que habíamos entrado estaba cerrada. Aquella mujer había echado el pasador seguramente. ¿Por dónde saldría ahora? Tardé en dar con una ventana. Por ahí salté al fin. La alarma continuaba sonando a todo lo que daba. Aquel titubeo, aquella puerta, aquel rodeo, dieron tiempo a que llegara la policía.

Cuando logré salir, al menos quince agentes uniformados habían rodeado la casa. Cuando trataba de entender cómo estaban las cosas y qué alternativas tenía para escapar, uno de ellos me dio un macanazo en la mano. Solté el cuchillo dando un aullido. Sin mi arma, quedé a merced de aquellos cerdos. Me inmovilizaron los brazos. Me colocaron unas esposas. Me metieron a una patrulla. Estás jodido, cabrón. Robo a casa habitación. Flagrancia.

Cuando comparecí ante el juez, tras la rejilla del reclusorio, supe que la acusación por robo a casa habitación era una. La otra, homicidio con agravantes. Ahí supe que le había cercenado la arteria carótida a la mujer. Nunca

266

volví a ver a mi compañero. No supe lo que pasó con él ¿Lo pescaron? ¿Lo mataron? Yo acabé aquí, en el reclusorio. Con una sentencia de cuarenta años.

Al principio, como escribí, pensé que aquello era lo peor que me había pasado. Pero era optimista. Incluso cuando leí que el fiscal general de la República había declarado en una entrevista que esperaba que el juez me impusiera las penas más severas. Confiaba en que lograría escapar. O conseguiría que tú me sacaras de aquí. En eso pensaba todos los días. Mi vida en la cárcel, como te conté, tuvo altas y bajas. Pero no perdí la esperanza. Hasta que vino lo peor.

Después de aquella golpiza de la que te hablé, abrí los ojos. No sentía dolor, como escribí antes, pero percibí el olor a mierda. Era la mía. No podía moverme, aunque lo intentara. ¿Me habían esposado en la cama? ¿Estaba amarrado?

Mi primera suposición fue que la anestesia seguía haciendo efecto. Eso o una camisa de fuerza. Había que descubrir sus cintas para desasirme de ella. Debía ser muy fuerte. Ni siquiera podía incorporarme. Unos minutos después apareció un médico con rostro somnoliento y mal rasurado. Seguro era el médico de guardia. No había dormido lo suficiente. Sin ninguna consideración, casi como si lo festejara, me informó que me habían dejado hemipléjico.

¿Cuánto tiempo voy a estar así?, pregunté. El médico se frotó la cara con las manos. Movió la cabeza. Me explicó que las lesiones estaban en la médula espinal. Saltaron sobre tu espalda hasta quebrarte. No existe cura. Fue entonces cuando entendí que haber ido a dar a la cárcel no había sido lo peor.

Ya con más tacto, el médico detalló mi situación. Había perdido el movimiento de mis piernas y el control de mis esfínteres. Podía usar mis brazos y mis manos. Eso sí.

Más tarde tendrían que colocarme un par de sondas. Por ahí orinaría y defecaría. ¿Eso sí se puede arreglar?, pregunté. El médico movió la cabeza. No. Era para el resto de mi vida.

Saber que mi condena era de cuarenta, sesenta, o ciento veinte años fue entonces lo de menos. El defensor público me visitó esa misma tarde. Me comunicó que iba a solicitar un criterio de oportunidad para que me dejaran salir del reclusorio. Por mi estado. Pero eso dependía de que la víctima accediera. ¿Cuál victima? La mujer está muerta. Su marido es la víctima indirecta, explicó.

No quiero ningún criterio de oportunidad, dije. Entre estar paralítico en la prisión y estar paralítico fuera de ella, preferiría seguir adentro. De mis padres no sabía nada. En cualquier caso, no habría querido ser una carga para los viejos. De cualquier modo, la víctima se rehusó a dar su consentimiento para aplicar el beneficio.

De ser un joven codiciado, volví a una celda donde todo mundo me veía con lástima. Era un bulto. Los mismos que antes me insultaban y manoseaban, de pronto se volvieron mis amigos. Hasta compartían conmigo su comida. Llegaron a darme dinero. El trabajo de algunos reos fue entonces atender al inválido. Esto incluía cambiar la bolsa de la sonda y limpiar mis excrementos.

Así estuve unas semanas. Hasta que alguien donó una silla de ruedas. Para que pudiera desplazarme. Podía moverme de la cintura para arriba. Pero sólo de la cintura para arriba. Podía mover los brazos. Escribir. Pensar. Extrañarte.

Un día se presentaron mis padres. No supe quién les avisó. Los dos me miraron acongojados. Vamos a ver qué podemos hacer, Mauricio. Pero yo sabía que no podían hacer nada. Y aunque me liberaran, ¿eso qué? Me despedí de ellos, diciéndoles que aquello no era justo. No tenía ni treinta años. Todavía me faltaba mucho por hacer.

Tu primera visita, acompañada de nuestro hijo, me hizo experimentar una vaga sensación. Por un momento pensé que experimentaría una emoción. Una emoción por primera vez en mi vida. Que, después de todo, sí tenía sentimientos. Pero la sensación se esfumó en el acto.

Anunciaste que nuestros planes de divorciarte de Rodrigo y vivir conmigo se tendrían que aplazar. Debiste decir *cancelar*. Comprendí que mi vida se había jodido en todo sentido.

Me pediste también que te relatara cómo había muerto el senador. Te lo conté. Desafiando las reglas que había aprendido del Bagre, me aventuré por un terreno que no conocía. Pero si fallaba, podía regresar al día siguiente. O a la semana siguiente. Mi idea era matar al tipo con mi cuchillo. Luego, llevarme todo lo que pudiera. Para que la policía pensara que había sido un asalto.

Para mi buena suerte, pude entrar por el estacionamiento. Nadie lo vigilaba. Llegué al tercer piso por una escalera de emergencia. Llegaba hasta ahí. Al menos, no di con el otro tramo. Salí por una ventana y trepé hasta el *penthouse* por una pared. Una pared casi diseñada para ser escalada.

El departamento de Trejo me impresionó. No por lo que tenía sino por lo que no tenía. Imaginé que iba a hallar candiles y alfombras garigoleadas, como en algunas de las casas que había trabajado. Imaginé que encontraría plata, floreros, esculturas y cuadros contemporáneos. Nada. Paredes blancas y negras. Ni un solo adorno. La sala consistía en cuatro o cinco cubos blancos y negros que recordaban un tablero de ajedrez. El comedor era un cubo blanco rodeado de seis negros. Minimalismo puro.

Encontré a Trejo en el *jacuzzi*. Apenas me vio, se incorporó aterrado, cogió la pistola que tenía al lado y resbaló. Se golpeó en la cabeza y el sonido del golpe me produjo un escalofrío. El viejo quedó muerto en el acto. Para que pareciera un accidente cerré las boquillas por donde salía el agua caliente y eché su celular y su aparato de discos a la tina. El agua vibró por última vez. Pensarían que se había electrocutado. Pero él ya estaba muerto. A pesar de la enorme tentación de hacerlo, no tomé su pistola ni su reloj. Ya no iba a ser robo sino accidente. Salí de ahí pensando que, al fin, yo era un profesional. Como el Bagre.

Tu segunda visita también me dejó indiferente. Me contaste que Rodrigo había descubierto que el niño no era suyo y que te había mandado a la chingada. Se había casado con su asistente, una lesbiana que se decía tu amiga. Tu mejor amiga, añadiste sarcástica. Ya casado contigo, él la había embarazado. Pero la maldita puta no tardaría en arrepentirse, pues Rodrigo había renunciado al despacho y se había ido como investigador a quién sabe qué universidad. Conociendo a su familia, él, su nueva esposa y su hijo iban a pasar azufre. Al menos por un tiempo.

Nada que te importara, aseguraste. Había otros hombres adinerados que querrían casarse contigo. Sin ir más lejos, el exjefe de Rodrigo. Un tal Arroyo, con el que ya estabas saliendo. Se las daba de galán inconquistable, pero no te iba a costar trabajo seducirlo. Por lo pronto, volverías a la notaría. Te habían vuelto a aceptar. Dado que tu sueldo no alcanzaría para mantener el departamento en Santa Fe, tendrías que venderlo. Comprarías otro más sencillo. En el ínterin, vivirías con lo que sobrara de la venta del que te dejó Trejo.

Como no me platicaste nada del niño, pregunté por él. Murió, respondiste encogiéndote de hombros. Asfixia. Muerte súbita. No sabía cómo decírtelo, Mauricio, pero murió. Entonces recordé el día que rompí el cuadro de aquel compositor al que confundí con el senador. De la historia que me contaste de Jenufa. Se llamaba Jenufa o algo así. Creí que el niño hubiera muerto, por supuesto. Pero no por muerte súbita. Eso sí no lo creí.

270

Mientras me contabas de la muerte de nuestro hijo, tuve la certeza de que nunca ibas a regresar. Ya no necesitabas al niño, Rusalka. Tampoco a un hemipléjico encerrado en la cárcel. Aun así, fue una buena idea que me pidieras que escribiera algunas páginas de mi vida. Cuéntamelo todo, solicitaste. Quiero saber todo sobre ti, mentiste. Escribiría estas páginas y las guardaría como testimonio de una vida fallida.

Sin nada que poder hacer, sin nada que poder decir, me despedí de ti, como ya antes me había despedido de la vida. Hubiera querido que me entristeciera algo, pero, una vez más, no sentí nada.

Agradezco los comentarios, sugerencias y advertencias que hicieron al texto: Francisco Arroyo Vieyra, Sabino Bastidas, Miguel Bonilla López, Manelich Castilla, Julio Hernández Barros, Jorge Lara, Estefanía Medina, Ambrosio Michel, Martha Miguel Mejía, Bárbara Ochoa, Denisse Orozco, Mitzi Pichardo, Sergio Alonso Rodríguez Narváez, Julio Téllez, Romeo Tello, Manuel Tovilla y Eloy Urroz.